一念永恒 10

耳根 著

时代出版传媒股份有限公司
安 徽 文 艺 出 版 社

图书在版编目（CIP）数据

一念永恒. 10 / 耳根著. -- 合肥 : 安徽文艺出版社,2022.10（2024.1重印）

ISBN 978-7-5396-7411-7

Ⅰ. ①一… Ⅱ. ①耳… Ⅲ. ①长篇小说 – 中国 – 当代 Ⅳ. ①I247.5

中国版本图书馆CIP数据核字(2022)第009992号

YI NIAN YONGHENG 10

一念永恒10

耳根 著

出 版 人：姚　巍
责任编辑：李　芳　卢嘉洋
装帧设计：周艳芳

出版发行：安徽文艺出版社 www.awpub.com
地　　址：合肥市翡翠路1118号 邮政编码：230071
营 销 部：(0551)63533889
印　　制：湖南关山美印有限公司　　电话：(0731)87056228

开本：710mm×1000mm 1/16　　印张：18　　字数：310千字
版次：2022年10月第1版
印次：2024年1月第2次印刷
定价：32.00元

目录
CONTENTS

目录
CONTENTS

第 558 章

红尘姐姐听我解释

“里面到底是什么情况？”蛮荒方面，那些地位崇高的炼魂师心惊肉跳，纷纷后退，满脸震惊之色。

在地面塌陷所产生的威力面前，修士如同蝼蚁！

在双方骇然时，地宫第三层，也就是白小纯所在的葬宫同样开始崩塌。

准确地说，或许葬宫才是塌陷的源头。此刻，白小纯抓住手镯，整座葬宫猛地震动，角落里那些雕像传出咔嚓之声，并出现了一道道裂缝。

轰的一声，一座雕像的头颅掉落下来，使得地面出现了蜘蛛网般的裂痕。

四周的墙壁同样如此，一道道巨大的裂缝出现后，祭坛也开始不稳，尤其是上方的那条金色光龙此刻也扭曲起来，甚至连葬宫天棚的石块也脱落下来，砸在地面上，传出轰鸣声，扬起阵阵灰尘。

这一切无不说明，这座葬宫即将崩塌。

白小纯面色一变，这一切太过突然，他之前没有丝毫准备，此刻心底咯噔一声，就要后退。

可就在这时，祭坛左侧靠近角落的地方突然亮起传送之光，一道红色身影飞速冲出。

这身影刚一出现，似对四周的坍塌有些茫然，便在半空停顿下来。就在这时，其背后的一座雕像塌了大半，猛地朝其砸去，可那红色身影只是袖子一甩，轰的一声，那雕像竟直接碎裂成上千块，四散开来。红色身影从尘土中急速而出，竟直奔祭坛上的白小纯而去。

“红尘女！”白小纯面色陡然一变，立刻就看出这被传送进来的红色身影正是蛮荒的天人——红尘女。

红尘女面色阴沉，双眸内燃起怒火，她不清楚之前发生的一切。她在通过试炼后，就被传送到了这里。她刚一进来，就看到四周在坍塌，一时搞不清楚状况，有些茫然，可当她看到白小纯后，尤其是看到白小纯手中还没来得及放入储物袋的蓝白手镯以及其内的天人魂，她猛地明白了一切。

自己不是第一，白小纯才是第一，他抢在自己前面，拿到了天人魂！

“放肆！红尘女也是你叫的？白小纯，你敢抢葬宫遗宝，找死！”红尘女眼中杀机毕露，声音刺耳，落在白小纯耳中，如同一把利剑穿透耳道，直接轰入他的心神中。

白小纯如被重锤砸在了身上，踉跄后退，嘴角溢出鲜血，面色苍白。一股彻骨的寒气从他的脊梁骨升起，冲入天灵盖，使得他全身一阵哆嗦，瞳孔收缩。他只觉得，下一刻，死亡就会到来。

“完了，完了！”白小纯的脑海中响起嗡的一声，他很清楚蛮荒的人对自己的仇恨有多深。此刻，白小纯脑海里更是浮现出了之前在边墙外的战场上，红尘女宣布追加悬赏的那一幕以及她那仿佛要吃了自己一样的眼神。

白小纯的身子虽在颤抖，但危急关头，他的脑子飞速转动，余光瞟到了石碑，内心一动，毫不迟疑地抬起右手，在石碑上狠狠一抹！

他抹去的，是那行提及诅咒的文字，可在红尘女看来，白小纯的举动分明是要抹去石碑上的所有文字。

红尘女瞳孔收缩，右手猛地抬起，向着白小纯一挥，一股风暴在白小纯四周出现。

“红尘姐姐……你听我解释！”白小纯惨叫一声，身体后退几步。不过，因他距离石碑很近，先前他已成功将那一行小字抹去……

此刻，他的话语里满是讨好之意，他没办法啊，对方毕竟是个天人……

在他后退的刹那，他之前所处的祭坛就在红尘女那一拍之下直接崩塌，化作无数碎片，向着四周迸溅开来。

有些碎片砸在了白小纯身上，他喷出鲜血。

白小纯心都哆嗦了，一边狂奔，一边躲避碎片。想到自己居然与红尘女独处一室，对方如同暴龙一般狂性大发，而自己脆弱得如同小白兔，在对方的攻击下，说不定自己小命就没了……白小纯不禁再次发出惨叫，心中恐惧极了。

他甚至有些后悔了，不该来拿天人魂，他后悔之前炼灵时太过投入，居然一不小心就拿了第一。

“希望这红尘女好奇心强，察觉了我之前的举动，进而要将石碑毁去……”白小纯内心祈祷，口中惨叫不止。

“我不是故意要抢你第一的，红尘姐姐，你别误会……”白小纯颤声开口。

他身后的祭坛崩塌了，那飘浮的石碑也在这一刻出现了裂缝。眨眼间，红尘女的身影出现在那块石碑旁，目光一扫，看到了石碑上的文字，呼吸不禁急促起来，她眼睛一亮，显然是被上面的内容震撼了。

眼看红尘女被石碑上的文字吸引，白小纯赶紧后退。他心脏狂跳，眼眶泛泪，急忙寻找出口，可这葬宫没有任何出口。

“该死的，出口在哪里？

“这里一定有出口，二代魁皇既留给后人天人魂，自然是要给条活路的，不然，他又何必留下天人魂？”白小纯焦急，双眼赤红，眼看找不到出口，他低吼一声，直接展开了不死禁！

他试图以不死禁那种可以融入天地穿梭阵法的力量离开这里。之前，他在迷宫内也尝试过不死禁，却失败了，如今看到此地塌陷，白小纯焦急之下只能一试。

可就在他展开不死禁，向前一步走出的瞬间，红尘女冷哼一声，目光从石碑上挪开，右手向着白小纯的方向猛地一挥。

“想跑？”

这一挥之下，一股天人之力轰然扩散，形成了一个封印般的结界，锁定白小纯的身影，狠狠一抓。

正在施展不死禁的白小纯身体一垮，仿佛被一座座大山砸中，甚至还有一种被挤压的感觉，全身骨头都发出了咔嚓声。他惨叫一声，喷出一大口鲜血，不死禁也被直接打断。

好在他皮糙肉厚，此刻，挣扎中的他扔出了大量炼灵法宝。数十件法宝瞬间爆开，这些最少也是炼灵三次的，炼灵最多的达到了六次。法宝齐齐自爆，顿时形成一股风暴，向着四方轰隆隆地扩散，这才撬动了四方，使得结界松动。

白小纯玩命狂奔，离开了那片区域，他身体颤抖，仿佛刚在鬼门关前转了一圈。此刻，他急忙高呼。

“红尘姐姐，这天人魂我给你行不行……咱们有话好说……”

红尘女转头看向白小纯，没有多想，她虽注意到白小纯抹去了一行字迹，其他地方也有被抹去字迹的痕迹，但这并不影响她对石碑内容的理解。

尤其是看到天人魂的正确使用方法后，她心神震动。她之前不曾听说此事，如今既然知道了，就不能再让其他人知晓，于是右手在身后一拍。轰的一声，石碑碎裂，连同其上的文字，化为飞灰。

“晚了。”红尘女淡淡开口，身体微晃，直奔白小纯而来。天人魂是其一，灭口是其二，对白小纯的厌恶是其三，无论哪个理由，都让她在击杀白小纯时没有丝毫犹豫。

第 559 章

打不死

就在红尘女拍碎石碑的刹那，她似乎触动了某种禁制，上方正缓缓消散的那条金色光龙竟猛地睁开双眼，四周墙壁上那一处处小孔透出的光急速改变了方向，在葬宫内不断扫射。

而那条金色光龙也因此消失，眨眼间，整个葬宫内变得五光十色，那些光芒碰到红尘女后，竟让她面色一变。

那些光芒似有腐蚀之力，使得红尘女的衣袖急速融化，露出了白嫩的皮肤，皮肤上还出现了红点，任何法宝都没有效果，只有靠修为才能化解。红尘女甩袖间，试图毁掉墙上那些小孔，可不但没有成功，反而引来了更多光芒。红尘女闷哼一声，急速避开。

白小纯一愣，没心情去看红尘女的娇躯，他发现不少光芒扫过自己的身体时，可对自己的伤害微乎其微……

“诅咒，这就是诅咒……虽然我也抹去了一行文字，但与红尘女比较，显然微不足道。她才是罪魁祸首啊，魁皇英明！”白小纯精神一振，在心中奉承道。

可白小纯还没高兴太久，红尘女竟全身散出红雾，直奔他而来。

红雾的范围在一道道光芒下飞速缩小，可依旧能支撑红尘女在葬宫内强行击杀白小纯！

这一幕让白小纯瞳孔收缩，猛地尖叫一声。

“二代魁皇，你这诅咒不行啊……”白小纯暗暗埋怨，再次提速，轰的一声，他的身体化作残影，在红尘女临近的瞬间，险之又险地急速避开。

白小纯看似躲过一劫，可红尘女身为天人，她的攻击，哪怕只是掀起的气势，也绝非是结丹大圆满境界的白小纯可以对抗的。

轰鸣中，白小纯再次喷出鲜血，面露绝望之色。他若找不到出口，留在这里，将必死无疑！

“速度不慢。”红尘女冷冷地看了白小纯一眼，猛地一步走来。这一步，仿佛缩地成寸，她直接出现在白小纯的面前。

白小纯全身汗毛竖立，惨叫中再次后退，可就在这时，葬宫摇晃得更加剧烈了，四周的雕像全部崩塌。

这一瞬，一股传送之力在葬宫内扩散开来，似乎有一个传送阵正在展开。

不仅是葬宫，就连试炼之地和迷宫也被这传送之力笼罩着，怕是用不了多久，传送阵就可以真正开启。

而传送阵一旦开启，就会将这里的一切全都传送出去……

显然，这……就是出口！

对其他人而言，这出口是生机，可对白小纯来说，这样的出口代表着死亡，因为在红尘女的追击下，他根本就没把握坚持到传送开始的那一刻。

这传送之力干扰了四周，使得红尘女的缩地成寸被打断，她也察觉到葬宫内的传送阵正在开启，于是目露果断之色，向着白小纯，再次一步走来。

只是那一道道光芒对她影响不小，尤其是身上的红点，更是时刻在刺痛，红尘女必须分出一些修为去压制化解，否则情况恶化后，将对她极为不利，此刻，她不得不再次散出红雾，袭向白小纯。

白小纯此刻如同困兽，他便借助这个机会，赶紧取出多枚神墟丹，放在嘴里，再次后退，可他的速度哪怕再快，于红尘女的一步下，依旧太慢，眨眼间，红尘女又出现在白小纯面前，她右手抬起，向着白小纯蓦然一指。

这一指，看似轻描淡写，却蕴含了一股绝灭的杀意，这是真真正正的生死危机。白小纯双眼赤红，目眦欲裂，在这生死关头，他豁出一切，猛地发出一声咆哮，他知道自己无法后退了，此刻只能拼命！

白小纯明白，自己眼下唯一的生机，就是拖延时间，只要能拖延到传送阵开启，自己的这条小命就很可能保住了。

“我和你拼了！”白小纯怒吼道，不死长生功在这一刻毫无保留地展开，不死金皮、不死金刚、不死筋齐齐施展后，他抬起右手，两指向着面前的红尘女狠狠捏去！

这正是他的碎喉锁。

轰鸣中，白小纯的惨叫声传遍四方。红尘女嘴角带着轻蔑，一把抓住他的右手，狠狠向上一掰！

咔嚓一声，白小纯的右手两指居然直接被掰断了。红尘女袖子一甩，一股大力传出，轰在白小纯身上。任凭白小纯的不死长生功如何强悍，在红尘女修为的压制下，他的全身仍是立刻传出砰砰之声，骨头碎裂，不死长生功竟被直接轰开！

白小纯受了重伤，身体如断了线的风筝倒卷而出。

“果然皮糙肉厚，竟还有口气？”红尘女冷笑，正要过去灭了白小纯这最后的生机。白小纯哀叹一声，感受到自己如今的伤势极重，就连生命之火都要熄灭，于是一口咬碎嘴里的所有神墟丹。

体内热浪刹那间爆发，席卷全身，他的伤势以不可思议的速度痊愈了。就在此时，红尘女再次出现在白小纯的身边，一指就要落下。

白小纯全身修为猛地爆发，双眼赤红，眼角甚至流出鲜血，他大吼一声，体内寒气全部爆发，连同灵力也释放出来，眨眼间，他的四周寒气冲天，咔嚓声中，整座葬宫直接成了寒界。

白小纯来不及多想，猛地转身就要逃遁。

这一切说来话长，可实际上都是电光石火间发生的。就在寒气扩散的同时，红尘女的凤目之中露出轻蔑之意，她看出了白小纯想要拖延时间，可她有足够的自信，以自己的天人之力，若还让白小纯拖延成功，那么她就算白活了。

此刻，红尘女眼看寒气扑面而来，便将抬起的一指猛地落下。轰的一声，四周的寒气在碰触红尘女的瞬间，竟自行溃散，她的手指直接出现在白小纯的面前。

红尘女正要击杀白小纯，但四周的红色雾气消散得太快，那一道道光芒锐利无比，瞬间临近，逼得红尘女不得不分心再次释放红雾。随着身上红点的溃烂与蔓延，她又要分出一些修为去化解，如此一来，她只能施展四成的修为来击杀白小纯。

白小纯眼角满是鲜血，他无法闪躲红尘女的攻击，怒吼中竟发动了撼山撞！

这一刻，轰鸣之声震天动地。白小纯痛呼一声，身体被狠狠抛出，直接撞在墙壁上，全身骨头尽数碎裂，生命之火不断摇晃，似乎即将熄灭。可因白小纯之前咬碎了数枚神墟丹，眨眼间，体内热浪翻滚，受伤的身体竟再次恢复过来。

在红尘女临近的瞬间，白小纯猛地闪避开来，那生龙活虎的样子让红尘女首次皱眉。她冷哼一声，收回了一些用来压制红点以及释放红雾的修为，向着白小纯狠狠一拍。

“我就不信，直接将你拍死，你还能恢复！”

这一掌，在落下的刹那，幻化出了一个巨大的掌印，直接按向白小纯。这掌印所过之处，空间扭曲，一股天人之力从掌中猛地爆发出来，比之前要强烈了太多。

“红尘老女，你白爷爷不是那么容易死的！”白小纯厉喝一声，在掌印来临的刹那，他猛地抬起右手，永夜伞瞬间出现。永夜伞被白小纯直接撑开，其上那诡异的笑脸也随之幻化。

第 560 章

这是什么兽

在拿出永夜伞后，白小纯毫不停顿，直接取出一些符箓，全部贴在身上。此刻，他脑海里一片空白，唯一的想法就是要用一切办法去拖延时间。

就在永夜伞被撑开的刹那，巨响震天，红尘女的掌印直接落在了伞上。永夜伞仿佛无法承受，发出咔嚓之声，伞身碎裂，就连那鬼脸仿佛也惨叫起来，伞柄更是出现裂缝，似乎要被折断。

巨响中，此伞倒卷而出，白小纯喷出鲜血，来不及心痛。他身体后退时，那些符箓被他激发，猛然形成惊人的光幕。这光幕极厚，似乎连地宫都无法将其容纳，光幕向四方扩散，与红尘女的掌印碰到了一起。

轰轰轰！

一张张符箓急速崩溃，光幕层层碎裂，红尘女的掌印也飞速暗淡。不过几个呼吸的时间，当最后一张符箓崩溃后，红尘女的掌印已缩小许多，暗淡极了。当暗淡的掌印落在白小纯的身上，白小纯喷出鲜血，倒退开来，体内的神墟丹掀起热浪，身体顿时恢复。

这一切看似简单，可实际上，以那些符箓的价值，即使换成白麟也会心痛，这完全是用钱堆积出来的一次抵抗！

白小纯面色苍白如纸，身体骤然后退，全速绕圈，想拖延时间。他口中也不闲着，怒吼不断。

“红尘老女，你白爷爷不好杀吧？你给白爷爷等着，等我成就半神的那一天，我要找你报仇！”

“该死！”红尘女这次真的愤怒极了，她几次出手，居然都无法击杀白小纯。眼看四周的传送之力明显又增强了不少，红尘女目中杀意弥漫，体内红雾猛然间爆发开来，竟形成了一大片红色风暴，笼罩四周，并向着四周墙壁上的那些小孔钻去，刹那间，竟堵住了那些小孔！

尽管那些小孔内的红雾正在急速消散，但是对红尘女来说，她要的只是几次呼吸的时间而已。只有将这些让她心惊的光芒挡住，她才可以收回更多修为，去杀了白小纯。

而且，她早就看出，这些光芒对白小纯的影响微不足道，可偏偏对自己的杀伤力不小，她自然明白自己中了白小纯的诡计，那行被白小纯抹去的文字一定是关键提示。

此刻，红尘女双眼一亮，向着白小纯走去。

她四周轰然凹陷，仿佛化作一张森森大口，欲吞天噬地，一股巨大的吸力传出，使得白小纯不由自主地直奔大口而来。

白小纯吓得魂飞魄散，尖叫中他猛地掐诀，向着那森森大口一指。

“水泽！”

话语一出，整座地宫的地面猛然间扭曲起来，无数水汽出现，并飞速形成一片水泽。

水泽内散出一股惊人的气息，这气息如同来自远古，散开时，仿佛影响了时空，使得这片水泽之地化作远古的大地。

红尘女的瞳孔猛地一缩。

就在这时，白小纯疯狂的声音再次传来。

“国度！”

白小纯已经拼命了，随着话语回荡，一根根如山峰般的利刺从水泽中猛地钻出，冲天而起，直奔红尘女而来。

与此同时，白小纯咬牙之下，一跃而起，大吼一声。

“人山诀！”

轰鸣间，他的身体直接化作数丈高的石人，随着水泽国度的利刺袭向红尘女。

水泽国度一出，红尘女目露惊异，可很快她就冷笑一声。

“挺玄妙的术法，不知这是哪个宗的守护神兽，可惜……你还无法将其召唤出来，不过你也没机会了，我就先灭此兽，再杀你！”

言语间，红尘女右手掐诀，竟有血色雾气从她手中爆发，雾气眨眼间就化作一杆红色长枪，被她一把抓在手中。她并没有将长枪刺向利刺山峰，而是狠狠刺向那片水泽。

轰鸣之声震天，那红色长枪居然直接穿透了水泽表面，穿梭空间，出现在水泽下的世界里，化作一杆惊天之枪，攻向水泽国度内连白小纯也看不到样子的那头凶兽。

一声愤怒的嘶吼猛然从水泽内传出，轰鸣间，红尘女的红色长枪寸寸碎裂，连同术法形成的森森大口也成为碎片。地面的水泽内，竟有五座比利刺山峰更惊人的巨峰轰然而出！

五座巨峰并非直立，而是弯曲的。仔细一看，那根本就不是山峰，而是巨兽之爪，只不过太大，仅仅是指甲，就堪比山峰。巨兽似被红尘女的举动惹怒了，居然要从水泽国度内冲出……

可白小纯的修为根本就无法支撑，在巨兽爪子要伸出的刹那，他惨叫一声，体内的修为与生机差点被抽空。他清晰地感受到，就算自己被吸成人干，也无法让爪子伸出……吓得他不得不结束术法，使得水泽国度消散……

红尘女面色剧变，身体一晃，踉跄着后退几步，露出骇然之色。

“这是什么兽？”

白小纯同样面色苍白，他知道水泽国度很厉害，却没料到居然这么厉害。一想到这巨兽差点将自己的生机吸干，白小纯就不住地哆嗦，他很担心哪天自己施展水泽国度时，一不小心小命就被吸没了……

他更郁闷的是，这红尘女吃饱了撑的，居然要对巨兽出手，这不是疯了吗？若是她好好去打利刺山峰，不但自己不会有事，那利刺还能帮自己阻挡一下红尘女。

可眼下，水泽国度没了，白小纯化成的数丈石人进退两难。

就在这时，四周墙壁上那无数小孔内的红雾完全消失，一道道光芒急速射出，有不少直奔红尘女而来。

白小纯知道人山诀时间有限，眼看如此，他咬牙怒吼一声，如同一颗陨石，向着红尘女轰然砸去。

红尘女从震撼的状态中恢复过来，眼看四周光芒临近，她内心十分恼怒，若非这些光芒干扰，她要击杀白小纯，岂会如此麻烦?

这些光芒诡异，她身上的红点刺痛感越来越强，必须时刻用修为压制，一旦放松，怕是会留下无法逆转的后患。

在红尘女看来，这白小纯不但皮糙肉厚，身上还有不少乱七八糟的东西，竟坚持到了现在。她冷笑一声，看向白小纯，目中杀机再起。

“没多少时间了！”红尘女猛地深吸一口气，竟在这一瞬放弃压制身上的红点，甚至放弃了维持红雾。她抬起右手，掐诀间，手中红雾凝聚，竟再次形成一杆红色长枪，她猛地一甩，长枪直奔白小纯。

这一枪，才是她真正的天人之威!

就在她甩出红色长枪的瞬间，半空中，白小纯的手上赫然出现了一支箭，那是炼灵十一次的火魂箭。在箭身显露的瞬间，白小纯使出全力，将此箭狠狠扔向红尘女。

火魂箭掀起阵阵破空之声，其上金纹触目惊心，眨眼间就与红色长枪碰到了一起，这一刻，比方才还要强烈的轰鸣震天回荡。

红色长枪气势如虹，原本火魂箭无法阻挡，可在这一刻，白小纯毫不迟疑地大吼一声。

“爆！”

第 561 章

天人魂，融

轰鸣震天，火魂箭直接爆开，冲击力向着四周轰隆隆地扩散开来，使得红色长枪一顿。可红色长枪只是一顿，就再次呼啸而去，直接穿透了火魂箭，以摧枯拉朽之势直奔白小纯而来。

眨眼间，白小纯就与红色长枪碰到了一起，声响传出，轰动葬宫。四周的墙壁、地面全部裂开，数丈石人寸寸碎裂，砰的一声，直接爆开，露出了白小纯那喷出鲜血的身影。

他的面前还有一口龟纹锅，此刻，他躲在龟纹锅后，倒退数步，虽没有死亡，但体内五脏六腑仿佛要四分五裂，骨头也好，血肉也罢，都要崩溃，已然是油尽灯枯。

白小纯苦笑，目露绝望，他知道，方才那一瞬，若非有龟纹锅阻挡，自己必死无疑，那毕竟是蕴含天人之威的一击……

而他体内的神墟丹热浪已快枯竭，挣扎中，白小纯再次取出一枚神墟丹，一口吞下。

这是他储物袋内最后一枚神墟丹了。

吞下这枚神墟丹后，他若再有伤势，就能瞬间恢复了。没有了神墟丹，他的灵气与生机将无法持续恢复，在红尘女手下，他必定毫无生存机会。

而这一战，他能用的手段几乎全都用上了，可在那天人之力下，仍然收效甚微。显然，红尘女欲杀他之心，强烈无比。

毕竟，无论是天人魂还是天人魂的使用方法，抑或是蛮荒对白小纯的仇恨，都足以让红尘女毫不迟疑地杀了他。

此刻，传送之力在葬宫内飞速扩散，可白小纯觉得，再这么下去，自己怕是无法等到传送开始了。

“居然还不死！”红尘女要抓狂了，她身为天人，几次三番竟杀不死一个结丹大圆满的修士，这若是传出去，必定让外界轰动，耻笑自己。

看到那口锅居然能阻挡自己的红色长枪，红尘女双眼一亮，一步走出，再次杀向白小纯。这一次，她体内修为运转，身后出现了一尊巨大的法相。

那是一个庞大的头颅，正是红尘女自己。天人施展法相与否，战力截然不同。不过，施展法相需要耗费大量修为，一般是天人之间斗法时才会如此，可眼下，为了杀白小纯，红尘女已经不在乎了。

眼看红尘女身后出现法相，白小纯惨然一笑，双目内赤红一片，面露疯狂之色。

“眼下，只有一个办法能让我再坚持一些时间，或许可以等到传送开始，逃过这生死杀劫！

“这个办法虽会将我逼到绝路，但应该能让我保住小命！拼了！”

白小纯目中的疯狂之意更浓，这些念头在他的脑海中如闪电般急速划过，他已没有其他选择了。

白小纯大吼一声，右手猛地一拍储物袋，手中顿时出现了那块蓝白色的玉镯。

玉镯内的天人魂散发出璀璨的光芒。

在白小纯取出玉镯的刹那，红尘女面色猛地一变，她似乎想到了什么，怒吼一声。

“白小纯，你敢！”言语间，红尘女速度更快，她抬起右手，向着白小纯狠狠一拍。

这一拍之下，似乎葬宫内的一切都被红尘女吸来，融入手掌之中，随即向着白小纯碾压而来。

她身后的法相一样怒目圆睁，随着红尘女这一掌拍下，这法相也直奔白小纯。

“红尘老女，这是你逼我的！”白小纯愤愤地道，在红尘女来临的瞬间，他没有半点迟疑，一把捏碎了手中的玉镯。

在玉镯碎裂的同时，其内天人魂飘出，白小纯目光决绝，双手急速掐诀，口中传出一声低吼。

“天人魂，融！”

在白小纯开口的一瞬，天人魂直奔白小纯而去，融入他的胸口。红尘女那一掌轰然而来，直接落在白小纯身前，使得四周坍塌，八方崩溃。

白小纯头发衣物散乱，面容凹陷扭曲。

可同时有一股惊人的波动从白小纯体内爆开，他的身体竟出现了重叠的虚影，虚影猛地分开。仿佛有一个人从白小纯的身体内一步走出，此人与白小纯一模一样！

“天人魂分身！”红尘女目中杀意更浓，声音尖锐。

这身影，正是白小纯的天人魂分身。这分身虽刚出现，但具备高深的修为，与白小纯没有什么太大的区别。天人魂分身一把抓住白小纯，闪身挡在白小纯身前，以自身之力，去抵抗来自红尘女的怒火。

很快，白小纯的这道分身就变得血肉模糊，然后疯狂地随着白小纯一起急速后退。

与此同时，白小纯的本尊没有半点停顿，在这危急关头，在这生死存亡之际，面对怒焰高炽的红尘女，他竟再次一拍储物袋！

“我既然吸了天人魂，一个是吸，两个也是吸！和我玩？你家白爷爷玩死你！”白小纯咬牙，神色凶狠，他取出了杜凌菲送给他的天人魂，毫不迟疑地将其拍在胸口，按照天人魂的使用方法蓦然一吸。

“你！这不可能！”红尘女睁大了眼，脑海嗡鸣，满脸难以置信之色。她无论如何也想不到，白小纯居然还有额外的天人魂。

“该死！”红尘女简直要发狂了，挥手间，她的掌印就要摧毁一切，碾压白小纯与分身。

可就在这时，白小纯的身体再次出现重叠的虚影。

就在白小纯与他的水分身无法坚持，生命之火就要熄灭的瞬间，白小纯体内直接冲出了第二道分身！

这正是他的火分身！

火分身一出，直接就站在了水分身的前方，他大吼一声，凭着自身的修为与战力全力阻挡……

一眨眼，火分身就口吐鲜血，身影模糊。

尽管如此，但是火分身的出现使得白小纯的本尊没有被杀，依旧存在。

“两道分身又如何？给我死！”红尘女有种被羞辱之感，此番击杀白小纯难度太大，让她觉得匪夷所思。更让她后悔的是，倘若她之前就知道白小纯有两个天人魂，那么哪怕冒着被墙壁上的光芒重创的风险，她也会刚一出手就拼尽全力。

可让她脑海嗡鸣，如有天雷炸开的，是接下来这一幕。两大分身全力抵挡攻击，保护白小纯本尊的瞬间，在红尘女目瞪口呆的注视下，白小纯居然又取出了一个天人魂。那是一枚青色的玉石核桃，被白小纯直接捏碎，拍在胸口。

第三个天人魂被白小纯吸收后，他的身体内骤然分出第三道分身——木分身！

三大分身在前，齐齐阻挡红尘女的手掌，甚至与本尊同时发出震天之吼，吼声中充满不甘，更多的是不屈之意！

这一幕让红尘女快要崩溃了，她心中生出一种荒谬之感，看向白小纯时仿佛在看怪物一样。她做梦也想不到，白小纯居然有这么多天人魂。

“不可能，你你你……你有几个天人魂？”红尘女声音尖厉，她心痛到了极致，肠子都悔青了。

第 562 章

兽爪撕天

“不管你有几个天人魂，就算你现在成就天道元婴，今天，你也必须死！”此时，红尘女狂躁异常，声音尖锐，气急败坏地说。

她的法相猛地扩大，化作一个小太阳，向着白小纯轰鸣而去。

此刻，白小纯与三大分身正在抵抗红尘女的天人一掌。任何一个分身，在这一掌之下，都将形神俱灭。

而眼下，三大分身与本尊一起对抗，虽还是必死无疑，但使得死亡的时间向后延了不少。

也正是在这一瞬，葬宫四周的墙壁开始大范围倒下。与此同时，地宫内庞大的传送阵经过一段时间的准备之后，终于……开启了！

随着传送阵的开启，地宫内所有人，无论是身处迷宫还是身处试炼之地，抑或是身处葬宫，他们身上都散发出了传送光芒。

地宫中，传送阵无处不在，随着传送之光的出现，迷宫中的人们都激动起来。

试炼之地内，陈贺天集所有人之力，虽轰破了凹陷的虚无，却没有想到，在那虚无背后依旧是一片虚无。

当看到身体周围出现传送光芒时，所有人都松了一口气。

“终于可以出去了！”

“不过，这传送阵如此庞大，这一次我们会被传送到什么地方……”

“怕什么？我们本就是圣族，只要是在蛮荒内，在哪里都一样……”

“嘿嘿，说不定能被传送进通天世界里……”

这样的议论之声在地宫中不断出现，大家都放松下来，等待传送的开始。

同样，葬宫内，白小纯身上也出现了传送光芒，红尘女也一样。白小纯精神振奋，而红尘女则怒不可遏。

若是真让白小纯逃了出去，那么连她都会觉得自己没用到了极点，这将成为她这一生最大的耻辱。此刻，她的心神似乎都被怒火点燃，声音也凄厉起来。

“白小纯，你逃不掉！”在这凄厉的怒吼中，法相轰然而去，似要将白小纯连同他附近的一切，全部碾成飞灰。

前一瞬，传送光的出现让白小纯看到了自己坚持到现在所获得的希望；可下一瞬，随着法相的到来，白小纯的希望就像风中摇曳的烛火一样，随时可能熄灭。

“我岂能死在这里？”白小纯目中血丝极多，使得双眼彻底变为红色。不但本尊如此，他的三大分身也这样。白小纯状若疯癫，仰天大吼，这一刻，什么修为，什么灵力，他都不在乎了，希望就在眼前，他若熬不过去，就将身死道消！

“人山诀！”身受重伤的白小纯咆哮着，轰的一声，身体直接化作数丈高的石人。

与此同时，一样的声音从三大分身的口中传出。

“人山诀！”

“人山诀！”

“人山诀！”

随着三大分身的开口，三个一模一样的数丈高的石人同时出现。四个巨人站在一起，与那来临的掌印、法相对抗的同时，又有怒吼之声传出。

“水泽，国度！”四个石人竟齐齐掐诀。轰鸣之声撼天动地，葬宫的地面在这一刻瞬间化作了一片水泽世界！

甚至在这残破葬宫的边缘，也出现了水泽，因为这不是一个水泽国度，而是……四个！

因为这四个水泽国度同源，所以，它们并没有叠加，而是蔓延开来，使得水泽国度的范围变为原来的四倍。

这样一来，威力就大不一样了。在水泽国度出现的刹那，一声似乎从远古传来的兽吼从水泽中猛地响起。

仅仅是声音，就让红尘女面色一变。这声音并非只在葬宫内回荡，甚至还传入了试炼之地和迷宫中。

“我的本命之兽，出来！”白小纯仰天狂吼，声音有些嘶哑，身体颤抖中，他的修为与生机疯狂地宣泄出去。

与此同时，他的三大分身一样这般。咆哮声中，从水泽中出现的已经不是如先前那样的利刺，而是五座弯曲的山峰。

这五座弯曲的山峰从水泽中冲天而起，仔细去看，这根本就不是山峰，而是一只巨大兽爪上的五根弯曲的黑色指甲！

五根指甲冲天而起，水泽上也出现了无数凸起，那是黑色的毛发，毛发之下，似乎藏着……青色的皮肤！

只不过这爪子巨大无比，就算水泽国度扩展到四倍，它一样无法全部伸出，只是露出了指甲。指甲出现后，向着来临的法相与掌印轰然拍去。

这一幕若是定格为一幅画，必定令世人骇异非常。那五根指甲瞬间与法相、掌印触碰，掌印先是颤抖，然后直接崩溃。而那法相在这一刻也爆发出了刺目的光芒，轰然一声巨响后，化作一股狂暴的冲击力，向着四周轰隆隆地横扫而去。

瞬间，残破的葬宫彻底崩塌，化作无数碎块，激射远去，弥漫在葬宫外的虚无中。

更远处，甚至还可以看到陈贺天等人的身影，他们显然也注意到了这里，一个个面色大变，心神受到震撼。

在这冲击下，白小纯也倒退而去，石人之身层层碎裂，崩裂开来，最终露出了其内白小纯的身躯。

鲜血从白小纯口中喷出，三大分身已然化作白光，急速融入他体内。白小纯可以感受到，自己的三大分身都已被重创，水分身失去了半个身体，火分身的胸口出现了一个巨大的窟窿，最惨的是木分身，只剩下一个头颅……

此刻，虽然白小纯四肢完整，但是伤势极重，就连头骨也出现了一道道裂缝，仿佛随时都有可能爆开……

这还是在白小纯施展水泽国度前，先施展了人山诀的情况下，有人山诀的防护，此刻他虽再次被重创，但没有立刻死亡。

若是没有人山诀的防护，眼下在那冲击中，他与分身怕是都将灰飞烟灭。

此刻，白小纯连惨笑的力气都没有了，他的眼前有些模糊，身体无法移动丝毫。他感受到自己的生命之火正在剧烈地摇晃，若能好好休养，以他的肉身之力，还有恢复的可能；而眼下，他已经用尽了全部手段，再也经不起一丝一毫的风暴。

远处，陈贺天等人目瞪口呆地看着这一切。赵天骄与陈月姗心中焦急。陈贺天瞳孔收缩，周一星神色激动。

“白小纯，你也有今天！”周一星没看清白小纯有分身，不仅他，旁人也没看清是怎么回事。

周一星正要狂笑，突然轰鸣之声从葬宫内传出，众人身体外的传送之光瞬间璀璨起来。周一星还没笑出声，身体就变得模糊，其他人也是如此。

白小纯终于等到了最终的传送时刻，他的身体刹那间模糊起来，眼看就要被传送走。

“白小纯！”一个凄厉无比的声音从崩塌的葬宫内传出，只见红尘女披头散发，猛地一步走出。

第 563 章

销声匿迹

往日里，绝美无双，肌肤吹弹可破，身姿凹凸诱人的红尘女，此刻狼狈不堪。她浑身颤抖，那不是受伤所致，而是因为愤怒。在这之前，她无论如何也想不到，白小纯居然如此难对付！

此刻，她全身上下布满红点，那是她顶着诅咒来击杀白小纯所承受的代价，这对一个女子来说算是极大的代价。

虽然她有把握将这诅咒带来的伤害慢慢清除，但如今全身上下的痒麻与刺痛让她已然疯了。

“白小纯！”红尘女尖叫一声，她对白小纯的恨已是刻骨铭心，两人结下了不共戴天之仇。尽管全身上下闪耀着璀璨的传送之光，身影变得模糊，可眼看白小纯还没死，红尘女目露疯狂，向着白小纯一步走去。

她要在传送开始前，将白小纯……击杀！

白小纯不死，她便不能安心。可以说，在这一次葬宫之事前，她虽然厌恶白小纯，但是这种厌恶大都来自白小纯的聚魂丹以及炸炉给蛮荒带来的损失与羞辱。

另外就是之前那一战中，边城高塔真灵释放的魂潮使得她负责的战事不利，她这才对白小纯有了杀意。

可实际上，在她心里，以她的身份与修为，白小纯只不过是只蝼蚁而已，早晚都会被灭，他虽能在一定程度上影响战局，但对她自身没有丝毫威胁。

而如今，情况则截然不同了。

在葬宫内，若是换了其他人，哪怕是元婴修士，也不可能在她手中活到现在，更别说是一个结丹大圆满修士了。

可白小纯做到了!

他不但做到了，而且让红尘女灰头土脸，尤其是一想到白小纯手中居然有三个天人魂，红尘女就无法平静了。

“此人身上有大秘密，如今他快要成长起来了，若再给他一些时间，恐怕此人会变得更加可怕，成为大患!

“而且，我与他之间已到了不死不休的境地，今日若这样放过他，我岂能甘心？”红尘女银牙一咬，在即将被传送走的瞬间，猛地靠近白小纯。

她右手抬起，要对白小纯发出致命一击，让他死在这里，死在自己眼前。因为白小纯太难对付，他的潜力让红尘女都生出了忌惮之意。

危机降临，白小纯身上虽亮起了传送之光，但照这个速度，在他被传送出去的一瞬，红尘女的杀招怕是也会到来，十有八九会打得他魂飞魄散，就算他被传送出去了，也将化作一具尸体。

就在这一刹那，白小纯无神的双眼陡然一亮，面对危机，他体内最后一缕生机骤然迸发。

他的身体无法动弹，修为几乎枯竭，肉身受伤极重，可他不想死，他想活着，他还有太多事情没有去做。

“我要活下去，我不能死！”白小纯内心似乎有个声音在疯狂地怒吼，他眼帘垂下，盖住双眼，而眉心的通天法眼蓦然睁开!

不仅是他，他体内三大分身的眉心也出现了通天法眼，四只通天法眼重叠在一起，猛地看向红尘女。

轰轰轰!

通天法眼内，白小纯的驭力在这一瞬全面爆发，通天法眼都剧烈地刺痛起来，仿佛要碎裂，可他依旧不管不顾，怒目凝视着红尘女!

轰鸣中，红尘女的身影在半空中猛地一顿，随即恢复前冲之势。

红尘女身影一顿的同时，白小纯的身体模糊，传送之力彻底展开。在那传送之力下，白小纯的身影骤然消失。

就在这时，红尘女右手的术法直接从白小纯方才所在的地方穿过……

“白小纯！”红尘女身体颤抖，声音尖厉，目露恨意，死死地盯着白小纯消失的地方。这一刻，她的身影也模糊起来，在那传送之力下，消失得无影无踪。

二人先后通过传送离去，整个地宫内，随着传送的展开，一道道身影都在刹那间消失，神算子、赵龙、宋缺……

无论是边城修士还是蛮荒魂修、魂士，都是如此。

身影一一散去，迷宫彻底坍塌，而在外界看来，这一刻，迷宫所在处的地方传出震天轰鸣，正飞速凹陷。

在传送展开的一瞬，方圆数万里的地面直接爆发出一根白色光柱，取代了之前的九根黑色光柱。这根白色光柱在苍穹中形成一圈圈涟漪，向着四方扩散。

白麟也好，蛮荒的魂修、魂士也罢，在远处看到了这一幕后，一个个心神受到震撼。到了现在，他们依旧不知道地宫内到底发生了什么事情。

直至一个月后，消息陆续传到边城与蛮荒，白麟等人才明白，当时，地宫传送阵法开启，将里面所有人直接传送到了蛮荒内的各个区域。

有的被传送到很近的地方，有的则被传送到极远的地方，还有的似乎被传送到了蛮荒深处，连传音玉简都联系不到……

少数修士九死一生，回到了边城，关于白小纯的事情顿时就传开了，这个名字再次轰动蛮荒，响彻边城……

他是试炼之地第一人，第一个踏入葬宫！

而且，在红尘女踏入葬宫后，二人之间似有激战。最终，葬宫崩塌之时，在红尘女的击杀下，白小纯好像还活着！

至于白小纯最终是死是活……成了谜，除了红尘女，无人知晓。

又过了一个月，蛮荒方面，红尘女再次追加了对白小纯的悬赏，以五个天兽魂、一个天人魂，悬赏捉拿白小纯。这是前所未有的情况！

此事一出，蛮荒、边城尽皆震惊，要知道，就算魂士捉到必杀榜上的陈贺天，也得不到这样的奖励。瞬间，白小纯的名字就在蛮荒必杀榜上排名第一！

也正是此事，让边城方面知道了白小纯应该没死！

“没死就好，没死就好……小纯，这次是我对不住你……”边城内，白麟坐在那里，手里拿着一壶酒，长出一口气，露出惆怅之色，遥望远方，“可是，你到底在哪儿……”

第 564 章

有缘的一对人

蛮荒很大，具体有多大，很少有人能准确说出，可几乎每一个对这世界有所了解的修士，都能说出蛮荒的大概大小。

如果这片世界是一个圆的话，中间是通天海，向四周延伸出四条大川，那些河流也好溪流也罢，都如树枝一样，顺着四条大川展开。

通天河所在的地方就是通天世界，而通天河没有流经的地方占据了这个圆一半的区域，那里就是蛮荒。

这是一种说法。还有一种说法是边城外，皆为蛮荒！

通天世界内，那些大河中间的区域都有边墙，边墙如同大门，锁死了蛮荒的同时，也封闭了通天世界。

如果能站在一个足够的高度，低头去看，就可以看到，这些边墙连成了一个巨大的圆圈。

一大一小两个圆圈套在一起，如同两个同心圆，内圈是通天世界，内圈与外圈之间的区域则是蛮荒。所以，从理论上来说，只要绕着蛮荒走一圈，不需要在通天海上航行，就能前往东西南北任何一处。

而此刻，在蛮荒深处一片未知的区域里，有一处无边无际的丛林。丛林无比茂密，放眼看去，无数参天大树的树冠几乎都连在了一起。阳光透过树叶的缝隙，散落在这片沼泽之地上。

整个蛮荒内，这样的丛林数不胜数。虽然这里没有通天河的灵力，但这对万物生长毫无影响，甚至就像少了某种束缚，使得蛮荒中的草木也好，魂士也罢，生得极为粗壮。

其中一棵大树的四周有大量动物的白骨，还有一些飞鸟的羽毛以及被啃过的碎骨……在这堆骨头中间，一个人靠着大树坐着。此人头发脏乱，甚至有些打结，他正撕扯手中的肉，不断向嘴里塞，还发出阵阵咀嚼的声音。在这静谧的环境下，这声音显得很可怕，此人仿佛饿极了。

从四周的兽骨来看，显然，这个家伙这顿饭吃得可不少……

而在不远处的另一棵大树下，竟有一具尸骸！尸骸躺在那里，似乎已有数月之久。

那具尸骸腐烂了好多，样子有些看不清了，不过，从衣着来看，此人生前似乎是一个修士，而且，旁边还有一个储物袋。

活着的、正在疯狂啃咬肉食的是白小纯。

至于死去的那个人……白小纯也想知道他是谁。

两个月前，在一个雷雨交加的夜里，白小纯被传送到了这里。处于重伤状态的他，挣扎着爬到了这棵大树下，用最后的灵力勉强取出受损的永夜伞，插在了旁边，凭着此伞的威压来保护自己。随后，他就失去了所有力气，只能躺在那里，一动也动不了。

就在这个时候，白小纯看到不远处那棵大树下，躺着一个青年。这青年当时还没死，他目瞪口呆地看着白小纯，似乎觉得不可思议。二人无力说话，只是大眼瞪小眼，互相看了半晌后，这青年却脑袋一歪，就这么死了。

青年这么一死，也吓了白小纯一跳，他紧张起来，可惜身体无法移动，虚弱的感觉蔓延至全身，而心绪的波动使得疲惫感加剧，直至昏迷过去。

白小纯醒来时，已是七八天后了，可惜身体依旧无法移动。这一次，他的伤势实在太重，说是重伤濒死都不为过。而且，这里灵气枯竭，白小纯想要恢复，需要的时间更多不说，就连储物袋也暂时无法打开。

他的四周还有不少野兽的尸体，白小纯记得自己昏迷前周围并没有野兽的尸体，显然是在他昏迷的这几天，这些野兽靠近后，被永夜伞的威压震死了。

另一棵大树下，那青年的尸体也因此被保存了下来。

“好在我拿出的是永夜伞，不然的话……自己会被野兽吃了。”白小纯苦着脸，心底叹气，他看着天空发呆，心中满是悲愤。

“想我堂堂万夫长，却落得如此境地……红尘老女，总有一天，我要让你知道你家白爷爷的厉害！还有陈贺天，我和你誓不两立！唉，这一次伤势太重了……”

白小纯想哭，越想越悲愤。他脖子不能动，只能转动眼珠子四下乱看，看着这里陌生的环境，使他心头乱颤。

好半晌，他才勉强接受了这个事实，从这里没有通天河的灵气来判断，他就知道，自己被传送到了蛮荒中。

许久，白小纯心底长叹，这么发呆，实在无聊，于是他斜着眼看向那棵大树下的尸体。

致死的原因，白小纯当时看不出来，但此刻渐渐看出了端倪。这青年的尸体透出黑色，他显然是死在某种有毒的术法之下，此毒催心，使得这青年心火燃烧，进而心脉萎缩，直至毒发而亡。

白小纯看着看着，疲惫感又浮现出来，他再次昏迷过去，再一次睁开眼时，又过去了七八天。这一次，他明显感觉自己的头可以晃动了，身体也不再麻木，而是开始刺痛，仿佛有无数根针正刺入身体，这感觉让白小纯很难熬，但心中松了口气。

“还好，我能感觉到痛了，这就说明身体在慢慢恢复。”白小纯心底喃喃，看到四周的鸟兽尸体变得更多，他觉得自己要饿晕了，可惜只有头能晃动。

于是他只能咽下一口唾沫，继续发呆。没过多久，他又看向那具尸体，不由得研究起来。

“此人是个修士，修为大概是筑基初期……与我不同，他不是从地宫传送出来的，而是此地的魂修，看其样子，似乎是在逃命……”白小纯也没在意，他琢磨着自己在这里大半个月了，也没见到其他人，想来也不会有人再来了，就算真来了，他也没办法……

就这样，时间流逝，白小纯对这具尸体的观察极为频繁，得出了很多结论。

“此人不像散修，应该是某个家族的人……

“记得他死前的样子很憔悴，更有不甘心，他应该是有什么未完成的心愿……

“年纪不大，样子还算俊朗，但比我差一点。”白小纯不时低语，他实在没其他事做了，只能慢慢休养，同时不断观察那具尸体。

直至看无可看，白小纯再次昏睡。终于，在两个月后的这一天，当白小纯再次睁开双眼时，他激动地发现，自己的身体可以动弹了。他做的第一件事情就是挣扎着爬起来，扑向不远处的一头刚被永夜伞的威压震死的野兽。

两个月过去，他饿得眼睛都绿了，这一顿饭，他将这四周能吃的全都吃了。

他越吃，身体就越温暖，力气也慢慢大了起来。到了最后，白小纯将四周能吃的都吃光了，他摸着肚子，觉得自己这才真的活了过来。

“我又回来了！”白小纯激动得大吼一声，精神振奋，还带着劫后余生的侥幸。回想在葬宫的一幕幕，白小纯觉得自己这次真是大半只脚踏进了鬼门关。

白小纯感慨时，看向那具尸体。

“这位兄弟，这两个月，多谢你的陪伴。我们能在这里相遇，也算你我的缘分，有机会，我会帮你报仇的。”白小纯轻声低语，走了过去，捡起了这尸体边上的储物袋。

与此同时，白小纯所在的丛林外有一座秃山，山上有一个山洞，山洞里盘膝坐着一个人。

他的前方有七八具尸体，这些尸体看起来都有筑基修为，一个个皮包骨。

片刻后，打坐之人猛地睁开双眼，目光暗淡，他似乎有伤在身。他抬起手摸了摸眉心，咬牙切齿。

“白小纯，虽然你死了，但你带给我周一星的羞辱，有朝一日，我必定千倍万倍地回报到你的亲人、朋友身上！”

此人正是周一星。

第 565 章

炼魂师

丛林内，白小纯拿着储物袋，看了看眼前的骸骨，觉得自己被传送到这里，对方陪伴了自己两个月，也算有缘，于是叹了口气。

“这位兄弟，我帮你挖个坑，将你葬了吧。”白小纯说着，感受了一下自己的身体，发现正在飞速恢复，唯独体内灵力恢复得极慢，还不足以打开储物袋。

他深吸一口气，用永夜伞在地面上挖出一个大坑，将那青年的骸骨放了进去。

“你别着急，估计再等几天，我体内的灵力就足以开启储物袋了，到时候，我就能看看你的储物袋里有些什么，说不定能找到你的名字，为你立一个墓碑。”白小纯拍了拍身上的尘土，回到大树下，坐在那里，试图吐纳修行。

可惜，蛮荒没有丝毫灵气，他只能依靠自身，从残留的丝丝灵药里慢慢吸取灵力。

时间流逝，数日后的黄昏，天空阴沉，阳光暗淡，整个丛林看起来昏暗不明，盘膝打坐的白小纯缓缓睁开双眼，一抹精芒从他目中猛地闪过。

“灵力恢复了一些！”白小纯精神振奋，心跳加速。在这陌生的地方，体内灵力枯竭，让他严重缺乏安全感。此刻，他呼吸略急，一拍储物袋，他的储物袋立刻光芒闪耀，飞出了一个药瓶。

这是一瓶灵液！

白小纯一把接住灵液，咕咚咕咚一口气将其全部喝完。灵液入体，顿时化作涓涓细流，向着他全身经脉急速扩散。这股细流极为清凉，蔓延至全身，仿佛干枯的大地被甘露滋润，那种舒服的感觉让白小纯全身酥麻。

“就是这个感觉。”白小纯眼中泛起泪花，他深吸一口气，立刻运转修为，不浪费一丝一毫，便将灵液融于体内，形成灵力。

数个时辰后，白小纯狂笑而起，双目炯炯有神，体内灵力虽只恢复了半成，但对白小纯来说，这半成修为足以让他多次开启储物袋。

此刻，他再次打开储物袋，一口气拿出十多瓶灵液，全部喝下，随后静坐吐纳，体内灵力轰然而起，游走全身。

时间流逝，一晃过去了三天。

三天后的晌午，当白小纯再次睁开双眼，他流下了泪水。

“终于……终于彻底恢复了！不容易啊……

“身体也好，修为也罢，都恢复了！

“红尘老女，你给我等着！”

白小纯狂笑起身，感受了一下体内的灵力后，他发现自己似乎比以前更强了。

经历那场生死之战后，虽然自己还停留在结丹大圆满境界，但无论是肉身之力还是修为，都明显提升了不少。

尤其是肉身之力，白小纯隐隐觉得，自己似乎随时可以冲破桎梏！

这种感觉让白小纯慨叹极多，尤其是想到与红尘女的那一战，他觉得自己仿佛真的死了一次。

白小纯深吸一口气，再次看向四周，之前心中的激动又被冲淡了不少，他有些发愁。

“我需要知道自己的方位，毕竟这里是蛮荒，太危险了……我要赶紧回边城。”白小纯想到，若是自己的身份被人知晓，怕是会有大量蛮荒的魂修与魂士要来生生剐了自己。

想到自己被人千刀万剐的样子，白小纯就哆嗦了一下。他愁眉苦脸，看到一旁的坟包，随手就打开了那青年遗留的储物袋。

储物袋内杂物很多，里面绝大多数东西对白小纯而言，根本就没有丝毫用处，毕竟这只是一个筑基初期修士的储物袋。

白小纯关注的重点放在里面的一些骨简上，这些骨简与玉简作用一样，可以记录信息。白小纯翻了一圈，找到了三枚骨简，拿在手中后，他散出灵识，融入其内，一一翻看，希望找到一些有用的信息。

第一枚骨简中有一幅地图，将这附近的区域都描绘在内。可白小纯看了半天，也没看出这里到底是什么地方，他找不到参照物去判断这里距离边城有多远。

“这样不行啊……”白小纯有些着急，又看向第二枚骨简。看完后，他目光一闪，转头望着坟包。

“你叫白浩？”白小纯喃喃低语。

骨简内详细地记录了那死去青年的身份，似乎是其遗言。

此人叫作白浩，是距离这里较远的一个炼魂世家的庶子，似乎不受待见，在家族招惹了不该招惹之人，这才被族人暗中追杀，陨灭在此。

他所在的炼魂家族似乎不算小，而且名气极大。

“炼魂世家……”白小纯心下思忖，转而看向第三枚骨简。

一看之下，白小纯眼睛亮了起来。骨简内记录的虽不是白小纯所要的信息，却与炼魂师有关，且里面的内容大都是白小纯并不清楚的。

甚至可以说，骨简中的内容就是一部炼魂师的入门之法！

单是开篇的那几句话，就让白小纯心神大震。

“炼魂……魂非重点，‘炼’字才是关键所在！

“所谓炼魂师，集炼灵、炼药、炼宝于一体，因一切以魂为根本，故而被称为……炼魂师！”

之前，对蛮荒具备能多次炼灵之宝的事，白小纯就觉得很奇怪，甚至心中也有些猜测，此刻，看到这骨简后，他豁然开朗。当他把骨简中的内容看完后，他站在那里呆住了。

在他眼中，蛮荒似乎不再像曾经那样神秘，仿佛一切都有了头绪，联结在一起后，形成了一个完整的画面。

整个蛮荒，最底层的是一个个部落，这些部落内的魂士如未开化般，属于被奴役的群体。一般来说，部落会供奉几个魂修，把他们作为守护者。

而魂修，对魂士而言则是高高在上的，他们与修士没有什么区别，只不过后者是依靠通天河的灵气修行，而他们则是依靠炼魂师炼制出的魂元来修行。

整个蛮荒大地，魂修的数量虽不如魂士，但也不少，有的来自家族，有的来自一些大势力，还有很多都是散修。

至于炼魂师，则是蛮荒大地上的贵族，炼魂师地位尊高，他们不但可以炼制魂元供天下魂修修炼，还可以炼制出法宝，甚至还能将法宝炼灵！

这一切都使得炼魂师在蛮荒大地，始终占据着核心地位。

而炼魂师也有层次之分，判断的依据就是火。蛮荒的炼魂师与通天大陆的炼灵师看似相同，却有着根本上的区别。

通天大陆的炼灵师需要去寻找炼灵的材料与多色火的燃料，而蛮荒的炼魂师不需要任何材料，只需要燃料。不过，对他们而言，炼灵同样存在很高的失败率。

而炼魂师需要的火，是用不同的魂按照配方炼制出来的。

能炼制出一色火，就可以成为一品炼魂师；若能炼制出四色火，则可以晋升为二品炼魂师；如果能炼制出七色火，就会被视为三品炼魂师。

蛮荒的大部分炼魂师都处于这三个层次。

至于十色火，则只有三品巅峰炼魂师才能炼制出来。能达到这种程度的炼魂师，已经不是特别多了，因为在三品巅峰之后，炼魂师将会进入一个蜕变的阶段，此阶段分为黄、玄、地、天。

能炼制出十一色火，就是黄品炼魂师。整个蛮荒，任何一个黄品炼魂师走出去，都可以威慑八方。

而玄品炼魂师数量更少，在任何一个炼魂家族内，玄品炼魂师都算巅峰了，属于大长老乃至家族底蕴般的存在。因为想要达到玄品，炼魂师需炼制出十五色火。

至于地品炼魂师……只存在于传说中。整个蛮荒大地上，只有三个地品炼魂师，而达到地品的关键，就是炼制出十八色火。

在地品之上，还有一个层次，那就是天品，只是理论上应该有这样的级别。古往今来，蛮荒大地上还从未出现过天品炼魂师。想要成为天品炼魂师，需炼制出二十一色火。

第 566 章

炼魂，就是炼灵

“炼魂，就是炼灵……”白小纯低声念叨着，看着手中的骨简，心情无法平静。尤其是骨简内提到，在蛮荒，所有多色火都是由炼魂师自己炼制出来的，这让白小纯心脏狂跳。

蛮荒一代代人不懈地钻研，早已研究出一色火至十四色火的配方，甚至一种火还有多种配方。

在蛮荒，一色火至十四色火的配方并非绝密资料，虽不是任何一个炼魂师都能掌握的，但任何一个炼魂世家内都有记录。

十五色火的配方则是连一些中等家族也没有的绝密资料，唯独一些大势力或较大的炼魂家族才会具备。

而十六色火的配方，更是绝密中的绝密……

可无论如何，这一切都证明了在炼灵方面，蛮荒超越了通天大陆一大截，双方根本就不在一个层次上。

骨简上也说了，虽有多色火的配方，并不代表一定可以炼魂成功，层次越高的炼魂，失败率就越高，这一点与通天大陆的炼灵一样，失败后，物品会碎灭。但白小纯还是隐约感觉，这里才是炼灵的起源之地。

一想起炼魂师居然能自行炼制多色火，更是以此划分层次，白小纯连呼吸都变得急促起来。

“我若是有多色火的配方……”白小纯清楚自己的优势——他有龟纹锅。对别人来说，比如炼制出十四色火，并不代表可以成功将法宝炼灵十四次，可对白小纯而言，只要有火，他的炼灵就一定能成功！

这一切让他心旌摇曳，激动无比。

骨简内除了记载着炼魂师的层次外，也介绍了所谓的魂元，就是魂药。魂药是供蛮荒魂修修行之物，如同灵石一般，在蛮荒内，属于货币一样的存在。

魂药的形成并不难，炼魂师炼制多色火时，只要在即将成火的那一瞬停下，不让其成火，就可形成魂药。

而十色火以下的魂药，都是下品。不同的火会产生不同的魂药，比如一色火会形成一份下品魂药，而十色火会形成十份下品魂药。

只有由十一色火炼的魂药，才可以被称为中品魂药，它价值不菲，唯有黄品炼魂师才可以炼制出来。

至于上品魂药，极为少见，唯有十五色火才可炼成。

传说中，还有一种魂药被称为极品，可也只是传说，因为只有二十一色火才可形成这种极品魂药。

这一切，正是蛮荒炼魂师崛起的原因所在！

对外，他们可以炼魂药供人修行，还可以炼魂附加灵纹，形成炼灵的魂宝。

对内，炼魂师还具备得天独厚，非炼魂师无法掌握的技能，那就是能炼魂为魂奴。他们可以驱使大量冤魂为奴，随身携带，出手时，魂奴往往大片而出，不但可以杀敌，还可以被炼制为魂药、多色火……

炼魂师堪称全能！这是白小纯看完骨简后，他脑海里最强烈的感受。

“炼魂师……似乎无所不能！”白小纯不由得想到，自己在试炼之地炼灵后看到的那一幕幕，又回想炼魂师的能力，他真的感觉炼魂师不仅是蛮荒的贵族，更像这片天地的亲儿子！

“我要成为炼魂师！”白小纯目露狂热，死死抓着骨简。半晌之后，他继续在白浩的储物袋内寻找，可找了半天，白小纯苦恼地发现，白浩的储物袋内并没有骨简上所说的多色火配方。

“这白浩是修为太低，还是在家族的地位太低？竟没有多色火的配方……”白小纯郁闷地看了坟包一眼，右手一挥，立刻在坟包旁的大树上刻下一行字——白浩之墓。

做完这一切，白小纯向着坟墓抱拳一拜，便离开了此地。虽然白小纯对炼魂师之事极为心动，但他也明白，眼下最重要的是尽快搞清楚，自己所在之处距离边城有多远。

“还是改变一下样子为妙。”白小纯沉吟中，取出面具，贴在脸上，容貌立刻改变。他脑海里浮现出白浩生前的样子，渐渐地，面具上的面孔化作了白浩的模样。

“暂时先用白浩的身份吧。”白小纯疾驰远去。

“不过，这面具也有一个弊端……”前行时，白小纯皱起眉头，他知道这面具本就来自蛮荒，蛮荒内存在一股惊人的势力，他们可以通过面具找到自己。

“他们能通过面具找到我，说明这面具上有一个我察觉不到的东西，这东西是他们所设。”白小纯沉吟。虽然那个势力似乎对自己没有太多敌意，但白小纯不敢去赌。

半晌后，他双眼一亮，想到了自己在试炼之地将那片树叶炼灵十一次后，树叶的状态改变，它便重新认主的一幕。

“这是一个好办法！”白小纯打定主意，按照骨简内地图上的标注，向着丛林边缘急速前行。

白小纯离去不久，他之前所在的地方，在那坟包外就出现了阵阵灰色迷雾，雾气眨眼间就笼罩了那里。

很快，雾气越发浓重，与此同时，阵阵踩着碎叶的脚步声从雾气里传来。

雾气内，隐约有一个身影正慢慢前行，他走到白浩的坟墓旁，这才停下。

这是一位老者，穿着灰色长袍，面无表情。如果白小纯在这里，他一眼就能认出，此人正是守陵人！

此刻，老者默默看着坟包，半晌后，抬头看向白小纯离去的方向，许久才收回目光，转身随着雾气渐渐远去。

白小纯于丛林内疾驰，距离边缘区域越来越近，而在丛林外的一座秃山上，周一星也走出了山洞。

此刻，他面色恢复了不少，目光也比之前明亮了一些，整个人不说恢复如常，可也恢复了个七七八八。只是一想到自己在迷宫内的损失，周一星就心底郁闷，咬牙切齿。

“都怪那个白小纯！此人死不足惜！”周一星冷哼一声，看了看四周，重新开始布置。

他也是在两个多月前被传送到了这里，之前在迷宫内受了伤，在试炼之地也没有恢复过来，而到了这里后，他运气很好，遇到了几个路过的筑基魂修。

于是周一星用了余力出手，将那几个筑基魂修击败后，以秘法吸收了他们的修为，使得伤势好转了一些。他知道，虽然自己是炼魂师，但这片区域不是自己家族的领地，在这陌生的地方，就算是他，也有生命危险。

周一星没有立刻离开，而是在这里布置了禁制，准备疗伤。两个月来，不时有魂修无意间闯入禁制，最终成了他疗伤的辅助。

“如果我没判断错的话，这片丛林应该就是迷魂林了……如此来判断，这里距离我的家族也太远了……”周一星皱着眉头，暗叹一声。

“此地应该是巨鬼王的势力范围……巨鬼王是蛮荒四大天王之一，拥有半神修为，麾下有五大天人……我若想离开这里，怎么也要去一趟巨鬼城，用那里的传送阵才可。”周一星思索片刻，将秃山四周的禁制重新布置了一番。

“这迷魂林外，来往的魂修应该不少，我再抓一些，等我的修为彻底恢复，我就离开这里去巨鬼城。”周一星打定主意，正要回山洞打坐，却神色一动，他抬头看向丛林方向，只见一个身影呼啸而出。

第 567 章

我恨姓白的

“修为不俗，这是结丹魂修！”周一星瞳孔猛地一缩，看着丛林外飞来的身影，他心中衡量一番，目露果断之色。

“此人若从其他地方走也就罢了，若是走入我的禁制，说什么我也要拼一下，将此人击败！

“论修为，此人抵得上一百个筑基魂修，只要我吸收了他的修为，不但伤势能痊愈，修为也会回到巅峰！”周一星快速后退，全神贯注地盯着越来越近的那个身影。

这身影正是白小纯。

白小纯按照地图飞出了丛林，眼前是昏暗的天空和死气沉沉的大地。地面上虽有山脉、河流，但山峰都是光秃秃的，让人忍不住生出压抑之感。

尤其是时而还能看到一些模糊的冤魂之雾，使得天地更为昏沉……

“这里比我之前在边墙外看到的地方还要荒凉啊。”白小纯叹了口气，继续疾驰远去。

周一星躲在秃山内，眼看那飞出丛林的修士竟没有向自己这边而来，不由得迟疑了一下，但很快就目露凶光。

“管不了那么多了，抓了此人，我就可恢复……我是炼魂师，此人看起来应该是个魂修，我定可将其碾压！”周一星想到这里，神情狰狞，右手一挥，那把炼灵九次的黑色大弓立刻出现在手中。他一跃而起，直接飞出秃山，骤然拉弓，向着白小纯射出十八箭！

在周一星飞出的瞬间，白小纯猛地察觉，刹那间转头，看到了周一星。白小纯都傻眼了，瞪着双目，明显呆了一下。

破空之声顿时在天地内回荡，十八支魂箭化作十八道长虹，向着白小纯呼啸而来，速度极快。前一刻，魂箭还在远处，下一瞬，就出现在白小纯的近前。

“周一星？”白小纯定睛一看，顿时激动起来，他怎么也没想到，居然能够在这里看到熟人，尤其是这人还是自己的“福星”。

这一切让白小纯狂喜，他正为陌生的环境而发愁，可没想到，周一星居然如此“体贴”，主动出现在自己面前。

“不能让他知道我的身份……”白小纯立刻有了决断，右手蓦然抬起，向着那来临的十八支魂箭猛地一指。

顿时，白小纯身前出现了一个旋涡，旋涡轰隆转动，十八支魂箭逼近，轰鸣之声震天回荡。十八支魂箭碎裂爆开，产生了惊人的冲击力，扩散四方，掀起大量尘土，白小纯一步走出，竟毫发无损。

这一幕让周一星的眼珠子都差点掉下来，他身体猛地一颤，内心咯噔一声，生出一股不妙之感。

“该死，此人比我强太多！”周一星暗中叫苦，后悔自己太过冲动。此刻，他猛地落下，逃回秃山，要凭着此山上余留的禁制与来人周旋。

可就在周一星落下的刹那，白小纯嘿嘿一笑，一步走来，身体上竟出现了重叠之影。眨眼间，他的木分身猛地走出，化作一道长虹，直接冲入秃山。

方才，白小纯没仔细看，所以忽略了此山上的禁制。此刻看去，他才渐渐看出其内的杀机，但他不在意，意气风发地一挥手，体内再次走出一道分身。

因白小纯戴着面具，所以这两道分身同样幻化成了白浩的样子。此刻，呼啸间，两道分身冲入秃山。

周一星看到这一幕，内心震颤起来，神色大变。

“分身！”在周一星的认知里，拥有分身者皆为不俗之辈，更不用说眼前之人居然有两道分身。这里是属于巨鬼王的领地，眼前之人十有八九与巨鬼王的势力有关联，若自己成功吸了对方的修为也就罢了，可眼下自己明显不是来人的对手，周一星心底无比懊悔。

“道友住手，我是东脉周家族人周一星，之前是误会，我以为你是一位夙敌！”

“误会？白某只不过路过这里，你就偷袭，居然还说是误会？”白小纯冷笑一声，故意压低声音，右手一指秃山，两大分身顿时在山中横冲直撞，向着山顶而去，一路轰鸣不断，使得禁制逐渐崩溃。

而这禁制也有不凡之处，虽然两大分身一路闯过，但速度不由得逐渐变缓，少说也要小半炷香的时间才能破阵。

白小纯觉得慢了，但周一星心神狂震，他觉得分身的破阵速度太快了。要知道，这些禁制属于他的家传之法，威力极为惊人，如今却被人如此破解，让他内心骇惧。

“白道友，有话好说……我是三品炼魂师，我可以用魂药赔偿……”周一星一边操控禁制阵法阻挡两大分身，一边赶紧协商，听到对方自称姓白，他也没有多想。

白小纯心中却笑开了花，甚至觉得周一星颇为亲切，可脸上依旧神色倨傲。他右手一挥，身上顿时散发出阵阵惊人的魂力波动。这波动极为霸道，明显不是魂修所能拥有的，那是属于炼魂师的波动。

“我也是炼魂师！”白小纯淡淡开口，透出尊高之意，传入周一星耳中。

周一星内心哆嗦了一下，双眼却红了起来。

“真以为我怕了你不成！”周一星怒吼一声，双手掐诀，那把黑色大弓上竟立刻飘出阵阵黑雾，隐隐化作一个鬼脸，向着白小纯咆哮。周一星再次开弓。

“不自量力。”白小纯傲然开口，身体再次出现重叠之影。眨眼间，他的水分身一步走出，化作一道长虹，直奔秃山而去。

“你……你还有分身？”周一星不由得失声，眼看第三道分身冲入秃山，使得禁制崩溃的速度一下子快了许多。周一星面色变化，猛地松开手，尖锐的呼啸声顿时回荡，一支黑色的箭化作长虹，直奔白小纯。

这支箭甚至还散出雾气，形成鬼脸，咆哮着接近白小纯。白小纯冷傲地抬起下巴，琢磨着周一星修为处于巅峰时都不是自己的对手，更不用说眼下伤势还没痊愈了，而自己如今处于巅峰状态，甚至修为比在迷宫时更高了。

有此信心，对将要来临的一箭，白小纯岂会在意？他右手瞬间抬起，一把抓在箭矢上，狠狠一捏。

轰的一声，这支箭猛地停顿下来，其上的鬼脸惨叫，似要挣扎，却无济于事。

这一幕让周一星的脑袋嗡地一响。

“不可能！”周一星骇然。

几次呼吸后，在一连串轰然巨响下，白小纯的三大分身直接将秃山内的禁制全部破开，并出现在周一星身边。

任凭周一星如何挣扎，在三大分身的出手下，他眨眼间就被制伏，还被封了修为。

白小纯一步走出，来到周一星面前，干咳一声，目光怪异地打量了周一星几眼。

周一星心脏狂跳，呼吸急促，死死地盯着白小纯，咬牙低吼。

“我周家代九幽王镇守东脉多年，我更是周家嫡系，你若杀我，必遭我周家报复！”

白小纯轻笑一声，没理会周一星的威胁，而是直接从周一星身上拿下储物袋，抹去上面的印记后，打开查看起来。

周一星的储物袋内很空，物品不多，其中有四个七色火，这让白小纯惊喜，立刻收走。至于那把炼灵九次的大弓，也一样被白小纯扔进了自己的储物袋。

周一星看到白小纯翻着自己的储物袋，双眼怒瞪，心中生出悲哀之感。他不知道自己这是怎么了，在迷宫里被白小纯欺负，此刻出来了，又被另一个姓白的欺负。

“我恨姓白的！”周一星此刻是崩溃的，内心悲愤不已。

第 568 章

来啊，谁怕谁啊

白小纯一件件翻看着周一星储物袋内的东西，物品不多，他看得上眼的就更少了。

“你身为周家嫡系族人，储物袋怎么这么空？这也太穷了吧。”白小纯有些不悦，抬头瞪了周一星一眼。

“你抢晚了，在你之前，有个该死的家伙，把很多东西都抢走了！”周一星悲愤欲绝，咬牙望着白小纯。这种被人抢了东西，还被嫌穷的感觉，让他几欲发狂。其实，他原本不是这么穷的，他储物袋内曾经有九色火、火魂箭，还有很多魂奴，甚至还有不少魂药。

可这些东西不是在迷宫内被人抢走，就是被自己用来疗伤了……

看到周一星悲愤的样子，白小纯眯着眼，意识到对方所说的那个“该死的家伙”，十有八九就是自己。他干咳一声，没去理会，而是从储物袋内找出七八枚骨简查看起来。

这里面的有不少信息，大都是白小纯早就知道的。他找了半天，也没找到多色火的配方。实际上，这才是白小纯最关心的事情。

直至看完最后一枚骨简，白小纯才略感安慰。这枚骨简内有一张地图，这地图比白浩的地图内容更加丰富，甚至将整个蛮荒都描绘了出来，虽然不算细致，却让白小纯豁然开朗。

地图上标注了五座城池，这五座城池彼此分散，其中四座城池各自镇守着东西南北四个方向，分别是九幽城、巨鬼城、斗圣城以及灵临城。这四大城池各自占据了庞大的范围，而位于斗圣城与灵临城之间的第五座城池是魁皇城！

白小纯若有所思，收起骨简，看向周一星。

被白小纯这么盯着，周一星知道，自己活命的可能性很小，他怒视白小纯。

“要杀就杀！”周一星咬牙。

“别紧张，我就是问你几个问题而已，你老实交代，说不定白爷我高兴了，就饶你一命。”白小纯嘿嘿一笑，蹲在周一星的面前，尽量让自己看起来友善一些。他担心自己的分身会吓到周一星，于是一挥手，三大分身便化作白光，消失在他体内。

“你休想从我这里问出任何东西，有本事你就灭了我，我家族的炼魂师定能为我报仇！”周一星大吼一声。

周一星深知，对方也是炼魂师，自己的魂是极好的材料，所以，眼前之人所说的什么饶自己一命，可能性微乎其微。

周一星心底苦涩，他甚至已经做好面对死亡的准备，遂大吼一声，他已豁出去了。

白小纯被周一星这一吼弄得愣了一下，对方的唾沫星子都快喷到自己脸上了，他顿时怒了。

“好你个周一星，我还没问你问题，你就直接拒绝！”白小纯怒视周一星，觉得此人太嚣张了，太过分了！

“哼，不管什么问题，你都休想从我这里得到答案。不妨告诉你，我周家在刑讯方面略有钻研，所有族人都接受过这方面的训练。我倒想看看，你有什么本事让我开口！”周一星冷笑，他断定自己必死无疑，于是此刻肆无忌惮地露出轻蔑之意。

这轻蔑的目光瞬间就刺激了白小纯，白小纯瞪着眼，猛地一拍储物袋，直接拿出了一枚雄香丹，没等周一星看清，就直接塞进了他的口中。白小纯一拍周一星的胸口，雄香丹就咕咚一声，被他吞了下去。

“让你知道厉害，看你说不说。”白小纯怒道。

感受到体内阵阵热流四散，周一星虽看似镇定，但心中还是紧张。他咬着牙绷着脸，继续怒视白小纯。

可很快，周一星的面色就不自然了，他发现自己全身火热，连双眼都红了起来，一种难言的煎熬让他剧烈地颤抖，可他竟死死忍住，依旧恶狠狠地瞪着白小纯。

时间流逝，很快过去了一炷香的时间，眼看周一星全身仿佛都要燃烧了起来，可他居然还是咬牙不哼一声，白小纯动容了。

"你又何必呢？我只不过是要问几个问题而已。"白小纯叹了口气，正要劝说时，周一星狂笑起来，眼神更为轻蔑。

"少说废话！你就这么点本事吗？还有什么手段，来啊！"周一星声音发颤，可此刻似乎有了无穷信心，他高声咆哮，还冲着白小纯吐出一口浓痰。

白小纯避开后，火冒三丈，盯着周一星，周一星也对白小纯怒目而视。二人对视几秒，白小纯火大了，一指周一星。

"姓周的，这是你逼我的！"说着，白小纯体内的木分身一步走出，直接就向山洞外飞去，直奔丛林。

片刻后，木分身归来，大袖一甩，一头全身长满粗硬的毛，样子如猪，足有一丈长的凶兽被扔到了周一星的面前。

这头猪兽警惕地看着四周，发出阵阵嘶吼，可在白小纯的威压下，它不敢动弹。

周一星一愣，不知白小纯这是打算如何。白小纯右手一挥，解开了周一星身上的束缚，虽然封印仍在，但周一星已经能活动身体了。

周一星面色大变。他嘶吼着，强行控制自己赤红的身体。此刻他全身颤抖，汗水不断溢出，那种煎熬比方才强烈了太多。

"说吧，你这是何必呢？放心，只要你说了，我就不杀你。"白小纯叹着气，苦口婆心地劝道。

"我死也不说，你休想从我口中知道任何事情！"周一星觉得自己随时可能崩溃，咆哮着并死死地控制自己的身体。他神色扭曲，脸上青筋鼓起，竟在这种不可思议的煎熬中生生挺了下来。

"你太小看你周爷爷了！我定力极强，在我们周家，连老祖都称赞！"周一星全身被汗水浸透，此刻，他明显感觉到身体的火热正在缓缓消退，他仰天大笑起来，轻蔑地看向白小纯。

这一幕让白小纯心神震动，他是真的佩服此人，周一星太可怕了，这种定力与坚持，绝非等闲之辈可以做到。

“周道友，我懂了，你的定力真的超出常人，很厉害。我也是想知道几个问题，无奈才会如此，你不要记恨我……”白小纯重重地叹了口气，目光落在那头猪兽身上，随后又看向周一星。

“希望这猪兽，也有与你一样的定力……”白小纯感慨地摇头，取出一枚雄香丹，捏成粉末后，就要喂给那头猪兽。

这一幕立刻就让狂笑的周一星瞪大了眼，他呼吸急促，面色苍白无比，笑声戛然而止，双腿都颤抖起来。他觉得自己这一次真的要崩溃了，一想到对方的药丸带给自己的疯狂，一想到那头猪兽若是爆发，他不敢想象自己会是什么下场。

他不敢去赌这猪兽有与自己一样的定力，此刻，他的脑海里不由得浮现出一幅画面，那画面凄惨无比，但他嘴很硬……

“来啊，谁怕谁啊！”周一星扯着嗓子嘶吼。

第 569 章

你快让它停下

“果然是条好汉！”白小纯不禁再次动容，他觉得自己都做到了这一步，可周一星竟还是这般强硬。白小纯感觉，这世间除了自己外，似乎就没有这样的好汉了。

没想到，今天，在这里，白小纯竟遇到了与自己一样的好汉，这让他感慨良多。当他看向周一星，便生出一种惺惺相惜之意。

“好汉，今天的事，是白某对不住你，为了表达对你的尊重，你放心，我一定会满足你的要求，而且我绝对不会去看你那凄惨的样子。”白小纯深吸一口气，肃然开口，长叹一声。

“这一回，若你还能坚持下去，白某绝对不再问你任何问题了！”白小纯狠狠一咬牙，越看越觉得周一星真不愧是个汉子，于是他怀着敬意，直接将粉末塞入了猪兽口中……

猪兽吃下这些粉末后，身体猛地颤抖，反应比周一星还要快。它的双眼瞬间红了起来，口中发出阵阵低吼，精神亢奋，抬头四顾。

这一幕让周一星浑身颤抖，他就算再嘴硬，也忍不住尖叫起来。

猪兽猛地转身，眼中带着疯狂，仿佛要喷火一样。它看向周一星，发出嗷嗷之声，四个蹄子在地面上不断地挣扎，让周一星心都哆嗦了。

若非白小纯此刻按住了猪兽的后背，压制了它，它怕是立刻就会扑过去……

看到这一幕，周一星惊恐无比，尖叫哀号，他彻底怕了……

就在这时，白小纯深吸一口气，目露果断之色。他怀着敬佩，带着遗憾，猛地松开右手，不再控制猪兽，随后转身向洞外走去。

他对周一星有佩服，更有承诺。白小纯觉得自己是个遵守承诺的人，说不看就不看。

“我见不得好汉流泪……你为何要逼我？”白小纯不住摇头，走出洞口时，他听到了身后猪兽激动的咆哮，还有周一星急速闪躲时发出的叫声。

“白爷……我错了，你别这样，你要问什么？我都告诉你！”周一星全力闪躲，颤抖着快速道。

听到周一星的话，白小纯身体一顿，目露得意之色，猛地转身看向正急速闪躲的周一星。

“好汉，你愿意回答我的问题？”

周一星是真的怕了，此刻眼泪都出来了，他挣扎着后退，指着那头猪兽，冲白小纯大吼。

“我说，我什么都说，你快让它停下！”

白小纯高兴起来，心中也有一丝遗憾，看向周一星，摇了摇头，大有一种这世间从此少了一个好汉的感觉。

“看来，这片天地里，终究还是只有我一个好汉罢了。”白小纯轻咳一声，直接走到猪兽面前，一把将其按住后，分身出现，拎着此兽飞出，将其送回丛林。

眼看猪兽被带走，周一星整个人都虚脱了，靠着岩壁颓然滑下。此刻他面色惨白，气喘吁吁，全身衣衫都被汗水浸透，目中透着劫后余生的庆幸。周一星看向白小纯，心中生出强烈的恐惧，似乎他看的不是人，而是天地间最邪恶的存在……

“你看，周一星，我对你真的没恶意，只是想问几个问题而已。来来来，你乖一些，把你知道的多色火的配方告诉我，从一色火开始都说一遍。”白小纯赶紧安抚周一星，蹲在他面前，一脸期待地问道。

他话语一出，周一星猛地睁大了眼，呆了一下。

“你……你要问的是这个？”周一星难以置信地问道。

“当然，我问的就是这个。怎么，你莫非要反悔？那头猪兽可还没走远……”白小纯一看周一星的表情，内心咯噔一声，他猛地站起身，翻脸怒道。

“我说，我说！”周一星既憋屈又愤懑，抬头看着岩壁顶端，努力不让眼泪流下。他有些抓狂了，本以为对方要问什么隐秘之事，却没想到，对方只是问这个……要知道，多色火的配方，从一色火到十四色火，几乎所有炼魂世家都有，甚至在巨鬼城中花费一些魂药也能买到……

他若早知晓眼前之人问的是这个问题，何必抵抗？想到自己之前承受的痛苦，周一星就感觉很无语。

可他转念一想，立刻反应过来，觉得此事蹊跷，眼前这姓白的也是炼魂家族的，不可能不知道多色火的配方，对方既然知道，又何必来问自己？偏偏对方一开始还不说要问什么，只说要问一些问题。

显然，对方是在戏弄自己！

周一星的眼睛顿时红了，他越想越觉得蹊跷，便死死盯着白小纯。周一星一咬牙，将一色火到十四色火的配方一一说出。

白小纯精神一振，立刻取出一枚玉简，赶紧记录。他听得很认真，甚至在周一星说完后，他还颠来倒去地询问，周一星对答如流，白小纯这才放下心来，面露喜色。

这一幕让周一星在心中破口大骂，他给白小纯的配方没有丝毫作假，毕竟对方也是炼魂师。只是周一星没想到，这姓白的似乎玩上瘾了，在那里装模作样。

“你装得真像！”周一星心中暗道，这种被羞辱的感觉让他更窝火。

白小纯开心地收起玉简，继续问其他问题，每一个问题都让周一星觉得眼前这姓白的在耍自己……

尤其是里面还夹杂了不少乱七八糟的问题，这让周一星摸不清头绪，心中的憋屈感越来越强烈。

直至白小纯又问了一个问题……

“不对啊，周一星，还有十五色火的配方呢，快说快说。”白小纯期待地看向周一星。

听到这里，周一星终于忍不住了，眼睛似要喷火，他豁出去了，向着白小纯怒吼起来。

“姓白的，你别和我装了，装什么装！你不知道这里是巨鬼城啊？你不知道鬼王是四大天王啊？你不知道传送阵啊？

“这样好玩吗？你居然还问我今年多大，问我有几个道侣，你什么意思？

“你也是炼魂师，你不知道十五色火的配方只有那些大家族才有啊？该死的，姓白的，你要玩到什么时候？”周一星愤怒地咆哮，眼泪却流下来了。

这一番咆哮让白小纯尴尬起来，摸了摸鼻子。方才的很多问题都是他瞎问的，他真正想知道的事情，夹杂在那些乱七八糟的问题里。此刻，眼看周一星十分激动，白小纯便嘿嘿一笑，一挥手，直接将周一星拍晕了。

白小纯没再理会周一星，神色慢慢严肃起来，他站在洞口，看着外面的天地，眼神深邃。

“原来，蛮荒的势力结构是这个样子……奇怪，为何我在边城没有得到丝毫信息……而很显然，这些事情根本就不是秘密，应该是被人刻意隐瞒了……”白小纯喃喃低语，心绪起伏。

第 570 章

炼火之法

整个蛮荒有五大势力，分别是五大城。

这五大城，又被称为一皇四王，分别是九幽城、巨鬼城、斗圣城以及灵临城，最后一个则是魁皇城！

与通天大陆的宗门不一样，蛮荒这里的秩序似乎延续了古老的构架，处于巅峰的是这一代魁皇，而魁皇下有四大天王。

四大天王如同诸侯，掌握四大城池，拥兵自重。

皇城里，在天王之下，还有天君，此后天侯……整个蛮荒的等级划分，根本就是王朝的结构。

白小纯从一个个问题中总结出答案，虽然这个答案让他有些意外，但他仔细一想，这也在意料之中。毕竟他知道，蛮荒内的那些魂修和炼魂师曾经是这片世界的主宰，只不过在若干年前，通天岛的那位天尊推翻了王朝，成了主宰，前朝余孽逃入蛮荒，这才有了如今的局面。

而如今白小纯所在的地方，正是四大天王之一巨鬼王的势力范围，眼前那片丛林叫作迷魂林。

同时，他也知道了巨鬼城所在的方位。如果按照通天大陆来标注的话，巨鬼城在通天西脉，与星空道极宗的通天东脉相距甚远。

想要从这里回到星空道极宗所在的东脉，需要跨越通天海，难度极大，哪怕是元婴修士也做不到，唯有修为达到天人者，才可以横渡通天海。

不过，这并非唯一的方法，若能动用传送阵，那么想要从这里去通天东脉所在的蛮荒区域并非特别困难。只不过，在白小纯旁敲侧击之下，他隐隐从周一星的话语里感受到，传送阵似乎只对在蛮荒出生之人有用。

那传送阵似乎是以蛮荒内的魂力为根本，存在诸多奇异之处。

周一星也不能肯定，这只是他听到的传闻。白小纯沉默不语，看着苍穹，半晌之后叹了口气。

“罢了罢了，总要去试试，说不定我运气好，真的就被传送回去了呢。”白小纯摇头，看向被自己拍晕的周一星。

虽然此人几次三番欲置自己于死地，但将其杀了的话，也着实有些可惜。若是在边城那里，杀了也就杀了，可在此地，自己孤零零的，人生地不熟，需要有一个人带路。

而且，在白小纯的感觉中，周一星像是自己的福星，这样的人出现在自己面前，似乎预示着自己在蛮荒也能混得风生水起……

白小纯想到这里，就更不舍得杀周一星了，于是沉吟少顷，掐诀间，一口气在周一星身上下了上百个禁制，将其生死牢牢掌握后，这才放心。

“一点修为都没有的话，对他也不好，万一他倒霉，遇到什么麻烦，被弄死了就不好了。”白小纯想了想，便释放了周一星的一成修为，又觉得不安全，于是再减了一半。

“剩下半成修为，他就算遇到筑基修士，也可以周旋一下，最起码逃命无碍。”白小纯觉得自己对这福星很好了，没再理会周一星了，而是盘膝坐在一旁，取出记下的多色火配方，开始研究起来。

为了防止出现意外，白小纯身体出现重叠虚影，三大分身全部走出，一个走到洞外，另外两个一左一右坐在白小纯身边，为其护法。

时间流逝，很快就过去了三天。周一星早就醒了，他躺在那里一动不动，感受着自己身上被封印了九成半的修为。他心底松了口气，既然对方直到现在都没杀自己，还封印了自己的修为，看来自己的性命算是暂时保住了。

可一想到这段日子倒霉的经历，周一星就觉得悲哀，便躺在那里，看着岩壁顶端，默默发呆。

此时，白小纯全身心沉浸在多色火配方的研究中，他越研究，就越心惊，到了最后，不时发出啧啧之声。

“这多色火，居然是如此炼制的……以不同种类、不同属性的魂作为材料，对魂的要求也很严格。

“而且，想要炼制出二色火，必须在一色火的基础上去炼……得到二色火后，填入魂再炼，才可得到三色火……”白小纯兴趣极大，他发现炼火竟与炼药有些相似之处，虽不能照搬，但可触类旁通。

“有意思……”白小纯舔了舔嘴唇，他清楚地知道自己的优势，所以对炼火更为心动。

此刻，他不再去注意二色火以上的配方，而是重点研究一色火，他打算一点点尝试，一步步去炼制。

在他正在研究一色火配方时，他的水分身猛地睁开双眼，起身取下白小纯的储物袋，身体一晃，走出山洞，在四周寻找冤魂。

周一星看着这一切，越发心惊，尤其是想到之前对方的三大分身破自己的禁制时，那种摧枯拉朽般的气势，他就不由得吸了口气。

“这姓白的到底修炼的是什么神通？我也不是没见过分身，可其他人的分身大都是虚幻的，能有本体一成的修为就算了不得了，而此人的分身居然与本尊一样强悍，这……这怎么可能？”

周一星惊疑不定，就这样过去了数个时辰，外面已是漆黑一片。突然，一道身影临近，走入洞内，吓了周一星一跳，他仔细看去，认出这正是之前走出山洞的分身。

这分身一步来到白小纯面前，将储物袋递过去后，盘膝坐下，一动不动，继续打坐。

白小纯双目睁开，拿过储物袋，挥手间，从储物袋内取出七八个冤魂，这些冤魂都模糊不清，如一缕缕雾气飘摇，时而化作魂士，时而化作凶兽，向着白小纯嘶吼。

白小纯看都不看一眼，神色极为严肃，他已然处于当初炼药的状态，右手抬起猛地一捏，这七八个冤魂立刻被白小纯捏在了手心内。

这一捏之下，居然有一丝丝火光从白小纯的拳头里散发出来，可很快，火光就慢慢散去。当白小纯摊开手掌时，掌心空无一物。

这一幕看得一旁的周一星撇了撇嘴，满是不屑。

“他这是在用我周家的炼火之法……哼，我周家的炼火配方乃九幽王所赐，虽不算顶级的，但也极为不俗，炼魂师没有个几十年乃至数甲子的练习，绝对难以掌握。炼魂师就算是炼制一色火，也至少需要一年才可成功。我在炼魂方面的天赋，连族长都赞叹，可就算如此，我也用了三个月，尝试了数千次才成功。此人分明有其他配方，可偏偏要学我周家的，真是自不量力！”周一星暗道。

白小纯皱起眉头，看着掌心，陷入了沉思。推衍许久后，他双目一亮，再次从储物袋内取出七八个冤魂，右手抬起，猛地一捏。

同样的一幕再次出现，随着冤魂在手心凝聚，丝丝火光亮起，竟没有熄灭，而是越发闪耀起来。当白小纯摊开手掌时，一团一色火在他掌心熊熊燃烧起来！

这一幕让周一星顿时睁大了眼，目瞪口呆。他清楚地知道，不同体系的配方之间很难兼容，一般来说，一个炼魂师只擅长一种炼火之法，很难同时掌握多种方法，就算掌握了，也需要调整很久。

“可眼下，不到一炷香的时间，这姓白的才试了两次，居然就成功了！”周一星心想。

这让周一星惊讶极了，连呼吸都急促了一些。

“运气好而已，一定是这样，姓白的运气不错！”周一星咽下一口唾沫，安慰自己，仍盯着白小纯手中的那团一色火。

第 571 章

你到底是谁

“也不是很难嘛。”白小纯得意地看着手中的一色火，发现炼火与炼药的确差不多。

虽然两者的方法不一样，但经验互通，比如这炼火，需要把握融魂的时间以及不同属性的魂融合后所出现的变化，并根据这些变化再做调整。

难就难在，这一切都要在那一捏之下完成，如果错过了时机，一色火就无法形成。

这个过程，还需炼魂师运转修为去配合，无论是灵力还是魂力，都算天地之力，故而白小纯的炼火没有受到影响。

这一切，对旁人来说，的确需要足够多的练习才可做到。白小纯第一次炼火失败也是因为没有调整好频率与速度。他沉思之后，索性将这些魂看成不同属性的药草，将自己的手看成丹炉，将自己体内的灵力看成火。

如此一来，思路立刻清晰，他这才成功！

看着手中的一色火，白小纯精神振奋，仿佛面前打开了一扇大门，门后有一条通天大路在等着他。

“炼魂师都是这天地的亲儿子，我也是炼魂师！”白小纯哈哈一笑，暗自得意，炼制出一色火就代表着自己，于蛮荒之人眼中，已经是一品炼魂师了。

“接下来是二色火……”白小纯目光炯炯地看着手中的火焰，从储物袋内取出一些魂，他将那些魂看成药草，按照配方的要求，依照比例将魂融合，又调整体内灵力的强度与手掌的闭合程度。

这一切虽极为复杂，可白小纯炼药多年，早就熟悉了。他极为自信，全身心沉浸在内，将一个个魂融入一色火内。渐渐地，一色火的颜色改变，似要出现第二种颜色。

这一幕让躺在旁边的周一星眼睛都直了，忍不住坐起身来。看到白小纯手中的一色火快速变成二色火后，周一星觉得这一切太不可思议了。

“不可能啊……当初，我用了整整三年的时间，才炼制出二色火！”周一星如同见了鬼一样，倒吸一口凉气，心底酸酸的，有些不服气。

“有什么了不起的，不就是一个二色火吗，多大的事，这姓白的运气不错！”周一星暗道。

周一星心中酸楚时，白小纯这边，手掌内的二色火瞬间成形。

他没有停下，竟再次取出更多的魂。这一次足有四五十个冤魂，被他以更复杂的方式一一融入二色火。渐渐地，二色火出现了第三种颜色，成了三色火！

白小纯似乎毫不在意手中的三色火，没有半点停顿，甩袖间，数百个冤魂出现。他目露奇芒，将手掌的三色火猛地一挥，顿时形成一片三色火海，将那些魂一一覆盖，看似是瞬间覆盖，实际上却有先后，更有白小纯对灵力的控制，他等于是瞬间完成了大量复杂的操作。

一眨眼的工夫，火海被收回，落在他手心，此火不再是三色，而是成了四色！

“这怎么可能？”周一星眼睛睁得老大，心神震动，他死死盯着白小纯手中的四色火，呼吸急促。之前的一切，他以为这个姓白的是靠运气，而眼下看到的这一幕，他根本就无法继续说服自己，这已经不是运气能解释的了。

白小纯一次性将火焰炼制到四色的程度，成了二品炼魂师！

这速度之快，让周一星甚至怀疑，眼前之人莫非是自己家族的某个族人……

眨眼间，这个念头就被周一星打消，他死死盯着白小纯，那种嫉妒的感觉让他神色狰狞。

“我就不信了，这只是区区四色火，此人用我周家的配方，绝对炼不出五色火，因为存在一个很难的关卡……”周一星想到这里，只见白小纯一口气取出上千个冤魂，一一融合后，他手心内的四色火竟剧烈地摇晃起来，快要熄灭之时，白小纯猛地一握拳头，再次摊开手掌时，掌心的火焰竟出现了第五种颜色！

这一幕让周一星傻眼，他头皮发麻，却还在嘴硬。

“此人就算再出色，莫非还能一下炼制出九色火不成？他炼不出来，可我能炼！他就算是天骄又怎样，天骄多了，天赋再好，也需要足够的时间去沉淀！”

周一星的想法，白小纯不知道。白小纯如今正全神贯注地炼火，如果他知道的话，怕是会更得意。此刻，他目不转睛地望着手中的五色火，没有继续往下炼制，而是在思索之前这五色火为何快要熄灭。

半晌后，白小纯若有所悟……

“是冲突。这配方并非完美，在炼制五色火时，众多魂融合后，会出现一次冲突，如同爆发一样，炼魂师若能压制，则可成火，若无法压制……炼火就会失败。

“这么来看，不能完全相信配方了。”白小纯沉吟少顷，继续炼制六色火。按照配方，炼制六色火需要三千个魂。

而且，这些魂的搭配一个都不能错，还要把握好融合的时间。这对很多二品炼魂师来说是最难的地方，可对白小纯而言，融合三千个魂而已，他游刃有余。

在白小纯有条不紊的调整下，很快，三千个魂一一融入五色火内，随着火焰轰然蔓延，六色火出现了！

紧接着是七色火。当七色火也出现在白小纯手中后，周一星已骇然至极，他看向白小纯时，目中带着强烈的嫉妒，心中甚至生出一丝绝望。

他难以想象，面前这姓白的到底拥有何等天资，竟一次性炼制出七色火。

周一星很清楚，自己虽说出了配方，但其中需要注意的一些细节，他只字未提。尽管他没提，可眼前这姓白的仿佛无师自通一样，这让周一星害怕了起来。

当八色火也出现在白小纯手中时，周一星都要麻木了，他眼神呆滞，眼前的这一切让他觉得不真实……

没过多久，只听一声轰鸣，九色火出现在白小纯手中。那轰鸣声将周一星震醒，他猛地从地上跳了起来，指着白小纯，神情如同见鬼了一样，整个人面色苍白，神色从骇然到茫然，目光也没了焦点，他似乎快要崩溃了。

“不可能，这不可能……除了第一次尝试，之后直到九色火，你全部都是一次性成功……任何一个三品炼魂师都不敢说自己能做到这一点，只有黄品炼魂师才能做到！你到底是谁？”周一星有些歇斯底里，因为这种奇迹在他看来极为荒谬。

被周一星打断，白小纯皱起眉头，不悦地看了周一星一眼，同时心底得意，他在看到自己炼出九色火后，也很激动。

“聒噪！”白小纯学着前辈高人的样子，淡淡开口，再次看向手心的九色火，压下激动的心情。

他调整呼吸，直接取出三万个魂，这些魂扩散八方，白小纯猛地松开右手的九色火，九色火立刻形成火海，扩散开来。

与此同时，白小纯运转灵力，不断将那些魂融合，有的魂单独融入火中，有的三五个魂一起融入火中，还有的魂先融合，再融入火中。

约莫十次呼吸后，当所有魂都被火融在一起时，白小纯右手抬起，向着那片火海狠狠一捏。

轰！

白小纯的手掌如同黑洞，瞬间将那片火海吸入其中，当他摊开手掌时，掌心赫然出现了一团十色火！

第 572 章

我就不信了

十色火一出，整个山洞顿时被火光照亮，光芒甚至穿透了四周的洞壁，使得秃山从外面看来也猛然间明亮了起来。

一股强大的威压从十色火内扩散，使得白小纯睁大了眼，呆呆地看着手中的十色火，他身体颤抖，呼吸急促，双眼露出激动之色。

“成了，我炼出了十色火！”白小纯兴奋极了，亲手炼制出多色火甚至比他炼药更有成就感。

白小纯狂喜，而一旁的周一星则脑海嗡嗡作响，整个人彻底蒙了。他大脑一片空白，茫然地看着白小纯和十色火。

周一星很想告诉自己，这一切都是幻觉……可他无法再欺骗自己了，他是亲眼看到对方用周家的配方一路从一色火炼到了十色火。

这颠覆了他的认知，就算是在家族内身为黄品炼魂师的老祖身上，也没有发生过这样的事情。

对方刚刚知道自己家族的配方，居然就成功了，这一切让周一星觉得天旋地转，世界都被颠覆了。

“这不可能……不可能……怎么会这样……”周一星如呓语般不停念叨着，面色惨白如纸。这件事对他的打击极大，他觉得与眼前这姓白的相比，自己根本就是个废物。

周一星颓然，心中苦涩，他已经没有力气去嫉妒了，毕竟两人之间的差距实在太大，他连嫉妒都不够资格。

他清楚，十色火代表着三品炼魂师的巅峰，放眼整个蛮荒，能炼制出十色火的炼魂师也不多。任何一个三品巅峰炼魂师，都可以在一片区域里横行。

三品巅峰炼魂师甚至可以吸引不少魂修跟随，毕竟十色火可是十份下品魂药啊！

而绝大多数炼魂师也愿意让魂修跟随自己，毕竟炼魂师炼火时需要大量的魂。如炼制十色火，需要三万个冤魂，炼魂师若是自己去获取，未免太过麻烦，有了跟随者，自然就简单很多。

可也不是所有炼魂师都喜欢身边有魂修跟随，还是有不少炼魂师喜欢独自一人，至于所需的魂，自己若抓捕不到，则去所在王城或大的炼魂家族，直接用魂药交易。

总之，炼魂师到了三品巅峰后，已经算名声不小了，而若有机缘再进一步，就会发生蜕变，成为黄品炼魂师。

黄品炼魂师名扬八方，三品与其之间差距极大。

白小纯深吸一口气，好不容易将目光从十色火上挪开，斜着眼看了看周一星。

周一星与白小纯对视，这一刻，他的骄傲、他的强硬全都被白小纯的十色火击溃了，他竟有些不敢看白小纯的眼睛了。

白小纯内心一乐，知道这十色火将周一星震慑住了，这对自己以后命令此人有很大好处。

“也好，既然把他吓倒了，那么就再吓一次好了。我炼出十一色火，摇身一变，成为黄品炼魂师，估计会把周一星吓得半死。”白小纯想到这里，顿时期待，嘿嘿一笑，取出玉简，当着周一星的面开始研究十一色火的配方。

周一星迟疑了一下，低声说了一句：“白道友，十色火与十一色火之间，差距不小……”

“你等着看就是了。”白小纯傲然开口，前十次的成功让他信心十足，觉得炼火实在太简单了。

听白小纯这么一说，周一星顿时心跳加速，他望着白小纯，琢磨着若能亲眼看到十一色火，对自己而言，将是不小的机缘。而且，对方用的是周家的配方，这对周一星来说，不亚于家族老祖在他面前亲自炼火。

周一星立刻深吸一口气，正襟危坐，目不转睛地凝视。

眼看周一星如此，白小纯趾高气扬，拿着十色火，琢磨了一下十一色火的配方后，他一拍储物袋，六万个魂顿时呼啸而出，在四周形成风暴。白小纯肃然抬起右手，开始将那些魂融入火内。

十几息后，白小纯的面色有些变了，他发现虽然自己可以将这六万个魂融合，但在融入十色火时，渐渐出现了一些奇异的变化。此火威力太大，白小纯又不熟悉，以至于在使其扩散融魂时，波动不小。

“不好！”白小纯面色再变，一个不小心没有控制住，十色火顿时失控，猛然间将四周的魂全部融了进去。

这时火焰漫天，却没有多出一个颜色，而是闪耀了几下后，砰的一声……熄灭了。

一缕青烟升起，随后消散。白小纯傻眼了，周一星也愣了一下。

白小纯呼吸一窒，那种自己刚刚吹嘘完，可转眼间就失败的感觉让他脸颊火辣。他低吼一声，猛地一拍储物袋，大量的魂立刻飞出。白小纯重新开始炼火，从一色火一直炼到十色火后，他便盯着那十色火半晌，总结经验，再次尝试炼制十一色火……

没过多久，轰鸣声再次响起——他又失败了！

“我就不信了！”白小纯彻底怒了，一拍储物袋，却发现里面没有魂了……再看那周一星，此刻他也恢复如常，望着白小纯，目光里带着古怪。

“有什么好看的，你给我去找魂！抓不回十万个魂，别给我回来！”被周一星这么一看，白小纯恼羞成怒，眼睛一瞪，袖子一甩，直接将周一星扔出山洞。

山洞外，周一星咬牙切齿，觉得这姓白的太霸道了，明明没太大本事，自己先前还劝说了，他不听也就罢了，还说起大话，做不到，又迁怒于自己。

“哼，黄品岂是那么容易达到的！”周一星冷笑，却有些无奈。因为他身上有白小纯留下的禁制，只能听从白小纯的命令，去四周抓魂。

只是这附近的魂大都被白小纯的分身抓完了，周一星找了半天也没找到，又担心空手回去会被白小纯收拾，于是咬牙走向更远处寻找。

此刻天色已晚，乌云弥漫，不多时，就有雨水洒落大地。这雨水酸臭，落在身上让人很不舒服。时而还有一道道绿色闪电，从天空划过。

换了其他时候，周一星运转修为，自然不在意这雨水，可眼下，修为被封印了九成半，他欲哭无泪，心底不断咒骂。

“我恨姓白的，最好冥皇开眼，直接降下一道冥雷，将那姓白的劈死才好！”

不单是周一星外出寻魂，白小纯还安排了三大分身外出搜魂，他的分身甚至直接进入了迷魂林。

分身修为与本尊一样，又拿着聚魂丹，找起来自然要比周一星便利许多，很快，三大分身就一一回归。

白小纯沉默许久，分析了失败的原因，最终咬牙，再次炼制。

一次、两次、三次……

时间流逝，转眼间过去了七天，白小纯已炼出十个十色火，却没有一次成功炼出十一色火。

这让白小纯恼羞成怒。此时，他眼睛都红了，满是血丝。他披头散发，整个人如魔怔般，疯狂寻找失败的原因并加以改正。到了最后，原本周家的十一色火的配方被白小纯不知不觉中改动了不少。

他的炼制也在不断进行，只是这十色火与十一色火之间，似乎存在瓶颈，不但配方需要改良，甚至在炼魂师对十色火的掌控上也有很高的要求。

时间一天天过去，白小纯已疯魔……

第 573 章

白道友救命

八天很快过去，此刻，在距离山谷较远的地方，周一星披头散发，狼狈不堪，他悲愤地咆哮，急速逃遁。

他的身后赫然有上百个魂士，正群情激昂地追杀。

“你们欺人太甚！”周一星不住悲吼，心底憋屈，姓白的要求他抓回十万个冤魂，可他修为被封，根本就找不到这么多。

此时，他只剩下半成修为，虽是结丹后期，但本就带着伤势，如今他的战力已跌至筑基初期的程度。

他也不是没想过要趁着这次外出逃走，可他发现，当他与白小纯拉开一定距离后，自己体内的禁制就要爆发，吓得他赶紧回头，心底对白小纯的诅咒也就更多。

这也就罢了，他在途中居然被人不怀好意地盯上了。当他察觉不妙要逃走时，居然有魂士跳出来阻拦。虽然他一路杀了一些魂士，但魂士并没有减少，反而越来越多，到了最后，四面八方都是魂士，仿佛他们是在狩猎，而自己一不小心成了他们的猎物。

危急关头，周一星只能施展秘术，不惜损耗生机，强行冲出。只是那些魂士看到自己施展秘术后，竟兴奋起来，死命追击。

周一星内心憋屈极了，他若是修为没被封印，遇到这些筑基魂士，必定不会放过。

可眼下，他魂力被封，太多术法无法施展。一想到自己居然被这些魂士追杀，他委屈得眼泪都要流下来了。他知道，自己一旦被追上，怕是生死难测。

“我是三品炼魂师，你们竟敢如此！”周一星凄厉的声音在四周回荡，他身后赫然有两把由术法形成的魂刀呼啸而来，并在他身边爆开。冲击力让周一星口吐鲜血，踉跄了一下，继续狂奔。

他的身后，上百魂士目中冒光，死死追击，其中甚至还有两个中年魂修，目光贪婪，看向周一星时，仿佛看到了移动的宝藏。

可听到周一星自称三品炼魂师，二人面色一变，就连四周的魂士也惊疑不定。

“炼魂师？此人身上的魂力波动极弱，无法判断其身份。若真是炼魂师也就罢了，可若蒙骗我们，一旦他伤势痊愈，我们就错失了杀人夺宝的机会，甚至还会因此招致大祸……”

这两个魂修相互看了看，其中一人咬牙开口。

“你说自己是三品炼魂师，只要你拿出七色火，我们就相信你，并立刻向炼魂师大人赔礼道歉！”

周一星听到这番话，更为憋闷。因修为被封，他甚至连炼火的能力都没了，更别说七色火了。不知如何证明自己的身份，他只得悲吼一声，再次施展秘法，加速逃遁。

“竟敢虚报炼魂师身份！”

“他跑不了多远，追上去，除掉此人，我们黑山部落这一次的危机就可以化解！尤其是此人已受了重伤，他就是冥皇送给我们黑山部落的大礼啊！”眼看周一星加速逃走，两个魂修松了口气，继续追击。

一天后，这场追击依旧没有结束，周一星几乎用尽全部的力气疯狂地逃遁，他怒火中烧，感觉自己要爆炸了。

“我最恨姓白的！全天下所有姓白的，我都恨！”周一星心底愤恨，“我之前好心告诉他，炼十一色火难度极大，他不听我的也就罢了，失败后居然还恼羞成怒！若不是那姓白的恼羞成怒，逼我出来找魂，我岂能落得如此下场？”

眼看身后之人越来越近，周一星怒吼，拼命施展秘法，拉开距离。这时他的嘴角不断溢出鲜血，向着白小纯所在的山洞疾驰而去。

时间流逝，这一天，周一星这一辈子也无法忘记。在这追杀下，他用了多次秘法，耗费了不少生机，就连头发也花白了。他付出如此代价，才终于坚持到了现在。

远远地，周一星看到了白小纯所在的秃山，他都快哭出声了，那是激动的眼泪，他从未如此期待回到白小纯的身边。

“你们给我等着！”周一星大吼一声，直奔秃山而去。

他身后那上百魂士以及两个魂修神色变化，看向秃山时，隐隐觉得不妙。他们彼此看了看，狠狠一咬牙，各自掐诀，立刻有魂力猛地扩散。

他们的上空顿时形成了两把数丈长的魂刀，两把魂刀融合在一起，化作十丈大小的魂刀，四周那上百魂士也齐齐咆哮。

与此同时，丝丝气血从魂士身上爆发，化作阵阵黑雾，融入十丈魂刀中。此刀诡异，如有大口，一吸之下，就将上百魂士的气血全部吸收。嗡鸣间，刀身膨胀起来，最终竟延伸至五十丈，向着周一星疾斩而去。

做完这些，两个魂修一下子就萎靡下来，四周上百魂士也面色苍白，可看向周一星时，他们目中都带着期待。

“部落秘法！”周一星心神狂震，尖叫一声，急火攻心，竟连续喷出七八口鲜血。

周一星再次展开秘法，在魂刀临近时，速度轰然爆发，他险之又险地避开，直接栽倒在秃山上，凄厉地大吼。

“白道友救命！”

那把五十丈的魂刀速度不减，竟直奔秃山而来，似要将周一星连同此山上的一切尽数毁灭！

与此同时，在秃山的山洞里，白小纯的三大分身都外出抓魂，他盘膝打坐，神色狞恶，披头散发，双目布满血丝，整个人近乎癫狂。

他手中有一团十色火，无数冤魂飘荡在四周，正不断融入火中。白小纯全神贯注，不敢有丝毫分心，外面的事情他之前就看到了，却没时间去理会。如今，他彻底红了眼。这段日子，他失败的次数太多，每次失败之后都要从头再来，代价太大了。

“这一次，一定可以成功，一定能行！”白小纯呼吸一窒，眼看在十色火的不断吞噬下，第十一种颜色就要出现，可就在这时，此火猛地晃动，白小纯面色变化，焦急中左手掐诀，猛地一指，十色火的融合顿时加速。

可就在这时，此火摇晃得更为剧烈，紧接着，一股让白小纯面色陡变的波动猛然从十色火内爆发。

与此同时，周一星的惨叫声传来，来自上百魂士的咆哮声也传入白小纯的耳中。

这些声音刚刚传来，就立刻被一股更为强烈的轰鸣声所掩盖。瞬间，十色火不稳，不知发生了什么变化，居然自爆！

白小纯大叫一声，猛地后退，直接撑开永夜伞进行防护。

整个秃山轰鸣起来，还没与魂刀碰触，山峰就自行崩塌，一股火焰扩散四方！

无数碎石向四周激射，急速熔化，仿佛成了火红的岩浆……

至于那来临的魂刀，只是被此火一碰，就瞬间崩溃，化作飞灰……

第 574 章

冥皇继承人

这一切发生得太过突然，无论是周一星还是那些魂士，没有一个反应过来，只是眼睁睁地看着这座秃山如火山一般爆发。

震天轰鸣声中，秃山崩塌，化作岩浆，使得众人惊声尖叫，急速后退。

好在此火没有扩散太远，就消散开来。周一星闪躲得快，倘若慢了一刻，整个人就要被烧成飞灰。

这一幕不仅使周一星头皮发麻，更让那些追来的魂士与魂修心神战栗，内心咯噔一声，目露骇然。

“你们好大的胆子，居然敢打扰我炼火！”火海慢慢消散，一个愤怒的声音从中传了出来。

这声音带着怒意，回荡四方。火海终于散去，白小纯的身影出现，他面色难看，从其内一步步走出。

他全身衣衫破烂，怒火中烧，他觉得自己这一次原本是可以成功的，之所以失败，定是因为受到了打扰。

此刻，他眼睛都红了，怒视着那些魂士与魂修。

只见白小纯右手猛地抬起，手中的是从储物袋内取出的一团七色火！

“三品炼魂师！”在白小纯取出七色火的瞬间，四周所有魂士都颤抖起来。他们呼吸粗重，紧张地望着白小纯手中的七色火，仿佛那是一种本能的恐惧。

不单是这些魂士，就连那两个筑基大圆满的魂修也面色惨白，心神震动。

他们心知肚明，此人能炼制出七色火，就代表他是三品炼魂师。这样的炼魂师，随随便便就可以召集一大群魂修作为追随者。而之前被他们追杀的那个家伙，就是这炼魂师的追随者。

他们不但得罪了那位追随者，还打扰了一位三品炼魂师炼火……

此事顿时就让这两个魂修额头冒汗，尤其是看到白小纯那赤色的双眼，想起之前那片恐怖的火海，二人立刻抱拳，深深拜下。

“魂师息怒……我等真的不知道魂师大人在这里炼火，还请魂师大人息怒，我们……我们愿意赔偿！”

两个魂修的声音都颤抖了，四周那些魂士立刻跪拜下来。

眼看这些人如此，白小纯终究无法发怒，而且他此刻也意识到，这些人的打扰虽然与十一色火的炼制失败有些关联，但不是主要因素，主要还是自己的炼制方法有误。

虽然他解决了之前炼制中遇到的问题，但眼下又出现了一个新的问题，而且这个问题很严重，那自爆的威力让他心惊。

“应该是内部不稳造成的，但之前也没自爆啊……”白小纯若有所思。

两个魂修惶恐不安，再次道歉后，神色一动，想起了部落如今的难处。他们对望一眼，心头一热，立刻开口。

“魂师大人洞府已毁，若暂无地方可去，可以到我们部落中休息。”

白小纯眼看这山洞无法居住了，点了点头。此刻，他也需要一个地方去仔细思索十一色火炼制失败的原因。

同时，看到这两个魂修与那些魂士的表现，白小纯突然意识到，在蛮荒中，炼魂师的地位之高，还在自己的想象之上。

一旁的周一星尤其悲愤，他看着这一切，心底委屈，之前说了自己是三品炼魂师，可偏偏那些魂士与魂修不信。

就这样，这群人恭敬地将白小纯请回了他们的部落。这个部落不是很大，约莫有一千人，处于一片山峦中的山谷内。

部落四周虽有围栏，但给人的感觉很原始，山的四周被挖出了一些洞府。白小纯一到，立刻被奉为上宾，那两个魂修将自己的洞府送给白小纯居住，每天还送来大量冤魂作为赔偿。

白小纯再次感受到了炼魂师在蛮荒崇高的地位，尤其是魂士每次看到自己时，那恐惧与崇敬交织的目光，让白小纯有种强烈的感觉：似乎无论何事，只要自己一句话，这些魂士就会毫不犹豫地去执行。

反倒是那两个魂修，虽也对他恭恭敬敬、曲意奉承，但明显有私心，好几次都欲言又止。

至于周一星，因被认作白小纯的追随者，在部落内也享受着尊贵的待遇，只是与白小纯比较，还是有所不及。

白小纯每天消耗的魂极多，直至在部落内居住了半个月后，眼看那两个魂修都已经咬牙送出冤魂时，白小纯也有些不好意思了。

“说吧，你们有什么事情需要我帮助。”这一天，两个魂修又恭敬地送来冤魂，白小纯轻咳一声，淡然开口。

此话一出，那两个中年魂修顿时激动起来。这些日子，他们始终在犹豫，不知如何开口，听到白小纯主动提出，二人相互看了看，立刻道出了实情。

两个月前，冥皇突然传出法令，要选择继承人，但要求极为苛刻。尽管如此，可整个蛮荒无论是王城还是炼魂家族，都为之疯狂起来。

而争夺继承人之位，有修为限制，所以参与者需要海量的魂药去提高修为。巨鬼城内的三大家族拼尽一切，向领地内的所有部落下了强制命令，要在规定时间内上交大量魂药，部落若交不上去，则将面临生死危机。

而他们黑山部落，之前出现了一些意外，导致实力衰弱，短时间内，他们拿不出那么多魂药。无奈之下，他们一方面变卖部落内的物品，一方面外出寻找炼魂师相助，同时四处打劫，想要凑足魂药。

白小纯听着听着，有些蒙了，而一旁的周一星却连眼珠子都差点瞪出来，尤其是听到“冥皇继承人”这几个字的时候，周一星眼睛亮了起来，呼吸急促不已。

白小纯内心一动，神色如常，不露痕迹地旁敲侧击。周一星此刻心神震动，也就没有注意到白小纯在套话，将他所知道的全都说了出来。

白小纯这才明白，原来在蛮荒，除了皇城的魁皇外，还有一个冥皇！

关于冥皇，有一个传说：一代魁皇死后，其魂没有消散，而是化作一条冥河，掌控这世间的死亡，而冥河之灵，就是冥皇！

冥皇是所有魁皇治下子民的信仰，即便是在蛮荒，在多年潜移默化的影响下，这些魂士也信仰冥皇。

魁皇似乎是实际的领袖，而冥皇则是精神的象征。

传说，在冥河深处存在一座冥皇宫，而冥皇就居住在那里。甚至在历史上，时而还有冥皇使者出现在人间。每一个冥皇使者都受人尊敬，甚至连当代魁皇都会对其十分客气。

两个月前，冥河于皇城苍穹显化，降下法旨石碑。法旨内提出，一甲子内，冥皇欲选出一位继承人，成为下一代冥皇。

此事立刻轰动了整个蛮荒，要知道，多少年来，从没出现过冥皇选择继承人之事，这还是首次！

皇城内所有家族、天侯、天君，还有四大王城的天王，都被此事所震撼，他们都想让自己的族人成为冥皇的继承人。

而想要成为冥皇的继承人，需要满足两个条件：一个是必须有元婴修为，第二个则是要获得候选人资格。

第 575 章

炼灵自身元婴

这两个条件的重点，是后者。

毕竟元婴修士在蛮荒并不罕见，尤其是那些强大的炼魂师，因为他们可炼制魂药，与其他魂修相比，修为境界更有可能突破结丹，进而达到元婴修为。

难的，是获得候选人资格！

“如何获得候选人的资格？”周一星神情微凛，看向那两个中年魂修，问道。

此刻，周一星的心脏加速跳动，冥皇挑选继承人，对整个蛮荒而言，都是一件惊天动地的大事，他修为虽尚未达到元婴修为，但也想去争一争。

白小纯若有所思，也看向两个中年魂修，这二人没有隐瞒，将自己所知道的如实道出，毕竟这种事情也并非什么秘密。

“想要拥有候选人资格，首先必须是炼魂师，最重要的是，要炼灵自身元婴五次以上！”

随着这两个中年魂修的话语传出，周一星面色猛地变化，失声惊呼。

“这怎么可能？炼灵自身元婴，这是传说中炼魂师的终极之法，虽理论上可让人修行速度暴增，达到一种不可思议的程度，但……这种方法，极少有人会去尝试，尤其是要炼灵五次……这不是找死吗！”

白小纯双眼一亮，在这之前，他从来没想过，居然可以炼灵自身元婴，这种事情，匪夷所思不说，其难度必然极大。

要知道，炼灵存在失败率，尤其是要炼灵五次，失败率极高。炼灵法宝时，一旦失败，法宝就会碎裂，这炼自身的元婴……想必也是如此。

若是失败了……元婴碎裂，等于是自身形神俱灭。这种事情，谁敢尝试？

白小纯不由得倒吸一口凉气，难怪周一星如此大惊失色，敢于尝试此事者，要么就是有强大自信之人，要么就是极度疯狂之辈。

“的确如此，可冥皇继承人的机会实在难得，很多元婴天骄还是会去争夺……魁皇城内，有一座冥碑，此碑是从冥河降临，据说能感应到整个蛮荒范围内，所有符合这两个条件之人，并将他们的名字以及炼灵自身元婴的次数显示在石碑上。

“石碑上的排名，所有人都可以看到，听说不久前，石碑上已有七八个元婴天骄的名字……一甲子岁月过后，石碑上排名第一之人将成为冥皇继承人……”两个中年魂修苦笑。他俩说出这番话后，周一星觉得此事太疯狂了，炼灵元婴五次，不就是主动踏入鬼门关吗？

“炼灵自身元婴五次……难度也不是很大。”白小纯眨了眨眼，忽然开口。

“难度不大？！”周一星睁大了眼，看向白小纯，似乎忘记了自己的身份。

“就算炼灵五次难度不大，但最终排在第一者怎么可能只有这种水准呢？这些元婴天骄一旦争夺起来，必定不死不休。炼灵五次只是基础，想要成为第一，指不定要炼灵自身元婴多少次！”周一星一想到此事与自己无缘，就颓废了不少，看到白小纯不以为意的样子，他便立刻反驳。

“到时候，元婴天骄相互争夺之下，以他们的背景与势力，别说炼灵五次了，甚至七次八次都有可能！

“传说中，若能将自身元婴炼灵十五次，就可以从元婴初期突破到元婴中期；将自身元婴炼灵十八次，就可踏入元婴后期；将自身元婴炼灵二十次，就可达到元婴大圆满。更有传闻，若能炼灵自身元婴二十一次，就可以直接成为天人……没有失败的可能！尽管如此，可这种事情，谁敢去做？”周一星垂头丧气，长叹一声后，忽然意识到自己的语气有些冲，不由得心底咯噔一声，有些后怕，他赶紧收敛了一些。

“这是一条必死之路，太难了，毕竟炼灵十五次的法宝，就可以让人与天地沟通，晋升为天人，只是成功率不高。”

白小纯目光微不可察地一闪，此刻，他已明悟，通过周一星的话语，他甚至已经知道蛮荒炼魂师成就天人的方法。

这方法，与炼魂师的等级有关，炼魂师需要炼灵至少十五次的法宝去沟通天地，使得自身与天地天人合一，修为突破。

而能炼制出十五色火的，唯有突破到玄品的炼魂师……

“这么看来，蛮荒的体系的确与炼魂师密不可分……”白小纯心下了然。

炼灵自身元婴，是炼魂师加速修行的终极之路，只是此路一步苍穹，一步九幽，生死一线相隔。

此刻，白小纯的心脏忍不住狂跳，他想到了龟纹锅，想到了自己的炼灵之法。

“若有一天，我能成就元婴……或许可以用这个方法，让我的修为突飞猛进，甚至成就天人……也不是不可能的。”白小纯想到这里，心跳更快了。

不过，白小纯也明白，此事对他而言有些遥远，毕竟眼下最重要的，除了尽快赶回边城，就是寻找天人魂。

他已有三个天人魂分身，想要让自身修为突破，已无法使用天兽魂，只能再去寻找两个天人魂，而且必须是金属性和土属性的天人魂。

一想到天人魂，白小纯就有些发愁。

两个中年魂修相互看了看后，向着白小纯抱拳，抬头时，目光恳切。

“大人，此事如今已轰动整个蛮荒，无论是皇城内的皇子，还是王城中的天骄和各大炼魂家族，都在用各自的方法，想要争一争这冥皇继承人之位。

“巨鬼城也是如此。不仅王城需要大量魂药，巨鬼城中的三大炼魂家族也是这样，试图以此提高族人的修为，如此一来，税收就比以往高了很多……

“层层传令之下，到了我们这里，这一次要交出的魂药比以往多了一倍不止……我黑山部落承受不住，只能另想办法。”黑山部落的两个中年魂修越说越觉得苦涩。

“还请白大人相助，给我们炼制出五百份下品魂药，我等愿意拿出一座储魂塔，作为交换。”

二人终于将来龙去脉说得清清楚楚，也提出了他们所求之事。说完，这二人再次抱拳，深深一拜，其中一人从怀里取出一座灰色的小塔，恭恭敬敬地送到了白小纯的面前。

这座小塔通体灰色，更有阵阵灰色雾气散出，萦绕在塔的四周，使得此塔若隐若现。这座小塔给人一种历经岁月之感，似乎是一件古物。

这座小塔只有五层，白小纯看去，立刻轻咦一声，感受到塔内居然存在空间之力，与储物袋极为相似。

“储魂塔……”白小纯若有所思，虽然他没见过此物，但以他的修为，他不过扫了一眼，立刻就明白，这显然是蛮荒专门用来储存冤魂的物品。

毕竟将冤魂放在储物袋内，总是会消散，只有将冤魂放在这种专用的储魂塔内，才可使其长久保持灵动。

在白小纯打量储魂塔时，一旁的周一星心底酸酸的。他明白，储魂塔虽不是特别少见，但价值不菲，是炼魂师喜好之物。眼前这座储魂塔更是不俗，竟有五层，而且，很明显，其制造之法颇为古老。

对那些强大的炼魂师而言，这种五层的储魂塔或许不算什么，但对其他炼魂师来说，这算是宝物了，其作用的确如白小纯所想，与储物袋相似。

“没什么了不起的，我以前也有一个……”周一星内心嘀咕，却还是忍不住眼热。他曾经有的那座储魂塔只有三层，是他踏入结丹后，家族老祖所赐。只不过之前在迷宫内，他被白小纯重伤后逃遁，又遇到了强敌，在打斗中，储魂塔被毁了……

就在周一星内心酸楚时，白小纯望着储魂塔，开始沉思。过了一会儿，他双眼猛地一亮，脑海中仿佛有雷霆一闪而过。

“我想到十一色火炼制失败的原因了！”白小纯心中突然想到。

第 576 章

瞅你咋的

白小纯呼吸急促，右手猛地抬起，向着储魂塔一抓。这储魂塔立刻就从那个中年魂修手中飞出，直奔白小纯而来。

储魂塔被白小纯一把拿在手中，他的灵识顺着右手融入储魂塔内，游走一圈，立刻就感受到了塔内磅礴的空间之力，而且，这种空间之力极为特殊，对魂有着滋养之效。

这让白小纯立刻确定自己之前的猜测是对的，他目露奇异之色。

“果然如我所料，这储魂塔的作用，与储物袋类似。

“只不过储魂塔是专门用来储存冤魂的，冤魂在储物袋内会变得不那么灵动，时间久了还会消散，而在这专用的储魂塔里，则可保持完好如初。

“我炼制十一色火之所以失败，不是因为我的手法不娴熟，也不是中间哪个环节出现了问题，而是炼制十一色火的魂少了一丝灵动。

“每个冤魂都缺少一丝灵动，累积在一起，就造成炼制过程的不稳。

“这种不稳，在炼制的过程中被不断放大，最终就导致了自爆！

“如此来看，只要将那些冤魂放在储魂塔内，就可解决所有问题，我就有把握炼制出十一色火！”白小纯想到这里，内心激动，精神振奋，恨不能立刻就去尝试一番。

此刻，周一星与那两个中年魂修看到白小纯激动的样子，思绪各不相同。周一星有些诧异，而那两个魂修则是大喜，觉得眼前这位大人十有八九会同意他们的请求。

“大人，这储魂塔内的冤魂，除了用来炼制魂药的外，其他的就当我等对之前的事情表示歉意了，还请大人收下。”两个中年魂修相互看了看后，趁热打铁般，再次恭敬地抱拳开口。

白小纯没理会周一星与那两个中年魂修，灵识在储魂塔内扫过，发现其中存放着大量冤魂，可以看出黑山部落的急切与诚意。

“也罢，我就给你们炼……”白小纯心情愉悦，觉得很满意，于是点了点头。可他话还没说完，忽然神色一动，抬头看向远处的天空。

很快，远处的天空上就出现了一道长虹，长虹速度极快，轰然而来，呼啸间，竟直奔黑山部落。

还没等临近，一股结丹大圆满的气息就从长虹上爆发，使得长虹光芒璀璨，在这黄昏的天色中格外显眼。

这一幕立刻使得整个黑山部落震动了，不少魂士吸气，纷纷走出，抬头看向天空，就连白小纯身边的两个中年魂修也面色一变，抬头看去。

周一星也愣了一下，看向天空时，瞳孔收缩，他显然看出来人的修为不俗，这已经与他全盛之时相差不多了。

那道长虹呼啸间，直接就来到了黑山部落的上空，长虹消散，露出了一道身影。

那是一个中年男子，一头长发披肩，相貌寻常，却煞气逼人。他全身上下，此刻有黑雾缭绕，那些雾气时而凝聚出一张张面孔，仿佛一个个冤魂，并向着四周发出咆哮。

威压从此人身上扩散开来，那不是魂修的魂力波动，而是炼魂师的魂力波动！

中年男子高高在上，双眼睥视下方，目光在周一星身上一扫，于白小纯那里顿了顿。当看到白小纯手中的储魂塔后，他目露寒意，又看向黑山部落的那两个中年魂修。

“黑山部落的头领，过来见我！”他声音冷淡，如同主宰一样，似乎他能来到黑山部落，本身就是此地的造化。

在他开口的同时，白小纯身边的两个中年魂修呼吸急促，赶忙上前，抱拳深深一拜：“拜见魂师大人。”

“本尊李峰，你们黑山部落的五百份下品魂药，李某接了，还不把魂塔拿来？”李峰语气平淡，却有种不容置疑之意，仿佛一旦他说出口，其他人就必须遵从，否则就将引起他的滔天怒火。

实际上，他之所以来到这里，是因为之前路过此地时，他听说黑山部落要以一座储魂塔换取下品魂药。

对储魂塔，李峰志在必得。此物对那些炼魂家族而言，或许不太重要，可他李峰不属于哪个炼魂家族，而是散修，若能以五百份下品魂药换取一座储魂塔，对他来说很划算。

于是李峰立刻赶来，可到来之后，他就看到了白小纯手中的储魂塔。不用猜，他也知道，自己晚来了一步……

可他有自信，自己既然来了，那么这座储魂塔，他就志在必得。

白小纯站在那里，眨了眨眼，没说话。

黑山部落的两个中年魂修傻眼了，若白小纯不在这里，李峰到来，他们必定狂喜，可眼下，同时出现了两位炼魂师，这就让他们纠结了，毕竟他们哪个也不想得罪。

“这个……大人，这位大人已经同意了我们的请求，这个……”二人迟疑了一下，小心翼翼地开口。

半空中的李峰听到他们的话，目光顿时锐利起来，如同剑光一样，扫向白小纯。

“此地之事，与你没关系了，这魂塔，我要了，拿来。”李峰眼睛一瞪，十分可怕，语气看似平静，可话语中的狂傲之意极为明显，尤其是那目中的寒意，似乎若白小纯敢拒绝，等待他的，必定是雷霆之怒。

李峰眼中还有轻蔑之意，这轻蔑显然来源于自信。

白小纯立刻就不高兴了，他觉得自己没欺负别人就不错了，居然还有人要来欺负自己。尤其是这座储魂塔，白小纯觉得它对自己也很重要，自己岂能放弃？于是他也瞪起了眼睛，瞅着李峰。

“你瞅谁呢！”李峰目光冰冷。

“瞅你咋的！”白小纯脖子一梗，说道。比眼神，自己这辈子还从来没怕过任何人！想到这里，他内心骄傲，目光炯炯，狠狠地瞅了过去。

黑山部落的那两个中年魂修更纠结了，看看李峰，又看看白小纯。二人心底一叹，不再开口，今日之事已不是他们能决定的了，反正不管部落最终和谁交易，只要对方能完成他们的请求就可以了。

不过几次呼吸的时间，李峰忽然笑了，那笑容冰冷，目中的不屑之意更为明显，他似乎懒得与白小纯多说。只见李峰右手猛地抬起，手中竟直接出现了一团十色火！

十色火一出，立刻就让天地色变，黑山部落的那些魂士看到十色火后，全部心神狂震，哗然之声顿时回荡。

“十色火！”

“天啊，他是……他是三品巅峰炼魂师！”这些魂士纷纷颤抖，齐齐跪拜下来。

不单是那些魂士骇然，就连黑山部落的那两个中年魂修也脑海轰鸣，面色大变。两人快速走出，赶紧恭敬地下拜。

“三品巅峰啊，这样的炼魂师可不多见，只差半步，就可以踏入黄品！”

“这样的炼魂师同意给我们炼药，这是我们黑山部落的造化啊！”

“这李峰，居然也是三品巅峰炼魂师！好好好，这样的话，就有看头了！”一旁的周一星心底兴奋起来，甚至有些幸灾乐祸，他很希望李峰将这姓白的击败，如此一来，说不定自己就能解脱了。

“快打！”周一星心中暗道。

眼看众人如此，李峰内心得意。实际上，他也是近期才炼出十色火，内心也很激动，他很享受这种一拿出十色火，就受到八方朝拜的感觉。此刻，李峰不屑地扫了白小纯一眼，冷哼一声。

“滚！”

第 577 章

欺负人

李峰的确有这个自信，也看出白小纯修为不俗，可他不在意，十色火本身所蕴含之力足以让他无视太多同境之人。

而且，炼魂师斗法的手段大都与魂火有关，他相信，只要对方的炼魂师品级低于自己，那么就算修为相近，自己也是必胜无疑。

此刻，李峰冷眼看着白小纯，内心冷笑，他相信，只要对方有些自知之明，就绝对不敢招惹自己。

白小纯皱起眉头，看着嚣张的李峰。听着四周众人的惊呼，他觉得对方太招摇了，竟直接拿出十色火，抢了自己的风头。

“李峰修为达到了结丹，心性却如此，我辈修士，讲究的是内敛含蓄，不可太过高调，而且，就算行事高调，也不该如此粗俗。”白小纯暗自摇头，觉得李峰与自己的差距太大了。

他琢磨着，自己是应该一巴掌拍过去灭了此人呢，还是应该用行动告诉李峰，什么才叫出风头。

白小纯正考虑时，黑山部落的那两个中年魂修居然又向着白小纯一拜，委婉地提出让白小纯交还储魂塔。毕竟在他们看来，白小纯只是能炼制七色火的三品炼魂师，而那李峰却是能炼制十色火的三品巅峰炼魂师，对比之后，高下立判。

此刻，二人虽提出了要求，但也不得不委婉一些，毕竟他们也不愿意得罪白小纯。

白小纯没有理会这二人，可偏偏一旁的周一星干咳一声，低声开口。

“此人不好惹啊，大人，要不我们放弃吧……”

白小纯眼睛一瞪，心底不悦，他觉得自己很有必要露一手，让这里所有人都明白，什么才叫出风头！

“我最恨别人在我面前卖弄了！”白小纯抬起下巴，睥睨四周，右手抬起一挥，手中出现了一团火。

此火，正是七色火！

四周那些魂士神色古怪，那两个中年魂修也是如此，至于半空中的李峰，则是轻笑一声。

“自不量力。”李峰抬起下巴，傲然道。

“李峰，在我蛮荒，你看到任何一个炼魂师，都不要对他说‘自不量力’这四个字。”白小纯淡淡开口，一股高深莫测之感顿时从他身上显露出来，配上他飞扬的长发、舞动的衣衫，整个人显得飘逸出尘。

而他的声音，如同蕴含着某种看透一切的沧桑，在天地间悠悠回荡，似在感慨，又似在追忆曾经的年少，这一切让四周众人内心一震。

“因为你永远都不知道，你面对的，到底是一个什么样的伟大存在。”白小纯摇头，说话间，他左手一挥，大量冤魂顿时从储魂塔内呼啸而出。

这些魂一出现，白小纯就看似随意地将手中的七色火向外一挥，松开手掌时，七色火顿时形成一片火海，向着四周猛地扩散开来，将那些冤魂全部笼罩在内。

这一切极快，随着白小纯右手握住，那片火海发出轰鸣之声，急速而来，瞬间回到白小纯的手掌内，化作了一团火，而且多了一色，成了八色火！

这一幕，立刻让四周的魂士全部睁大了眼。

“八色火！这……这是在炼火吗？！”

“挥手间，七色火就成了八色火，这……这……”

两个中年魂修也心底一震，他们见过炼魂师炼火，却从来没看到过如白小纯这样的炼魂师，轻描淡写，如行云流水般，就将七色火炼成了八色火。

不单是他们愣住了，半空中的李峰也是如此。就算是自己在炼制八色火时，也难以做到这种程度，此刻，李峰隐隐有种不妙之感，脸上有些挂不住，冷笑一声。

“娴熟而已，想必你在炼制八色火上已下了不少功夫，可那又如何，在我面前，你依旧不够格！”

白小纯抬起头，看向李峰，淡淡开口。他的下巴抬起，目光却很平静。

“如八色火不够，那九色火呢？”白小纯摊开手掌，八色火再次化作一片火海，储魂塔内，更多冤魂飞出，扩散四方，立刻就被八色火吞噬。

这一切看似瞬间完成，可那些魂融合的过程，没有出现丝毫差错。当白小纯的右手手掌再次握住时，这片火海倒卷而来，刹那间就凝聚在白小纯的手掌内。这一刻，所有人的目光都落在白小纯的右手上。

白小纯的右手慢慢打开，其内顿时升起一团九色火焰！

“九色火！”四周那些魂士纷纷吸气，惊呼出声。而那两个中年魂修，眼珠子都鼓了起来，呼吸急促，心神轰鸣。

李峰全身震颤，死死盯着白小纯手中的火焰，脑海嗡鸣。白小纯炼制九色火的轻松，让他感受到了前所未有的压力，在这之前，他甚至没有想过，居然有人可以如此轻易地炼出九色火。

这种事情，超出了他的想象。就算是他，也需闭关一段时间，静心后才能炼制出九色火，就算如此，也不是次次都能成功。

“这不可能……”李峰的呼吸一下子有些乱了，他觉得这一切不可思议。

“没有什么是不可能的，在你眼中此事困难无比，不代表在其他人眼中一样如此，九色火而已……”白小纯微微摇头，神色平静，右手再次一挥。大量冤魂从储魂塔内呼啸而出，方圆百丈内，所有人纷纷后退，一股滔天九色火从白小纯手中爆发出来。

远远一看，此火极为惊人，不断扩散，快速与那些冤魂融合。不过几次呼吸的时间，当所有冤魂融入九色火后，白小纯右手抬起，猛地一握。

在他握紧右手的瞬间，如同掌控了火焰，四周的九色火海倒卷而来，消失在他的手掌内。

这一幕，让四周众人心神狂震，他们眼中的白小纯，此刻如同火焰的主宰，似乎一切火，在他面前，都要臣服！

“就算是十色火又如何？”白小纯微微一笑，摊开手掌，手中出现了一团让众人色变、让天地光芒璀璨、让八方云雾翻滚的十色火！

此火更为活跃，散出的热浪让四周都扭曲了起来，仿佛可以焚烧虚无！

四周众人无法承受，纷纷后退，看向白小纯时，已骇然至极。

李峰手中也有十色火，可与白小纯的十色火比较，明显暗淡了不少，虽同是十色，却差距不小。

十色火一出，哗然之声震天而起，那些魂士被白小纯这番行为彻底震撼了。

“三品巅峰！”

“天啊，白大人……居然也到了三品巅峰！”

那两个中年魂修，此刻已经傻眼，如同见了鬼。他们无论如何也想不到，白小纯居然也能炼出十色火，而且很明显，白小纯的十色火要比李峰的十色火品质好太多。

半空中的李峰此刻身体颤抖，面色大变，头皮发麻，他直勾勾地看着白小纯手中的火，脑中一片空白。

“不可能，这怎么可能……”他无法接受这个事实，前一刻，自己还高高在上，可下一瞬，眼前之人居然就达到了与自己一样的高度，甚至更高一些。

就连周一星，此刻也倒吸一口凉气，他是在场的人里面唯一知道白小纯可以炼制出十色火的人，可眼下看着白小纯手中的十色火，他也忍不住心脏狂跳。

“这……这还是十色火吗？我从来没看到过如此磅礴的十色火……”周一星看向白小纯，目露恐惧。他记得之前白小纯炼制出的十色火还在正常的范围之内，而眼下，这十色火……太惊人了。

第 578 章

黄品炼魂师

白小纯看着众人震骇的神情，内心愉悦，表面上却不露丝毫，仿佛对这一切都不在意。

“如果十色火还不够，那么……十一色火如何？”白小纯看着手中的火焰，又抬头看了看李峰，忽然开口。

此话一出，四周黑山部落的那些魂士再次喧嚷起来，那两个中年魂修也心神狂震，失声惊呼。

“十一色火……唯有黄品炼魂师才可以炼制出来，难道……”

半空中的李峰全身猛地一震，就连周一星也吸了口气。

不等这些人反应过来，白小纯目露神光，他也想知道自己之前的判断是否正确。他的神色变得严肃起来，灵识刹那间融入储魂塔内，猛地一震，顿时将储魂塔内所有冤魂都震了出来。

眨眼间，一个个冤魂从储魂塔中呼啸而出，四散开来，使得这里阴风阵阵，让人感觉仿佛置身冥界。无数冤魂发出凄厉的嘶吼，似要逃遁，就在这一瞬，白小纯猛地抬头。

“火散！”他话语一出，松开手掌，一挥之下，手中的十色火轰然扩散，顿时火海撼天，所有人都急速后退。

天地失色，风云涌动，一股火热之力爆发开来。而那片火海，远远一看，也成了火焰风暴，将那些四散开来的冤魂吞噬，与其融合。

这些冤魂都是一缕缕雾气，就算逃得再快，也快不过弥漫的十色火。眨眼间，四周的冤魂就减少了许多，约莫三十次呼吸后，四周千丈再也没有丝毫冤魂。

火海不断旋转，气势惊天动地，而其内的白小纯，身影虽然模糊，但在众人心中早已掀起了惊涛骇浪。

这一刻，白小纯仿佛真正成了火之君王！

火海内的他，右手抬起，声音传出。

“凝！”

只是一个字，却仿佛蕴含了某种法则之力，竟可以号令火焰，使得这片火海瞬间倒卷而来。轰隆之声不断回荡，一眨眼的工夫，这片火海就直奔白小纯的右手而去，随后消失在他的手掌内！

随着他手掌握住，火海完全消失，众人心惊肉跳，呼吸粗重，齐齐看向白小纯抬起的右手。

此刻，没有人说话，只有越发急促的呼吸声。周一星心跳加速，尽管他觉得不可能，可依旧忍不住紧张起来。

白小纯面色如常，似乎自始至终，他都没有半点在意，可实际上，他心底无比得意，精神振奋，尤其是看到众人的目光，他更是心底舒坦。此刻，他故意停顿了一会儿，才慢吞吞地摊开手掌。

他的掌中出现了一团火，此火磅礴，蕴含的火热之力让周围的空间都扭曲起来，使得所有人都感受到了巨大的生死危机，似乎他们若沾染了一丝火焰，就会化作飞灰。

在火焰出现的瞬间，苍穹隐隐有雷鸣响起，似乎是此火引起了天雷异象！

无数目光，在这一刹那，都投向此火，阵阵吸气声传出，仿佛是这火焰吸走了四周的所有光芒，成了这片天地内唯一的光源！

与此同时，白小纯脚下的地面也开始熔化，似乎在这火焰下，一切都将不复存在，可偏偏白小纯在这火焰中却毫发无损！

此火颜色多变，肉眼去看，无法看出端倪，可若将修为凝聚于双眼，再去看时，就能看出其内蕴含的颜色，正是十一色！

那赫然是十一色火！

短暂的寂静后，四周众人全部失声惊呼，最终形成音浪，撼动八方。

“天啊，这是十一色火吗？我这一生，从来没见过十一色火！”

“十一色火，十一色火，白大人，他不是三品，而是黄品炼魂师！”

“黄品炼魂师……那是在任何一个炼魂家族，都可以被奉为上宾的存在，就算是在巨鬼城，也是如此！”

那些魂士都傻眼了，心神震动，声音回荡。至于那两个中年魂修，此刻已经目瞪口呆，彻底蒙了。这一切太不可思议了，让他们觉得仿佛天地都坍塌了。

“黄……黄品……”

“黄品炼魂师！”

这二人好半晌才反应过来，没有任何迟疑，扑通一声立刻跪拜下来，瑟瑟发抖，那是对黄品炼魂师的敬畏。在他们眼中，黄品炼魂师是一跺脚，就可以让四方震动的大人物。

这种大人物，如今竟出现在他们的面前，尤其是二人之前还让其交回储魂塔，虽言辞委婉，但如今他们一想起，还是胆战心惊，恐慌万状。

不仅两个中年魂修如此，半空中的李峰也十分恐惧，他猛地一个激灵，身体一晃，就立刻落下。

“请大人息怒……”李峰赶紧开口，他恐惧极了，面色苍白，内心更是悲呼起来。那种得罪了不能得罪之人的感觉，让他直冒冷汗，心中既后悔又委屈。

眼前之人可是堂堂黄品炼魂师啊，居然为了一座储魂塔，替这小部落炼魂药……

此刻，周一星也怔住了，连连吸气。他看向白小纯时，双眼大亮，若说之前他还觉得不服气，甚至内心讥讽，那么眼下，他对白小纯已是心服口服，甚至产生了一丝狂热。

他清楚，对方之前还炼不出十一色火，可这才过了多久啊，对方居然一口气就将十一色火炼了出来，而且动作极为娴熟，这不禁让周一星生出崇敬之情。

此刻，周一星忽然意识到，能够跟随一位黄品炼魂师修炼，对自身而言，也是造化！尤其是对方在炼魂上显然天资纵横，日后说不定可以突破黄品，踏入玄品。而且，自己如今算是第一个追随者，没有其他人来竞争，更容易讨好对方。

想到这里，周一星更为狂热。

白小纯内心舒爽，享受着四周众人崇敬的目光。他轻咳一声，目光落在了李峰的身上。

“罢了，本尊岂能与你一般见识？不过是看你天资不错，想要告诉你，做人要低调……你看我如此厉害，什么时候高调过？”白小纯说完，右手一挥，将那十一色火收走后，转身袖子一甩，下巴微扬，不再理会众人，便向着洞府走去。

李峰心底苦笑，他听着白小纯的话语，觉得眼前这大人若是不算高调，那么就不知道什么是高调了。可他不敢多言，只能感激地称是。不过，此刻他的心中也生出了如周一星一样的念头。

“我若能跟着这位黄品炼魂师，偶尔被提点一下，也算造化……若能时常请益，那更是……”想到这里，李峰猛地咬牙。他知道散修的苦，平日里又接触不到黄品炼魂师，此刻好不容易遇到一位，他立刻就下定决心，无论如何，也要巴结对方，争取成为对方的追随者。

做了这个决定后，李峰下意识地看向周一星。

“此人应该是那位大人的追随者，也是我要超越的目标！”李峰心中暗道。

就在李峰看向周一星时，周一星也有了决断，他看向李峰，察觉到对方的想法后，立刻不悦，更有警惕。

“此人要和我争夺追随者的身份！”

二人对视一眼，都看到了对方目中的竞争之意以及一丝敌意。

第 579 章

重印面具

李峰没有离去，而是留在了黑山部落，主动跟在白小纯身边，态度极为恭敬，摆出一副只要是白小纯要求的事情，他就算赴汤蹈火也必定会完成的样子。

这给了周一星很大的压力，使得他对白小纯越发狂热起来。

白小纯眼看如此，便没有赶走李峰，毕竟二人都在想方设法地讨好自己，这让白小纯很满意。

“唉，我实在太优秀了，无论走到哪里，都有人纳头便拜，让我不好拒绝，我这人就是心软啊。”白小纯心想。

黑山部落内的魂士与魂修对待白小纯的态度，也比之前更加狂热，尤其是那两个中年魂修，几乎将白小纯奉为神明。他们集合整个部落之力，去满足白小纯提出的一切要求，白小纯也就答应了炼制魂药之事。

不过，在炼制魂药之前，有一件事情白小纯要尽快去完成。他没有耽搁，当天夜里就在洞府四周布置了禁制，甚至安排了三大分身遮掩面部外出守护，这才盘膝坐在洞府内，小心翼翼地将面具摘了下来。

在摘下面具的瞬间，白小纯警惕地看着四周，他的三大分身也是如此，确定此地没有异常后，白小纯这才放心。

“我已经能炼制十一色火，那么接下来，就要将这面具炼灵十一次，抹去其上的印记，留下我的印记！这样的话，就没有人能通过这面具找到我了！”白小纯眨了眨眼，取出龟纹锅以及一到十色火，将面具叠加炼灵后，他深吸一口气，看着龟纹锅内的面具，最终将十一色火融入龟纹锅。

顿时，龟纹锅散发出强烈的光芒，这光芒不再是银色的，而是金色的。这金光眨眼间就将洞府照亮，一股改天换日般的气势从金光内散出，虽只有一丝，但也让白小纯心神震动。

好在这不是他第一次用十一色火炼灵，在那幻境内，他已有了经验。此刻，他定气凝神，等龟纹锅将金光全部吸收。当灵纹都闪耀金芒时，白小纯立刻就将面具扔进了锅中。

“一定要成功！”这面具很重要，白小纯有些患得患失。将面具扔进锅内后，他顿时看到龟纹锅上金光再次亮起，璀璨无比，仿佛无数金丝，直奔面具而去。

金丝交织在一起，直接就将那面具笼罩，阵阵轰鸣声在这一刻传遍洞府四周，那面具竟融化了！

很快，那面具化作一滴乳白色液体，散发出阵阵清香，香气扑面而来，白小纯闻了一下，立刻精神一振。

“炼灵十一次，可以回溯本源。当年的树叶成了大树，此刻，这面具居然成了一滴乳白色液体。”

在白小纯震惊时，这滴乳白色液体已飞速凝固，很快，它居然成了一颗珠子，如同珍珠一样，散发出柔和的光芒。而这珠子上，此刻忽然出现了一道熠熠生辉的金纹！

很快，龟纹锅的光芒暗淡下来，随后完全消散。白小纯呼吸急促，将这颗珠子拿在手中，立刻就感受到其内蕴含着一股迷幻的气息。

他只是略微感受了一下这股气息，就仿佛置身幻境之中，四周不再是洞府，而是一片仙境，无数仙山林立，无数仙鹤飞舞，无数灵花盛开，云雾缭绕，让人分不清真假。

好在这一切都在刹那间消失，很快，白小纯就恢复如常，他拿着手中的珠子，呼吸一窒。

“此物比之前的面具多了迷幻之力，应该还有更多不同，需要我自己慢慢去摸索。”白小纯心脏狂跳，仔细查看一番，精神振奋，确定这珠子内再没有任何人的印记后，他赶紧将自己的烙印留在了珠子上。

这白色的珠子一闪，白小纯顿时感觉与这珠子产生了一丝联系，不禁心中狂喜。

“成了，我对之前的面具没有这种感觉！”白小纯哈哈一笑，拿着珠子，在自己眉心一拍，这珠子立刻消失在他的通天法眼内。

与此同时，他的面容模糊，刹那间又清晰，但已不再是白小纯的模样，而是重新化作白浩。

这一刻的他，看起来没有丝毫破绽。

如果说，之前他戴上这面具后，一些大能之辈或许能看出些许不同，那么眼下，就算是半神，也看不出来了。

此时，蛮荒内，距离此地极为遥远之处有一座城池。

这城池呈金色，如同一条金色巨龙，散发出阵阵威严之意，笼罩四方，仿佛可以镇压一切。

此城正是蛮荒内的魁皇城！

此刻，在魁皇城中心区域，空中云雾缭绕，隐隐可见苍穹内似乎还有一城，那里正是皇宫所在。

皇宫内，一处极为奢华的大殿中，有一位老者正在盘膝打坐。这老者衣着华贵，不怒自威，似身居高位，一言可定万万人生死。

而他的修为，更是深不可测，远远一看，老者仿佛是一位神祇！

在白小纯抹去印记的刹那，老者的双眼猛地睁开，露出让人望而生畏的金芒。他似乎心绪不宁，修为出现波动，波动扩散，使得整个皇宫都震动了起来。

“消失了……”老者陷入沉思，随后忽然皱起眉头，抬手一挥，殿门立刻无声无息地开启，大殿外有个中年男子，正瑟瑟发抖地跪拜着。

“大天师，陛下受惊，让小的过来问问，什么事让大天师动怒，修为起了波动……”

“陛下胆子太小了，算算时间，他也该去闭关了，提升修为，也好增加胆量。传老夫旨意，陛下欲闭关十年，今天就开始吧。”老者淡淡开口，说完重新闭目，不再理会。

此刻，在巨鬼城势力范围内，黑山部落中，白小纯感受了一下自己的面貌，心满意足地召回三大分身。而后他看了看储魂塔，拍了一下，其内顿时飞出不少冤魂。

这些魂刚飞出，白小纯右手猛地抬起，一捏之下，如有吸力，将那些魂瞬间凝聚在手中，在一色火即将出现的瞬间，他猛地阻断，摊开手掌时，出现的不是一色火，而是一枚状似晶石之物。

“这就是魂药？”白小纯看着手中的晶石，感受到里面有阵阵魂力波动，研究了半晌，觉得这魂药十分神奇。

“炼制起来倒也简单，难的是多色火的炼制……只要能炼火，就可以炼魂药，就是不知……能不能用炼丹的方式，让这魂药更好炼一些？”

白小纯想了想，取出丹炉，将魂药扔进丹炉内，再次炼制，不过没有什么大用，无法让魂药的效果更好。

白小纯不死心，又拿出一些丹药，与魂药一起去炼，耗费不小，终于让魂药内融入了一些草木的药雾，可白小纯衡量之后，发现有些得不偿失。

“没用啊，无法融入太多药雾，在修炼上难以起到太大的作用，可花费的精力不小，不划算……除非放入一些毒气，还勉强有点用处。”

白小纯这才遗憾地放弃，心底觉得有些可惜。这经过调整的魂药，外表看不出丝毫变化，除非是炼药大师，否则也看不出内部的改动，可以说很完美了，毕竟在蛮荒这样特殊的环境中，几乎没人以草木炼药。

第 580 章

半神魂

经过研究之后，白小纯不得不放弃了在魂药内融合丹药的想法。毕竟魂药与丹药属于两种不同体系之药，无法合二为一。

“也罢，能融入一些毒气也是好的，说不定以后用得上。”白小纯安慰自己一番，继续炼制魂药。

毕竟答应了黑山部落，白小纯觉得自己做人要光明磊落，说一不二，于是接下来的一段时间，他沉浸在魂药的炼制之中。

所有魂，都由黑山部落提供。黑山部落已经够可怜了，白小纯有些心软，也没有克扣太多。

数日后，白小纯顺利炼出五百份下品魂药，看着这些魂药，白小纯心满意足，觉得自己很厉害。

“就算短时间内回不了边城也没事啊，我有这炼制魂药的本事，在蛮荒一样可以横行。”白小纯有些沾沾自喜，越发觉得自己优秀，无论走到哪里都吃得开。

“或许，这就是我最大的优点吧。”白小纯深吸一口气，闭上眼睛，正陶醉时，不由得想到当日在迷宫中，所有人都被传送出去，不知道神算子、宋缺、赵龙他们是否无恙，是不是也一样被传送走了。

“不知他们几个，现在如何……”白小纯忽然很期待在蛮荒中与他们相遇，这么一想，他就觉得自己不孤独了。

畅想一番后，白小纯低咳一声，摸了摸自己的面具。这段日子，他还有一个收获，就是发现这面具有掩盖气息的效果。它不仅对自己有用，甚至还可以将多色火的波动隐藏起来，哪怕他在这里炼火，外人也察觉不到。

“这是个好宝贝啊。”白小纯越发觉得这面具不错。此刻，他沉下心来，不再去想面具的事情，而是拿出储魂塔，打量一番。

“待我将这五百份下品魂药交给黑山部落后，交易就算完成了，这里虽然还不错，却不是久留之地啊。”白小纯沉吟片刻，琢磨着自己一方面要想办法回边城，另一方面则是要争取弄到十四色火以上的配方。

更重要的是，他必须寻找天人魂了，否则的话，他永远也无法突破结丹境，踏入元婴境。

“都怪那该死的红尘女！”一想到将自己弄到如此地步的罪魁祸首，白小纯就咬牙切齿，总有一天，要让红尘女知道自己的厉害！

白小纯喃喃低语，又看向储魂塔，此塔他之前只用灵识扫过，没有看得太仔细。此刻炼完魂药，他静下心来，准备仔细观察一下，最好能找到此物储魂的原理。

他的灵识蓦然散出，在储魂塔内仔细观察，可半晌之后，也没看出什么端倪。储魂塔内有大量灰色雾气，白小纯的灵识无法穿透，一切都是模模糊糊、若隐若现，但大致还能看清，他明显感觉到，储魂塔蕴含着岁月之感。

“雾气太多了……不让我看是吧……你这小小储魂塔，看我怎么收拾你！哼，此塔既已属于我，最好用炼灵之法荡涤一次，不管其内是否藏着别人的印记，都一次性直接抹去！”白小纯眨了眨眼，面具的事情，让他对这些别人给予的法宝有了很强的警惕心，他虽说没有看出什么端倪，但还是散出了分身。

白小纯一方面让分身、周一星与李峰外出搜集所需冤魂，一方面又让黑山部落继续送来大量冤魂。

数日后，白小纯终于凑齐了炼制十一色火所需的冤魂，在这一天的黄昏，他在洞府内再次炼制十一色火。

随着十一色火的出现，白小纯没有半点迟疑，用龟纹锅将储魂塔直接炼灵到十一次！

金光闪耀，储魂塔彻底改变，不再是灰色，而是如水晶一样玲珑剔透，其上一道金纹散出阵阵磅礴之力。眼下，就算是那些强大的炼魂师看到此塔，也会心动。

白小纯拿着水晶储魂塔，美滋滋地将自己的印记印在其上，感受到那种与此塔之间不可被割断的联系后，他才完全放下心来。

“现在，这储魂塔完全属于我了。”白小纯哈哈一笑，灵识再次融入储魂塔内仔细查看。这一次，他惊喜地发现，塔内的雾气竟消失了。他的灵识扫过，将这储魂塔看得清清楚楚。

可就在这时，白小纯轻咦一声，神色严肃起来，灵识全力展开，涌入储魂塔。

在储魂塔深处，之前被灰雾遮盖，使得白小纯没有看清的地方，居然有一道禁制封印！

这封印很细微，若不仔细去看，根本就看不出来。

“封印……”白小纯第一个想法，就是黑山部落的人要坑自己，可很快，他就觉得不对劲，这禁制封印给他的感觉与魂塔一样，都很古老。

白小纯沉思片刻后，想要试着打开这封印，看看其内到底有什么。可他尝试之后发现，这封印似乎是由死气构成，想要开启，需用庞大的天地灵力冲击，而以白小纯如今的修为，根本就打不开！

“有意思，这看起来很寻常的储魂塔内，居然有这么一个古老的封印……”白小纯收回灵识，摸着下巴沉思片刻后，眼睛忽然明亮起来。

“想要打开，需用庞大的天地灵力冲击……虽然我修为不够，但是……不代表我没有办法！小小储魂塔，让你看看你家白大爷的手段！”

白小纯一拍储物袋，光芒一闪，他竟直接取出一个大桶。

这大桶足有一人多高，五尺多宽，刚一出现，就有浓郁的灵力扑面而来，桶内居然装着满满一桶通天河水！

这是当年白小纯在逆河宗时，因那面具闹鬼般作乱，吓得他取来用于浸泡面具之物。后来，连他自己也忘了这件事，此刻，解开这魂塔内的封印需要庞大的天地灵力冲击，他这才想起储物袋内还放着如此宝物。

“通天河水，在蛮荒内算是稀罕之物，我有这么一大桶，不说最富有，也算大财主了吧。”白小纯舔着嘴唇，看着大桶，极为得意，傲然看了看那水晶储魂塔。

“这么一大桶通天河水，里面蕴含的灵力应该足以冲击这封印了吧。”白小纯眨了眨眼，右手掐诀，向着储魂塔一指，这储魂塔顿时产生吸力，桶内的通天河水直接被吸入小半，轰然冲向深处的封印。

整个储魂塔猛地颤抖，白小纯的灵识随之融入，仔细观察。那封印在通天河水的冲击下，开始出现碎裂的征兆，可同时还有自行愈合之意。

白小纯立刻掐诀，加入更多通天河水，直至将通天河水抽出大半后，在灵力的作用下，储魂塔内的封印似乎失去了愈合的能力，正大范围碎裂，眼看就要崩溃。

可就在这时，一丝丝让白小纯心神大震、脑海轰鸣的恐怖气息，竟从那封印的裂缝内钻出！

白小纯只是感受到一丝气息，就全身狂震，就连呼吸都变得急促。

“这是……这是……”白小纯尖叫一声，立刻掐诀，阻止通天河水继续冲击，他用尽全力，将储魂塔内的通天河水全部抽了回来。

好在他动作快，储魂塔内的通天河水及时被抽出，那封印才没有继续崩溃。似乎只要再加把力，就可以将其彻底破除。

白小纯调整了下呼吸，面色不断变化，他直勾勾地看着储魂塔，目露恐惧……

“那气息给我的感觉，完全超过了我所遇到的一切天人……与当初我在迷宫试炼之地感受到的炼灵二十一次的树叶所散出的气息极为相似，这……这是凌驾天人之人，那莫非是……半神？天啊，这里面到底封印了一个什么东西？”

第 581 章

撒手锏

白小纯口干舌燥，心跳加速，半晌后，他小心翼翼地再次将灵识融入储魂塔内，胆战心惊地慢慢靠近那被封印的区域。

从灵识内看去，封印布满裂缝，似乎稍微碰一下就会崩溃。白小纯迟疑了一会儿，因为裂缝内散出的丝丝气息让他更紧张了。

“完了完了，我又闯祸了……”白小纯郁闷，琢磨着自己不能就这么离去，怎么也要去看看才是。于是他狠狠一咬牙，控制灵识，再次靠近，顺着其中一道裂缝，慢慢进入封印内部。

他没敢深入其中，可只是进去一点，他就感受到了封印内的大致情况。

这里，竟然存在另一层空间！

这片空间内充满灰色的光，在那光芒深处，赫然盘膝坐着一位老者！

老者满脸皱纹，没有头发，身上居然缠绕着九百九十九条由符文幻化的铁链，被死死地封在这里。

从老者身上散出的气息来判断，他明显超越了天人太多。在白小纯看来，这老者仿佛神祇一般，全身上下散发出令人颤抖的威压。

“这是……半神吗？”塔外的白小纯屏住呼吸，透过灵识看着这一切，他觉得不可思议，此刻心惊肉跳，生怕引起对方的注意，小心控制着灵识后退。他已经想好了，这储魂塔他不要了。

就在白小纯控制灵识后退的瞬间，老者忽然睁开了眼。在睁眼的刹那，他的身体竟不再是人形，而是化作一条赤色的三头巨蟒，这一变化立刻就让白小纯惨叫出声。

“前辈饶命……”白小纯惨叫着，就要收回储魂塔内的灵识，可很快他就停住了，轻咦一声，察觉到那被铁链缠绕的老者，其身体并非实质，而是有些模糊，除此之外，还给人一种残缺之感……

更重要的是，虽然他睁着眼，看起来极具威严，但眼神茫然，似乎没有意识……

“残魂？”白小纯吸了口气，再次仔细观察后，心中终于有了确定的答案。

“半神残魂！”白小纯心跳加速，确定之后，又查看一番，这才慢慢退了出去。当灵识收回时，他一再深呼吸，稳定心神，看着手中的水晶储魂塔，内心仍然震动不已。

“有天人魂，自然就会有半神魂……这塔内之魂虽不完整，但也是半神魂啊！

“显然，此魂的本体不是修士，而是一头堪比半神的凶兽……应该是很久之前的大能之辈，被人灭杀，魂魄残缺。要么是被人封印，要么就是它自己所为，总之，被封印在这储魂塔内……”

白小纯抿着嘴唇，觉得自己算是捡到宝了，忍不住又散开灵识去观察。直至第二天晌午，白小纯才结束探察，仿佛明悟了什么。

“这的确是没有了意识的残魂，而且与这塔融合在了一起……一旦塔灭，此魂的封印也会随之破碎，而它的魂，则会在塔碎的瞬间崩溃爆开，形成一股毁灭之力，扩散四方。恐怕就算是天人，在这毁灭之力的冲击下，不死也得被重创……

“显然，这就是一件一次性的法宝！储魂只是其附加功能罢了，或者是一种迷惑的手段？”白小纯心神震动，他无法想象，到底是什么样的存在，居然能将半神的残魂拿来制作这么一件一次性的法宝。

此刻看着手中的储魂塔，白小纯感到有些匪夷所思，甚至有种不真实的感觉，这样一件足以威胁天人的宝物，居然如此轻易就落在了自己手中。

这没有让白小纯高兴，反倒让他有种汗毛竖立之感。

“这是巧合吗？”白小纯沉吟，回忆自己被传送到蛮荒后所遇到的一切事情，越想越觉得不对劲……

白小纯收起储魂塔，缓缓抬头，立刻召唤黑山部落的两个中年魂修前来。二人很快就来到白小纯的洞府，不知白小纯因何事召唤，都很紧张，赶忙下拜。

“你们给我的储魂塔，是从何处得来的？”白小纯没有废话，目光如闪电，盯着二人问道。

为了防止被二人欺骗，白小纯眉心的通天法眼甚至开启了一丝缝隙，使得他可以感受到两个中年魂修身体内外的一切变化，稍微有一点波动，他都可以看得清清楚楚。

两个中年魂修身体一颤，感受到了一股强大的威压。他们呼吸急促，不敢隐瞒丝毫，将这储魂塔的来历一五一十地说出。

此塔是黑山部落自古传承之物，时间久远，其具体来历，他们也不是很清楚。毕竟蛮荒内的那些部落几乎都有祖先遗留之物，有的具备价值，有的没有丝毫意义。

白小纯沉吟片刻后，又召见了黑山部落的魂士头领，仔细询问。最终，他皱着眉头，将众人打发出去，沉默不语。

一切都表明，这储魂塔就是黑山部落祖先遗留下来的，且遗留的物品并非只有储魂塔，还有其他物品，至于具体来历，已经无人知道了。

白小纯还是不放心，思索片刻后走出，在黑山部落头领的指引下，去看了此部落祖先遗留下来的所有物品。

白小纯一一查看后，没有在这些物品上看出什么端倪，这才放弃。

深夜，白小纯站在洞府外，望着天空，又看向大地，双眼露出精芒。

“希望是我想多了……不过，不管怎么说，这储魂塔对我而言，也算一件撒手锏了，可惜只能用一次！”白小纯长舒一口气。既然想不明白，他索性将此事埋在了心底，不去理会。

数日后，白小纯选择离开了黑山部落。临走时，整个黑山部落的魂士都跪拜下来，带着感激与敬畏。

那两个中年魂修也是如此，目中的敬畏之意格外明显。

白小纯望着众人，心中生出感动，他觉得自己是一个很受欢迎的人——当年在村子里，临走时，大家欢送；在灵溪宗，大家欢送；在逆河宗，大家欢送；在星空道极宗的空城内，大家欢送……

如今自己到了蛮荒，在这黑山部落里，大家也在欢送。

白小纯还特意用灵识扫过，觉得这些人是真心欢送自己，这让他更感动了。

“都回去吧。”白小纯感动地一挥手，转身抬起下巴，意气风发，向着远处迈步走去。

周一星快步跟随，目光坚定，他已经在心底发誓，一定要追随这位白大人，同时用余光看向自己身边之人，带着不善与警惕。

跟在白小纯身后的，还有李峰……

李峰觉得白大人没有赶自己走，是对自己的默许，在等待自己表现，而眼下，自己最大的敌人就是这该死的周一星。

三人一路前行，走了没多久，周一星忍不住了，回头恶狠狠地瞪着李峰，低吼一声。

“你跟着我们干什么，还不快滚！”说完，周一星又赶紧弯腰对白小纯露出奉承之意，这表情，他这段时间暗中练了好几次……

“大人，此人不怀好意啊，这么跟随我们，一定是心怀不轨！”

白小纯轻嗯了一声，没去理会，而是取出地图，查看去巨鬼城的路。

李峰一看周一星如此污蔑自己，顿时急了，连忙抱拳。

“大人千万不要误会，小的没有这个心思，而是对大人心怀崇敬，想要成为您的追随者啊。”李峰赶紧开口，他是真的希望能抱住白小纯的大腿，这样以后说不定能获得对方的提点。

眼看白小纯没理自己，而是转身一晃远去，李峰更着急了。

周一星心底美滋滋的，瞪了李峰一眼，赶紧追上白小纯，神色满是阿谀之意。

第 582 章

东郊白家

李峰这一次彻底急了，眼前这位白大人可是黄品炼魂师啊，是他这辈子遇到过的最强的炼魂师之一。

自己若能跟着这种大人物，好处太大了，自己要是没有抓住这个机会，那么以后一定会后悔。此刻，李峰焦急不已，琢磨着一定要让对方知道自己有价值，于是赶紧大声开口。

“白大人等等，我有很多用处啊，以大人的身份，需要魂时，总不能自己去找吧，我可以啊……”

白小纯脚步略缓，觉得李峰说的似乎也有些道理。

周一星心头一跳，怒火中烧，之前白小纯还没成为黄品炼魂师时，他觉得跟着白小纯委屈，可自从知道白小纯是黄品炼魂师后，他就将白小纯奉为天人了。

周一星觉得自己抱到了一条大腿，这才排斥李峰，眼下听到李峰居然无耻到要干自己的活儿，他顿时大吼一声。

“我也可以！”周一星吼道，生怕白小纯同意此事。

白小纯平静地眨了眨眼，他早就看出二人不和，此刻心底一笑，也乐见此事，继续走远。

周一星这才松了口气，死死地瞪着李峰，若是修为恢复，他说不定会出手将对方灭了。

此刻，李峰顾不得周一星的不悦了，看到白小纯又要走远，他急得不得了，连忙再次高呼。

"白大人，我……我知道一个地方，那里有大量的魂！"

"我也知道！我知道好几处！"周一星赶紧又大吼一声。

"我可以给大师炼魂药，以我三品巅峰的程度，可以炼制大量魂药，为大人保驾护航！"李峰焦急地开口。

"我也可以炼魂药！"周一星咬牙。

"周一星，你别欺人太甚！我知道什么地方能弄到通天河水，通天河水价值不菲，一滴就可以换取大量魂药！周一星，你能跟我比吗？"李峰大叫起来。

"我……"周一星急了。若是在家族，他还可以说自己也能做到，可在这里，他真的没有这方面的渠道。

白小纯眼睛一亮，他虽知道通天河水在蛮荒是稀罕之物，应该很值钱，却没想到它比自己想象中还要贵重。

"我还知道什么地方有天人魂！我还可以为白大人打探消息！我……"李峰眼看周一星说不出话来，立刻精神振奋，更加卖力地表现，试图引起白小纯的注意，同意让自己跟随。

此刻，周一星眼睛都红了，气得不轻，他正要反驳，忽然面色一变，看到身边的白小纯脚步猛地一顿。

周一星内心咯噔一声，此时，白小纯已转过身，眯着眼看向李峰。

"你刚才说，你知道什么地方有天人魂？"

眼看白小纯回头，李峰顿时激动无比，听到白小纯的话后，他没有丝毫迟疑，赶紧抱拳深深一拜。

"回白大人的话，在下的确知道天人魂的消息。传闻巨鬼城内，巨鬼王手中就有天人魂，除了巨鬼王外，巨鬼城三大炼魂家族都有天人魂！"

白小纯皱起眉头，这李峰简直在说废话。

"哼，巨鬼王可是半神强者，他手中的天人魂，岂能随意送人？至于那三大炼魂家族有天人魂，只是传闻而已！"周一星看到白小纯皱眉，立刻心中一喜，知道这是一个反击的机会，赶紧落井下石道。

李峰冷冷地看着周一星，冷笑起来，再看向白小纯时，则是恭敬无比，立刻开口。

"我岂敢蒙骗白大人，巨鬼王的天人魂暂且不说，那三大炼魂家族中，其他两个家族到底有没有天人魂，我也不确定，可其中有一个家族，我可以用人头担保，他们有天人魂！

“因为我曾是那个家族的客卿，在举行盛典时，曾有幸远远见了一次天人魂，其样子似一片沙土，刚一出现，天人威压就扩散八方！”

李峰将自己所看到的描述一遍后，白小纯双目一亮。

这种天人魂，就算在蛮荒，也是至宝之物，不是什么人都可以看到的，甚至大多数人连天人魂长什么样子都不知晓，而李峰的描述，与天人魂的样子很符合。

“若他所说是真，这应该是一个土属性的天人魂，我如今有火木水……还差金与土！”白小纯怦然心动。

“你说的是哪个家族？”白小纯目光炯炯，问道。

“王城东郊，白家！”李峰迟疑了一下，但为了跟随白小纯，他还是一咬牙说了出来。

白小纯一愣，觉得李峰说的这个家族有些耳熟，仔细一想后，他双眼猛地睁大。

“王城东郊……三大炼魂家族……白家……这不就是白浩的家族吗？”白小纯心下明了，越发心动了。

“可是，身为巨鬼城三大家族之一，这样的家族很可能有天人老祖啊。”白小纯舔了舔嘴唇，心动之余也有些迟疑。可他没有其他办法了，天人魂，他必须得到，而以白浩这个身份前往白家，无疑更容易获得此魂。

在白小纯纠结时，李峰也很紧张，他这一次将白家的事情说了出来，不管怎样，都算得罪了白家，若是白小纯不理会他，他也只能放弃跟随了。

李峰虽然在白家作为客卿待了一段时间，却对白浩没有什么印象，毕竟白浩的修为只是筑基初期，而且在家族内不得志，自然不会被李峰这样的三品巅峰客卿注意了。

白小纯思绪翻腾，思索片刻后，颤着心，狠狠一咬牙。

“不管成不成，我都要去尝试一下，况且我有半神塔……事情暴露后，面具可以变成其他样子，只要我小心一些，应该不会有生命危险。”白小纯想到这里，越发憎恨红尘女，是她逼得自己不得不去寻找天人魂结婴。

“都怪那红尘女，你给我等着，我白小纯变得厉害的那一天，一定收拾你！还有陈贺天！”白小纯深吸一口气。他同意李峰成为自己的追随者，一行人急速前行，向着白家所在之地飞去。

途中，白小纯不断在脑海里回想白浩储物袋内的那些骨简，更是想到了白浩之死，一旦他用白浩的身份回去，必定会在白家掀起一些风波。

“也罢，之前说了有机会要为你报仇，这一次，若真有可能，我会帮你查出仇人！”

数日后，快要靠近白家的范围，白小纯脚步停顿，他琢磨着回白家，不适合带着李峰与周一星，于是安排二人在白家附近修行，等待自己召唤，随后独自一人向着白家飞去。

他的修为也已改变，看起来不再是结丹大圆满，而是回到了与白浩一样的筑基初期。飞行速度也慢了下来，一切表现都符合白浩这个人的身份，他还摆出一副沉默寡言的样子。

“白浩是个庶子，在家族不受重视……”白小纯觉得，这就是白浩九死一生，回归家族的模样。

此地距离巨鬼城已不远，处于巨鬼城的东部，这一大片区域都属于白家，说是家族，实际上其规模之大，如同一座小城。

此城通体紫色，四周各有龙蛇雕像蔓延而出，似要飞天一般，形成了白家城的四个大门！

四周更有阵法环绕，散发出阵阵威慑之力，笼罩整个白家城的同时，也使得此地相对独立。

走入这片区域后，白小纯立刻就感觉到有一道道目光，从不同的位置望向自己，好在只是看了一眼就挪开了。

“这白家……必定有天人老祖！”白小纯内心一震，感受着阵法之力，渐渐靠近了白家城。

第 583 章

庶子白浩

“该死的，我还是我吗……”白小纯觉得自己变了，变得让自己害怕，变得危险了。

“这里可是有天人老祖啊，我……我居然还敢来此地虎口夺食，去偷天人魂……”白小纯揉了揉眼睛，可惜没有摸到眼泪，这种欲哭无泪的感觉让白小纯内心连连叹息。

他琢磨着，这要是换了以前的自己，是打死都不会来此地的，可眼下……自己竟主动来了。

“都怪那红尘女与陈贺天，我是被逼的……该死的。我发起火来，连我自己都害怕！”白小纯在心底为自己打气，没有别的办法，只能定下心神，装出一副沉默寡言的样子，继续向着白家城走去。

“这白家身为巨鬼城三大炼魂家族之一，有护族阵法……此阵说不定可以辨别其族人血脉身份，也不知我这面具能不能行……应该可以吧。”白小纯有些忐忑，慢慢前行，也做好了一旦情况不对，立刻逃遁的准备。

他越是临近，从四周投来的目光就越多。直至白小纯进入白家城外百丈范围内时，城池上似欲飞天的龙蛇雕像，双目猛地露出幽芒，看向白小纯。

这目光森然，散发出一股危险的气息，似乎白小纯若被看出并非白家族人，还不经通告，闯入这里，就将承受这雕像的雷霆之力！

白小纯吸了口气，沉默了几次呼吸后，猛地走出一步，踏入白家阵法，储物袋内的白浩身份令牌立刻散发出柔和的光芒。与此同时，他的面具也释放出了唯有他能感觉到的波动。瞒天过海，骗过了阵法，使得此阵法认为白小纯就是白浩！

当白小纯顺利走入阵法，四周那些落在他身上的目光瞬间消失得无影无踪。此时，龙蛇雕像双眼的幽光也暗淡下来，甚至传出咔咔之声，巨大的龙蛇雕像下，白家城的大门缓缓开启。

大门内走出一个中年男子，修为只是凝气大圆满的程度，双手揣在袖里，身体消瘦，相貌带着刻薄之意，此刻，他皱着眉头，不耐烦地扫了白小纯一眼。

白小纯松了口气，知道进入白家的第一步算是通过了。此刻，他板着脸，硬着头皮，飞奔而去，很快就到了白家的大门前，正要进去。

“白浩少爷，你回来也就罢了，难道忘了夫人的规定，庶出之子只能走侧门吗？居然引动了家族的阵法，让龙蛇开门，看来你是忘了自己的身份。此门，不是你可以走的。”中年男子冷冷开口，挡在白小纯身前，露出轻蔑之色。

白小纯皱起眉头，抬头看向中年男子。他知道白浩在白家不受待见，却没想到就连一个看门的下人也如此轻贱于他。这就代表白浩在白家，已经不是不受待见这么简单了。

“这是刻意羞辱与刁难。”白小纯目光冷厉，落入中年男子目中后，中年男子心神一震，全身冰寒，脑海轰鸣，仿佛置身隆冬。他内心一惊，竟不敢与白小纯对视，下意识地后退几步，揣在袖里的双手也惊慌地松开，然后让开了道路。

白小纯面无表情地从中年男子身边走过，直接踏进大门，直至他离去很久，中年男子才恢复过来，面色大变，惊疑不定。

“白浩的眼神怎么如此犀利？与他之前不一样！”

白小纯踏入白家，一路走去。白家城很大，可其中没有什么店铺，只有一处处分属白家不同支脉的大宅，其内雕栏玉砌，极为奢华，四周假山林立，有不少白家之人正进进出出。半空中，还有一道道长虹呼啸而过，十分热闹。

白小纯还没走出多远，迎面就有一个大丫鬟。她一边训斥身边之人，一边走来，看到白小纯后，大丫鬟一愣，随后目露鄙夷，冷哼一声。

“也不知迎宾处是怎么看门的，什么东西都可以从正门进来吗？”大丫鬟冷冷开口，没理会白小纯，从其身边走过。

白小纯立刻不干了，刚想瞪过去，可一想到自己不是白浩，这才忍了下来。

“忍了，反正我也不是白浩。”白小纯缓缓吸了口气，看了看大丫鬟的背影，继续前行。

他在白家城内转悠，途中遇到不少白家的仆人，这些人无一例外，看到白小纯后，先是一愣，随后露出轻蔑之色。

这些人的表情实在太刻意了，还有一些人看起来不像是故意的，而是下意识地露出一副厌恶的模样，仿佛白小纯多么肮脏。

白小纯好几次都忍不住了，可一想到自己的目的，他就不断提醒自己。

“我忍！”白小纯咬牙，发愁地看向四周，他不知道白浩住在什么地方，也不好找人询问。白小纯之前虽然做好了准备，却没想到白浩的处境居然如此艰难。

“怎么会如此……”白小纯有些头痛。正溜达时，忽然，远处有一位老者从一处大殿内走出。

老者的衣衫比寻常下人的要好一些，修为也是筑基的样子。他神色倨傲，显然，老者即便不是白家族人，也是管家一般的人物。

此刻，他背着手，正要离去，似乎注意到了白小纯。

老者一愣，随后面色阴沉下来。

“白浩！你忘了自己的身份吗？这里是你能来的地方吗？你好大的胆子，竟敢无视家规！”老者目光冷厉，言辞毫不客气，如训斥仆人一样，指着白小纯呵斥一番。

白小纯一路走来，所有人都摆出厌恶、轻蔑的样子，他一直在忍。可眼下，看到这老者居然这么训自己，他立刻就怒了，猛地抬头，而就在这时，一个女子的声音从远处传来。

“陈管家，这里是我白家，他怎么说也是我白家的血脉，岂是你这奴仆可以随意羞辱的？”随着话语传来，半空中一道原本要从此地飞过的长虹蓦然停顿，露出了一个女子的身影。

女子神色冰冷，整个人如同寒冰，她修为不俗，到了筑基大圆满的程度。此刻，她皱着秀眉，不悦地望着老者。

白小纯看向半空中的女子，深呼吸一次，压下心中的怒意。

老者面色一变，目中带着忌惮，赶紧低头，向着半空中的女子恭敬地一拜。

“见过五小姐。老奴一时口误，实在是家主规定了，庶出之子，不经召唤，不可踏入内宅……”

半空中的女子闻言，沉默了一下，低头看向白小纯，轻叹一声。

“不管怎么说，他也是白家之人，你不可言辞羞辱。”

说完，她摇了摇头，化作长虹继续远去。

老者赶紧低头称是，直至女子离开，老者才抬起头，厌恶地扫了白小纯一眼。

“有五小姐出面，今天就不责罚你了，赶紧滚回北区，要是再让老夫看到你擅自进入此地，必定禀告家主，以家规处置！”老者说完，冷哼一声，一甩袖子，转身走远。

此刻，白小纯要炸了。自从进入白家，他就始终在忍，一路忍到现在，他觉得自己实在无法继续装扮成白浩了。

“也不知白浩是怎么坚持下来的，这样的家族，留在这里还有什么用？

“不过，就算庶子再不受待见，也不至于如此，这里面有问题！

“也罢，反正我不是白浩，为了天人魂，我再忍一忍。”

白小纯咬着后槽牙，压下内心怒意，转身向着北面而去，暗中扫了一眼屹立在一大片宅子中的一座七层高塔。

第 584 章

发现端倪

那座七层高塔距离这里不算太远，四周有流光闪耀，看起来极为奢华，高塔四周隐隐还有禁制，这里似乎是白家的一处重地。

在白小纯走向北区时，有一个中年女子站在高塔的第五层，目光阴冷，死死盯着白小纯的背影。

这中年女子衣着华贵，用来编织的丝线都是灵丝，衣服上面绣着九只凤凰，散发出阵阵温养之意，如同宝器一样，可滋养容颜。

这种衣服，在蛮荒中已经算奢侈品了，就算放在通天大陆，也是贵妇的装扮。这中年女子保养得很好，身材凹凸有致，皮肤吹弹可破，不说是绝色，可其诱惑力与那些妙龄女子相比也不遑多让，甚至还多出了成熟的风韵。

此刻，这女子正死死咬着牙，看向白小纯的目光里带着浓浓的怨毒。

很快，在她身后，就有一个黑衣男子急速而来。这男子全身充满煞气，双眼带着红芒，整个人如同一把出鞘的利剑。

男子到了中年女子身后，低头恭敬地一拜："见过蔡夫人。"

"你不是说，白浩那小东西已经死了吗？"蔡夫人头也不回，依旧盯着白小纯的背影，一字一顿地开口。

"是的，此子中了我的灭绝魂印，心脉已断。虽然他通过传送逃走，使得我没有亲眼看到他的尸体，但我可以断定，他必死无疑！"男子冰冷地开口，似乎极为自信。

"必死无疑？好一个必死无疑！那你看看，他是谁？"蔡夫人怒极而笑，右手抬起一指远处白小纯的身影。

那黑衣男子一愣，上前几步，顺着蔡夫人的手指看去，立刻就看到了白小纯的背影，他面色一变，眼睛都睁大了。

“不可能！”黑衣男子一脸难以置信。

“我不管可能还是不可能，总之……今天就除掉他！”蔡夫人说完，转身就要离去。

“蔡夫人，除掉此子简单，可这里是白家，今天的话，有些麻烦。”黑衣男子迟疑了一下。实际上，他很不理解，这蔡夫人就算与白浩不和，有利益之争，也犯不上如此着急。

“你不知道，这小东西根本就不是人，他是一个妖孽，妖孽！我不管你用什么办法，总之，要在最短的时间内除掉他！绝对不能给他成长的机会！”蔡夫人声音都尖锐起来，呼吸急促。半晌之后，察觉自己失态，她深吸一口气，一言不发，便离开了此地。

黑衣男子沉默，蔡夫人说白浩是妖孽，他有些不理解。不过，此子中了他的灭绝魂印，居然还没死，这就让他产生了一丝兴趣。

“说起来，这白浩也的确有些本事，在我的安排下，他竟然还能逃脱，而且没死，居然还敢回来！

“上一次你大难不死，这一次，我倒要看看你如何逃出生天！”黑衣男子冷笑，转身时，赫然散发出一股结丹的气息！

高塔内发生的一切，白小纯不清楚。因为这里禁制不俗，除非白小纯亲自踏入，否则的话，用灵识去探察情况，必定会触发禁制。

不过，虽然他没听到蔡夫人和黑衣男子的对话，但两人的身影已落入他眼中，对方目中的不善与杀机也被他察觉。

“有点意思……”白小纯冷笑，向着北区走去，很快就到了白家城北部。

此地偏僻，不再奢华，如同一片贫民窟。这里居住的大都是奴仆，世世代代卖身于白家不说，其中绝大多数还都是老弱病残，面黄肌瘦。

四周脏乱，看起来与之前的东区差距太大，不过在这里，那种轻蔑与厌恶的眼神少了很多。走在这如贫民窟般的地方，白小纯再次感慨白浩在白家的地位。

“浩哥……”

“浩少爷！”

此地不少人在看到白小纯后，都露出惊喜之色，纷纷上前，他们眼神真诚，与东区那些人反差极大。

显然，白浩在这里更受欢迎。白小纯甚至不需要去寻找住处，几个孩童看到他后，便兴高采烈地簇拥着他来到了一处残破的房屋前。

这屋舍摇摇欲坠，似乎随时都有可能坍塌，好在整个白家有阵法笼罩，雨水落不下来，否则的话，这屋舍怕是早就塌了。

走入房间，白小纯看着四周，叹了口气。

房间里只有一张床，连张椅子也没有，这实在有些不可思议，别说是在蛮荒，就算是在通天大陆，一个筑基修士能享受的待遇也比这好太多。

“白浩达到了筑基初期，可在白家，怎么会是这种待遇呢？”白小纯虽然对白浩有些了解，但不清楚细节。此番来到白家，哪怕他有心理准备，可还是觉得不对劲。

“除非白浩自己愿意这样……又或者，他不敢不这样……那么，想要杀他的人，会是谁呢？方才那一男一女？”白小纯眨了眨眼，他自然看出了高塔上那女子衣着不凡，显然地位极高。

白小纯想了半天，可线索太少，很多事情无法连在一起，他只得摇了摇头。

“白浩啊，我有心帮你，但你也要给我一些线索，让我知道在你身上到底发生了什么事情吧。”白小纯叹了口气，盘膝坐在那残破的小床上，没有立刻闭目打坐，而是散开灵识，观察四周。

这是他养成的习惯，在陌生的地方，谨慎才是保命之本。他双手掐诀，准备在四周布置一些外人看不出来的禁制。

可就在白小纯散开灵识的瞬间，他目光一凝，猛地看向不远处的角落。

这一处地面看起来颇为寻常，没有什么不同之处，可白小纯方才用灵识扫过，隐隐感觉到这里有残存的术法波动。

这波动很轻微，似乎存在了一些时间，怕是再过几个月就会彻底消散。白小纯融合了三个天人魂，有了三大分身，连带着灵识也暴增了三倍，虽因未达元婴境，灵识无法蜕变成神识，但灵识的敏锐度已不弱于寻常的元婴神识了。若非如此，恐怕他也看不出来。

白小纯观察一番后，目中有神光掠过。

“这里曾经有人施法……时间应该不是很久，可能是几个月前……而且，看这样子，施法者似乎用术法抹去了地面上原本的一些痕迹……”白小纯看着地面，心中好奇，眉心猛地出现一道裂缝，通天法眼蓦然睁开，紫光散出，然后被白小纯限制在眼前这片地面的范围内，不外露丝毫。

这一看之下，白小纯立刻就判断出来，这被抹去的痕迹，原本应该是一片字迹……

“有意思。”白小纯喃喃低语，身体瞬间出现重叠虚影，三大分身全部出现，一一睁开通天法眼。四重通天法眼同时开启，紫光璀璨到了极致。

好在白小纯早有准备，使得紫光没有射出屋舍，外人无法察觉。在四重通天法眼下，地面上被抹去的字迹终于恢复了一些，虽然恢复得不多，但他能大致看清。

白小纯看了一眼，哪怕是以他的修为与定力，也忍不住失声惊呼。

“这……这是……”

第 585 章

天资绝伦

“什么是火……在我的研究中，火……并非一种物质，与水不一样，它更像一种肉眼乃至灵识的表象。

“火，应该与气息一样……与虚无中某些奇异的存在融合，从而成形。

“之所以能被看到，是因为光，我们看到的是光亮。

“而多色火，一样如此……那么就有了新的问题，什么是魂……为何魂能成多色火……”

白小纯呼吸渐趋急促，双目睁得老大，死死盯着这些字迹，虽只有一部分，却让他脑海轰鸣，一瞬间竟有种朦胧的顿悟之感，让他惊呼起来。

“这……这……”

白小纯使劲抿着嘴唇，他从来没想过，居然有人将火研究到了如此地步，而且，看这字迹，那人似乎是在思考时随手写下的。

最重要的是，这些关于火的研究，在白小纯的脑海掀起大浪的同时，也为他打开了一扇大门，使得他心神震动。他将这些内容与自己炼制多色火的过程结合起来，整个人豁然开朗。

“是的，我炼制多色火时，的确是这个样子。火……不是如水一样的物质，而是一种表象，或者说……是一种现象！从某种意义上来说，火是虚幻的，与水不一样。”白小纯努力平复呼吸，心下却思绪涌动，他觉得留下这字迹之人极为不俗，在火的研究上堪称奇才，真叫人惊为天人！

因这一段字迹，白小纯受到了强烈的冲击，隐隐觉得似乎自己再仔细钻研一下，或许就可以炼制出十二色火！

这对白小纯而言，不啻一次造化。于是他赶紧运转修为，四重通天法眼之力再次叠加，继续看去。

可后面的内容都很模糊，无法恢复，让白小纯心急不已，尤其是他看到在最后，那人竟在推衍十五色火的配方，甚至推衍出了小半，白小纯被彻底震撼了。

“这怎么可能？”白小纯呆住，死死盯着那片字迹上最后的几句话。

“火有高温，更有神秘之力，此温度与力量，分外焰、内焰以及焰心……

“以我的推衍之法，可推衍出十五色火的配方……十六色火、十七色火又如何……就算是二十色火，我也有信心推衍出来！

“可惜……我修为太低，就算推衍出来，又有何用？我也炼制不出来……不过，我还是想要推衍一下。我想让父亲知道，我不是废物，我也有用……我不想去争夺什么，我只想让父亲多看我几眼……”

这是这段笔记的最后几句话，言辞里的狂傲和自信，还有自卑与苦涩，白小纯感受得非常清晰。

“居然能推衍多色火配方……”白小纯感慨之余，激动起来，他猛地起身，动用通天法眼去附近的地面寻找，在房间内找了一圈之后，他焦急不已。

他看出来了，这地面上曾经都有关于炼火的笔记，只不过其中绝大多数都是被人写下后又随手抹去，唯独之前那一片区域的字迹，似乎是那人写完后出现了意外，所以被抹去的方式不同。

那片字迹是被其他人抹去的！

“十五色火的配方啊……”白小纯无法不震撼，可他拿不准这笔记是否是白浩所写。若不是白浩的话，那又会是谁在白浩的房间里写下了这一切？

可如果真的是白浩……那么这白浩虽然修为不高，但他在炼火上的感悟已经达到惊天的程度，甚至超过白小纯太多，他已经将炼火研究到了极致。

“不对啊，若真是白浩，他只要显露出这方面的才华，在白家必定是一飞冲天，怎么可能不受待见？”白小纯抓了抓脑袋，想不明白。

半晌后，白小纯才站起，在房间内走来走去，片刻后，他猛地抬头，目中露出精芒。

“不管是不是白浩所写，这笔记若是完整，必定有十五色火的配方，那么……

杀白浩之人与抹去这笔记之人，就算不是同一个，也必定有关联！

“如此一来，也只有对方才拥有完整的笔记……

“我如果想要获得完整的笔记，实际上也不需要主动寻找。因为白浩的归来，必定会引起那些人的杀机，我在白家越是高调，对方来得就越快……

“这样的话，我就可以顺藤摸瓜，找到笔记！”白小纯眼睛一亮，暗自有了决断，再次低头看了看地面残缺的字迹，叹了口气。

“这白浩，太可惜，也很可怜……”白小纯摇头，心中已经有七八分把握，留下笔记之人就是白浩。

“不过，还需确定一下才好。”白小纯沉吟中，取出玉简，向白家城外的李峰传音，让他秘而不宣地发动力量，打听之前白浩的处境。

李峰不知道白小纯在白家的身份，接到白小纯的命令后，他立刻精神振奋。他知道这是个机会，自然不会告诉周一星，而是暗中利用自己的人脉关系去打探一番。

数日后，他将关于白浩的消息都告诉了白小纯。白小纯拿着玉简，目露怒意。

这算是白小纯对白浩较为全面的一次了解，结合白浩骨筒中的内容以及自己这几天在白家的感受，脑海里已近乎完整地浮现出了关于白浩的一切。

白浩的父亲是如今白家的族长，他的母亲是一个没有地位的婢女，在一次粗暴的凌辱后，她生下了白浩这个庶子。

白浩身份低微，在他出生后，他的母亲就被人杀了。若白浩有些资源还好，可他没有什么修炼上的资源，仅仅凭着自身的努力，根本就无法出人头地。

而他的大母，也就是白家族长的原配蔡夫人，在整个家族中地位很高，因为她是巨鬼城三大家族中，另一个家族的族女。

还有一个原因，就是蔡夫人的儿子，白浩的哥哥白齐乃天骄，名动巨鬼城，如今修为已达到结丹大圆满。白齐被白家老祖看重，被认为是白家数百年来的麒麟子，更是这一次白家争夺冥皇继承人的首选。

有着这样的父亲、哥哥、大母，白浩的处境就更为艰难。父亲对他冷漠，没有丝毫亲情可言，甚至就算他死了，父亲也不会多看一眼。

而大母对他更是厌恶，至于他的哥哥，一样是高高在上，对白浩如对下人般随意呵斥。这一切，使得白浩在整个家族中十分卑微。

下人害怕引得蔡夫人与白齐不悦，所以也不愿理会白浩。而白浩的修为始终停留在凝气，提升速度极慢。

而白浩给人的感觉极为懦弱。平日里，无论是谁对他呵斥，他都低头颤抖，渐渐地，也就没人关注他了。他居住在北区，慢慢便无人问津。

前段日子，白浩似乎终于突破凝气，成了筑基修士，可很快就失踪了……

看着玉简上关于白浩的一切信息，白小纯目中怒意更多，可他无法将玉简上所形容的白浩与自己在丛林内看到的那个青年联系起来。

“就算懦弱又怎么了？如果换成是我，我也会让人觉得自己懦弱，因为只有这样，才可以活着……一旦露出惊人锋芒，让人觉得有了威胁，必将遭遇杀劫！

“而偏偏正是白浩修为突破后，被人灭杀……可仅仅是筑基修为，似乎还不足以引来杀身之祸……”白小纯口中低语，低头看了看地面后，脑海里浮现出一个猜测。

第 586 章

我要除掉他

“这白浩展现出在炼火上的惊人天资，遭人嫉妒，故而被灭杀！

“杀他之人，十有八九就是那个蔡夫人……可我还是有一点不明白，若白浩的父亲知道了白浩的天资，是否会从此对他不同？毕竟对一个炼魂家族而言，这样一个天才，才是真正的麒麟子啊。

“白浩……有没有将他的炼火天资，告诉他的父亲呢？若是没有的话也就罢了，可按照白浩的笔记所写，他是很渴望告诉他父亲的。他想要将十五色火的配方研究出来，拿给他父亲……

“可若他告诉了父亲，还是被灭杀，那么此事……”白小纯沉默，他不愿去想了，想到最后，他心里也悲伤起来，越发觉得白浩可怜。白浩想让父亲多看自己几眼的梦想让白小纯轻叹。

“白浩，我答应过你，我们既有缘，你的仇，我会给你报的……而如今，你的炼火之法对我触动极大，我也不占你便宜，既然你已陨落，那我把在冥间的你收为我的大弟子！

“我白小纯至今还没有任何弟子，你白浩是第一个。有此因果，哪怕我们生死相隔，我依旧是你的师父！”白小纯轻声低语，一方面觉得白浩可怜，另一方面也想给白浩一个名分。毕竟自己用了白浩的身份，也准备拿走白浩研究的配方。

“那么现在，你就是我徒儿了，我倒要看看，是谁杀了我的徒儿！”白小纯眼珠子一瞪，这么一想后，越发看白家不顺眼。

“我越高调，敌人就来得越快！”白小纯抬起下巴，冷冷地开口，忽然觉得这么做或许有些危险，可自己既然是白浩的师父，就应该为徒儿报仇。他摸了摸水晶魂塔，这才放下心来。

“好头痛，我这个人从来都不喜欢高调，不知道怎样才能高调啊。”白小纯摸了摸额头，叹了口气，走出屋舍打探一番。

他得知白家有那么几处地方，是给所有族人准备的类似试炼之地。这种地方每个家族都有，白家这里更为全面，分为炼灵、炼火以及魂药。

名次靠前的还有奖励，至于细节，白小纯没有在意，这种事情，他在宗门也参与过，已经很熟悉了。

“没办法，只能再去扫一扫这些榜单了。”白小纯摇头，大有一种堂堂结丹大圆满修士却要与一群筑基小朋友玩耍的感觉。他兴致勃勃、满心期待地飞出，直奔距离自己最近的炼灵榜而去。

很快，白小纯就找到了白家的炼灵榜，这里有一座石碑，上面列着名字，四周环绕着一些炼灵房。与星空道极宗比较，白家的榜单规模小多了，可白小纯不介意。他看到炼灵之地四周有不少人，有的在观望，有的准备进炼灵房尝试，他顿时兴奋了。

“我来可不是为了欺负人，我是为了引出敌人！”白小纯干咳一声，目光扫过后，直奔其中一处炼灵房。

白小纯出手，尤其是在这筑基榜单上，自然不会出现意外。很快，那石碑上就亮起光芒，白浩的名字瞬间就出现在榜单上。刚开始还排在一百开外，可很快就直接跃起，到了前三十，随后再次一跃……直接成了第一！

这提升的速度太快，众人还没察觉，就被石碑的光芒晃了眼，一个个吸气看去，顿时发出惊愕之声。

“白浩……第一？炼灵七次！”

“天啊，这……这也太快了！”

“白浩不是那个庶子吗？怎么突然这么厉害？”

“怎么可能？当年就算是白齐，在筑基时，也只炼灵六次而已，白浩居然可以炼灵七次！”

在众人惊呼时，白小纯咳嗽一声，让外面的人全都听到，然后从炼灵房内走出，感受着众人惊讶的目光。他心底美滋滋的，大有一种扬眉吐气的感觉。

“哼，我可不是沾沾自喜，我是代我徒儿去感受这世界的欢呼。”白小纯觉得自己一个结丹大圆满修士，与一群筑基修士争夺，实在有些不好意思，于是这么在心里安慰自己。他抬起下巴，袖子一甩，直奔另一处榜单而去。

那是炼魂药榜，此地族人比炼灵榜那边多了不少，毕竟炼灵太难，而炼制魂药相对要简单一些，毕竟白家是炼魂家族，在这方面有其不俗之处。

炼魂药榜上排名最高者已达到在一炷香内，炼制出二十七份下品魂药的程度。白小纯看了一眼后，意气风发地直奔魂药房。

很快，发生在炼灵榜的一幕幕于炼魂药榜上再次出现。一炷香过后，白浩的名字出现在炼魂药榜的第一位！

他炼制的下品魂药数量居然达到了五十份！

这真是骇人听闻，筑基修士中能做到这一点的可谓是凤毛麟角。炼魂药榜四周的族人看到后都难以置信，惊呼之声猛地传遍四方。

“第一……五十份！”

“这不可能！白浩我知道，他什么都不是，怎么会一跃成为第一？”

“不一定，这才叫不鸣则已，一鸣惊人！”

在众人的议论纷纷中，白小纯走了出来，看着四周的情景，他心底有些快意。

“浩儿，你若有灵，看到这一幕，不用太感谢为师。你放心，一切有为师给你做主。”白小纯内心念叨着，然后大摇大摆地直奔炼火榜。

白浩在炼灵榜的排名，此刻也传了过来，这四周顿时人声鼎沸，那些白家族人则震惊不已，纷纷将这消息传出。很快，白家不少人都知道了此事，蔡夫人自然也有所耳闻。

“除掉他，一定要除掉他！绝对不能让他崛起！”白家东区，高塔下方，有一大片奢华的阁楼，其中一处阁楼内，蔡夫人目露杀意，一把将身旁的花瓶狠狠摔在地上。

蔡夫人面前有一个青年，青年面色阴沉，衣着同样华贵非凡，模样更是俊朗，他正是白浩同父异母的哥哥白齐。此刻，他看了一眼地上的花瓶，又看了看母亲，缓缓开口。

“母亲大人息怒，区区一个庶子而已，不必放在心上。”

“别人不懂，你还不懂吗？他的炼火之法，难道你没有看？”蔡夫人猛地抬头，望着儿子，怒气依旧。

“若是让你父亲知道了他的天资，对你的威胁太大。此子绝不能留！”蔡夫人咬牙开口，可白齐听到后，笑了笑。

“母亲多虑了，之前您派人灭杀白浩之事并非天衣无缝，更无法瞒过身为族长的父亲，可他事后说了什么吗？事前阻止了吗？”白齐淡淡开口。

听到这话，蔡夫人愣了一下。

“这等小事，不需要母亲操心了。白浩既要跳起来，我现在把他压下去就是。”白齐摇头，似不以为意，转身离去。

直至白齐走远，蔡夫人才深吸一口气，若有所思，可她还是不放心，立刻取出玉简，开始传音。

“今天夜里，给我除掉他！”

阁楼外，白齐嘴角带着冷笑，拿出玉简，自然有人告诉他白浩的方位。得知白浩去了炼火榜，白齐脸上带着轻蔑与讥讽之色，向着炼火榜飞去。

“我会让你知道，你的一切努力，在我的眼中，不过是一脚就可踩在脚底的小把戏。”

第 587 章

你，太让人失望了

此刻，白小纯正心情愉悦地向着炼火榜急速飞去，他的身后有不少白家族人跟随，一个个充满期待。

“他这是要去炼火榜啊！”

“在筑基境界里，他夺得了炼灵榜第一、炼魂药榜第一，如若他在炼火榜也成为第一……这白浩是要一飞冲天，强势崛起啊！”

“此事很不对劲，白浩地位低微、性格懦弱，可眼下怎么会如此高调？难道他的炼灵资质竟如此逆天！”

白小纯一路疾驰，很快就到了白家炼火榜所在之地，那里同样竖立着一座石碑，显然比其他石碑要高大不少。

石碑下，依旧环绕着三圈炼火房。此刻，这里白家族人众多，还有不少仆从，显然是听说了白浩的事情，都赶来此地观望。

当白小纯到来时，这里的族人立刻议论起来。

“来了，白浩来了！”

“一天之内，他连续成为炼灵与炼魂药双榜第一，我打赌他这一次在炼火榜上的成绩也必定惊人！”

“好一个白浩……之前还真没注意他，没想到居然藏得如此之深！”

白小纯迈步走来，前方众人纷纷让开道路，这一幕使得白小纯内心感慨。

“白浩徒儿，这一切是属于你的，以你的炼灵资质，你会比我做得更好。”白小纯不由得想起了白浩，越发觉得白浩之死太可惜了。

“不过，白家欠你的，作为你师父，我会帮你索要回来！

“除了引出杀手外，我还有一个目的，就是看看当你的父亲、你的家族看到了你的资质后，他们又会如何做！”白小纯眼睛一亮，直奔石碑下的一处炼火房，随着房门关闭，四周众人立刻凝望过去。

此事甚至引起了白家族老的注意，他们也离开自己的宅子，来到炼火榜，打量起来。

可以说，整个白家都被白小纯这一次的表现惊动了。

白小纯进入炼火房不久，远处就有七八道长虹呼啸而来，当先之人是个青年，一身结丹大圆满的气息，看起来极为不俗。

簇拥在他身边的七八个人，都是白家的骄子，可显然都以他马首是瞻，随着他们的临近，炼火榜立刻轰动了起来。

“白齐！”

“那是嫡系一脉的天骄，甚至被誉为我白家麒麟子的白齐！”

“有意思，他可是白浩同父异母的哥哥啊。”

炼火榜四周的白家族人与仆从纷纷让开，不少族人看到白齐后，立刻目露狂热，对他们来说，白齐就是白家这一代的骄阳，是他们追捧的白家少族长。

一些狂热的族人纷纷上前拜见，可人群内，还有一些族人冷哼一声，目露敌意。

这些人都是白家各支脉的族人，本就与嫡系不和，尤其是各支脉的骄子，更是如此。

“此地好热闹，有人能告诉我这里出了什么事情吗？”白齐临近后，露出笑容。他先是向着那些拜见自己的族人点头，随后目光扫过四方，眼看此地竟聚集了数百人，他内心的不悦更多了一些，可表面上不露丝毫。

“少族长，是因白浩之前在炼魂药榜夺得第一，此刻又来炼火榜，大家才来观望。”他前方那些狂热的族人中，立刻有人恭敬地回答。

“哦，白浩吗？看来我那不成器的弟弟让大家都很关心，也罢，我这个当哥哥的也该祝贺才是。”白齐淡淡开口，不少人听到后，都目光一闪。

白齐与白浩的关系，众人心知肚明。

就在这时，炼火石碑上猛地有光芒闪耀，白浩的名字瞬间出现在第一位，他的名字后面清晰地标注着七色火！

七色火，这显然是白小纯刻意控制下所得到的成绩，毕竟白浩是筑基修士。他虽要高调行事，但明白过犹不及的道理。

七色火已经是极限了，这是三品炼魂师的标志，筑基修为的三品炼魂师本就极其罕见，足以轰动八方了，别说是在白家，就算是在巨鬼城，也会让不少人震撼。

“七色火！”

“这白浩……他……他居然是三品炼魂师！”

“天啊！这怎么可能？很多结丹族老都不是三品炼魂师……”

四周众人，无论是嫡系还是支脉，在看到七色火的标志后，全都心神狂震，议论之声顿时回荡，就连那些族老也为之惊讶。

眼看众人如此，白齐虽面无表情，可内心的不快更多了，就连目光也沉了下来。

白小纯从炼火房内走出，听到四周的声音，心底有些满意，琢磨着应该差不多了。三榜第一的成绩足以让欲杀白浩之人加速行动，同时，自己也可以去试探一下那位白家族长的态度了。

四周众人的目光落在白小纯身上，那些目光蕴含着复杂的情绪，有羡慕，也有惊讶。

白齐也看向白小纯，目光冰冷，还带着一丝厌恶。

这目光顿时引起了白小纯的注意，他扫了一圈后，同样看向白齐，尽管这是他第一次看到白浩的哥哥，可他通过对方的修为与眼神，立刻就判断出了此人的身份。

白小纯眯起双眼，站在那里，一言不发。

众人渐渐看出了端倪，都安静下来，望着这对兄弟。不少支脉族人大感兴趣，显然是想看看这兄弟二人之间会发生什么。

“很得意吗？”在四周安静下来的同时，白齐望着白小纯，淡淡开口。

他已达到结丹大圆满，仅仅是气势，就足以碾压八方。此刻声音回荡，如天雷一样，在天地间炸响，震得不少人连连后退。

“三榜第一，的确是个很好的成绩。”白齐平静地道，似在祝贺，可从他冰冷的目中看不出丝毫祝贺之意。

白小纯眼中精芒一闪，依旧看着白齐，想要看看此人到底要说些什么，与白浩的关系如何，此刻也能看出个究竟了。

“可是白浩，这件事情，你做得太过了。别人不知道你，作为你的哥哥，我还不知道吗？凭着你的实力，你怎么可能取得这种成绩，分明是用了什么手段，作弊偷取而来！你，太让人失望了。”白齐淡淡开口，右手抬起，取出身份令牌，向着炼火石碑一指。

炼火榜上第一位，白浩的名字，刹那间模糊起来，很快就消失了。这赫然是白齐凭着他的少族长身份，直接抹去了炼火榜上白浩的名字！

这一幕顿时让众人一愣，随后喧哗再起。

“作弊？”

“我就说嘛，白浩之前孱弱无比，怎么会一下子就崛起，原来是作弊……”

“有意思，是不是作弊，谁知道呢……”

白齐依旧面无表情，冷冷地看着白小纯，只是那目中的厌恶此刻换成了轻蔑。

他似乎在用目光告诉白小纯：你的一切努力，在我看来，只是一脚就可踩在脚底的小把戏！

第 588 章

引蛇出洞

白小纯沉默，罕见地没有生气。他看着白齐故意污蔑自己，更是直接抹去了白浩的成绩，想来不仅是这里，在炼灵榜以及炼魂药榜上，白浩的名字在这一刻也被抹去了。

白小纯甚至不需要思考就知道，在之后的日子里，自己作弊之事会在整个家族传开。

这种不去调查就直接抹去自己成绩的行为已经很好地说明了，白浩的这个哥哥的确如传闻中那样，对白浩冷漠无比。

“一丝机会都不给……”白小纯在心里轻叹一声，他不生气，只是替白浩感到悲哀。

“可以确定了，蔡夫人和白齐对白浩都是这样。现在，我很想确定他父亲的态度……”

在白小纯沉默时，白齐的声音再次传来。

“白浩，别人看在我和父亲的分上，不好教训你。原本，你身为庶子，你的名字是没有资格出现在家族石碑上的。

“可你是我弟弟，我希望看到你出人头地，本来也打算前来祝贺，可是你太让我失望了。”白齐摇头，向着众人一抱拳。

“诸位族亲，白浩之事，我白齐代他向大家致歉。”说完，白齐再次抱拳，看都不看白小纯一眼，转身带着身边众人化作长虹远去。

白小纯默默地站在那里，感受着四周众人的目光。半晌之后，他嘴角露出轻笑，依旧一言不发，转身就走。

“这白齐，我有些小看他了，如此行事，的确有些心机。”回到了北区屋舍后，白小纯盘膝坐在那里，若有所思。

“不过，既然是钓鱼，我的鱼饵已经扔出。他能抹去成绩，却抹不掉人心。说起来，我或许应该给那欲杀我之人一个机会。”白小纯沉吟，琢磨着要不要外出一趟。半晌后，他抬头看了看天色，闭目打坐，修炼不死长生功。

直至黄昏，白小纯的身体突然出现重叠之影，他的一道分身走出，离开屋舍，直奔白家城外而去。

与此同时，白小纯本尊的气息消失，除非有人推门而入，否则感应不到他的存在。

白家城外，白小纯的火分身面无表情地前行，他速度不快，维持着筑基修为，向着巨鬼城的方向而去。

可没过多久，忽然，白小纯的火分身神色一动，停下脚步，转身看向后方，立刻发现远处天地间有一道长虹呼啸而来。

长虹内有一个黑衣中年男子，全身煞气弥漫，嘴角带着狞笑，他的四周还有不少冤魂，看那些魂的波动，此人也是一个炼魂师。

此人，正是当日在高塔上与蔡夫人密谋之人。

白小纯的火分身目光一闪，嘴角露出一丝冷笑：“我已等你好久，你终于来了。”

黑衣中年男子眼看白小纯停下，一副在等待自己的模样，不禁一愣。实际上，他这段时间始终都在寻找机会，可在白家，他实在不敢下手。原本今天在蔡夫人的怒火下，他已打算强行在家族内出手，却没想到对方居然离开了家族。

这让他惊喜不已，立刻追来。可眼下，当他看到白小纯目中的寒芒，听到白小纯的声音后，却不知为何，内心一惊。

“你……”

在他话语传出的瞬间，白小纯的火分身右手抬起，向着黑衣中年男子蓦然一指。这一指之下，四周寒气轰然爆发，刹那间扩散八方。

黑衣中年男子还没反应过来，就立刻被寒气包围，他面色大变，呼吸急促，刚要后退，可身体瞬间变得僵硬起来。

“不可能！”黑衣中年男子尖叫一声，神色骇然，如同见了鬼一般，一股强烈的危机感让他脑海轰鸣。

此刻，他猛地咬破舌尖，喷出大口鲜血，让四周所有魂全部自爆，试图离开这片寒气区域，他甚至还觉得不保险。

他面色惨白，眼神中的恐惧已到了极致。

“你不是白浩！”黑衣中年男子颤抖，刚要后退，白小纯的火分身一步之下，直接就出现在他面前，右手猛地抬起，一把按在他头顶上。

“道友饶……”黑衣中年男子尖叫，心神狂震，可他话还没说完，全身就猛地僵直。脑海轰鸣中，他听到了最后一个声音，是白小纯说出的两个字。

“搜魂！”

搜魂之法，修士大都掌握，这甚至不是什么神通，而是一种强制将自己的灵识轰入对方的意识内，霸道地搜寻记忆的招数。这种方法虽存在一些技巧，但所有技巧都是为了避免损伤对方的灵魂。

白小纯虽不擅长搜魂之法，也没有什么技巧可言，但依旧要这么做，不是为了自己，而是为了白浩。

白小纯施展搜魂之法，黑衣中年男子不住地颤抖，脑海的记忆被白小纯获取。白家家族内，白小纯的本尊猛地睁开眼。

“他叫许海……原来是这样……

“果然是蔡夫人……因白浩露出筑基修为，她安排了数十人追杀白浩，可白浩竟凭着谋略之法，一路用各种手段埋伏，甚至使用了多色火……生生让那数十人失手……”

白小纯动容，通过黑衣中年男子的记忆，他看到了当日白浩被追杀的画面，多色火对白浩而言，竟然信手拈来！

当初虽然许海对此也很惊讶，但他毕竟只是三品炼魂师，看不出太多，而白小纯看得清清楚楚。

“这种手段……”白小纯吸了口气，越发觉得白浩不俗，惋惜之意更加强烈了，“可惜，最后他还是因为修为太低而中了灭绝魂印……尽管他通过传送逃走，可心脉已断……”

白小纯沉默。此刻，他终于证实了自己的猜测，白浩之死与筑基初期的修为没有关系，而是与其炼火资质有关。

“蔡夫人吗，白浩的笔记就在她那里。”白小纯身上重叠之影一闪，水分身瞬间走出，离开了屋舍，一路隐藏波动，直奔东区高塔而去。

以白小纯如今的灵识，放眼整个白家，他若刻意隐藏，就连元婴修士也很难察觉，唯独天人老祖可察，而天人老祖不可能时刻散开神识，更不可能关注他。

白小纯的水分身踏着夜色，很快来到高塔所在之地，一晃之下，藏匿气息，在高塔下大宅中的一处阁楼里找到了蔡夫人。

白小纯的水分身正要去寻找笔记，忽然神色一动，在阁楼外停下，水分身发现房间内除了蔡夫人外，还有白齐！

“齐儿，白浩那小东西的笔记，你要多琢磨一下，争取尽快融会贯通，炼制出十一色火，让老祖对你更重视一些。”阁楼中，蔡夫人似乎心绪不宁，叮嘱道。

“这样的话，老祖才会坚定想法，同意为你开启祖地啊。

“祖地内供奉着白家唯一一份天人魂，一旦祖地开启，所有族人都可以进入。那天人魂，虽说谁能得到就是谁的……但老祖若内定给你，那么你进去也只是走个过场，让其他支脉无话可说。最终，必定是你获得天人魂。

“一旦你得到天人魂，就可向家族换取五行天兽魂，从而结婴！毕竟家族这么大，盯着的人太多，就算是你父亲也无法直接将五行天兽魂给你。”蔡夫人看着白齐，再次叮嘱。

第 589 章

祖地欲启

白小纯的水分身在阁楼外，听着蔡夫人母子二人的对话，目中不时掠过丝丝亮光。

他渐渐听出了大意：白齐的确是白家的天骄，具备不俗的炼魂资质，如今虽未达到黄品，但似乎对炼制十一色火已经有了一定的把握，白家老祖也越发重视白齐了。与白小纯当初获得的信息对比，看来白家的确打算让白齐去争夺冥皇继承人的身份。

毕竟炼魂资质不俗的白齐，炼制自身元婴的成功率更高。

而这一切的前提，是白齐成就元婴。只不过白家太大，各脉需要平衡，白齐父亲无法直接将五行天兽魂给白齐。于是在蔡夫人与白齐父亲的运作下，有了所谓的祖地试炼之事。

祖地内有白家唯一的天人魂，族人获得之后，可用此天人魂换取五行天兽魂。如果暗中内定了白齐，那么自然没有意外，天人魂会被白齐获得，这样一来，其他支脉也说不出什么了。

只不过，这一切还需要白家那位天人老祖同意才可。

白小纯也听出来了，蔡夫人似有不小的把握能说服天人老祖……

“这是要为了白齐开启一次祖地……”白小纯听到这里，怦然心动，此事对他而言，是一个绝佳的机会。

“别人获得天人魂，只是象征性的，随后还要去换五行天兽魂，可我不一样……我可以直接融合！”白小纯抿了下嘴唇，咧嘴一笑，双眼开始冒光。

就在这时，阁楼内的蔡夫人面色一变，从储物袋内拿出了一枚玉简，这玉简是命简，此刻居然碎裂开来。

“许海死了！”

白齐也愣了一下，猛地抬头看向玉简。白齐知道许海修为不如自己，但怎么说也已结丹，一个结丹修士，居然在击杀筑基修士时陨灭，此事非同寻常。

“这怎么可能，那小东西只不过筑基而已，难道……难道是你父亲……”蔡夫人面色苍白，惊慌起来。

“母亲不要心慌，许海不可能是白浩所杀，也断然不会是父亲所为。若我的判断没错，那小东西定是在外面有了一些造化，有人相助！许海，就是被那人所杀！”白齐目露寒光，“敢插手我白家之事，不管是谁，胆子也太大了！”

白小纯的水分身在阁楼外摸了摸鼻子，火分身那边的情况，水分身有感应。只是白小纯也没想到许海居然这么经不起折腾，搜魂刚结束，他就魂飞魄散了。

此刻，阁楼内，蔡夫人听到白齐这么说，勉强平静下来。她不怕白浩外面有人相助，她只是担心自己夫君插手，可仔细回想后，她也判断出自己夫君干预的可能性不大。

“不管如何，白浩都不能留，以免夜长梦多……”蔡夫人忧心道。

“母亲放心，大不了等老祖开启祖地后，我在祖地亲自出手，将其除掉。我就不信了，他那些相助之人莫非还能跟着进去？”白齐抬起头，冷笑开口。

“也好，我和你父亲商议一下，争取这几个月就让老祖同意开启祖地！”蔡夫人没有主意，看到白齐如此自信，她也松了口气，点头道。

阁楼外，白小纯的水分身听着这一切，心底冷笑一声，越发看这母子二人不顺眼。

“祖地开启？也好，那么就在祖地内，一次性解决所有事情！”白小纯打定主意，继续听了一会儿，水分身这才转身一晃，消失无影。

随着两道分身的归来，北区屋舍内，白小纯的本尊猛地睁开双眼。

“我高调行事，总算打探出了很多事情。今天收获了一个好消息，祖地……”白小纯心跳加速，一想到自己可以在那里获得第四个天人魂，他就忍不住激动了起来。

“笔记、天人魂，在祖地内，都可以获得！”白小纯想到这里，又皱起了眉头。

“不过，我也要提前准备好，一旦在祖地内动了手，必定惊动整个白家，所以我要确保自己的安全……”白小纯沉吟中，走出屋舍，抬头看着天空，他能看到白家的这层阵法。

沉默少顷后，白小纯向前一步走出，身体就如分解一般刹那消失，出现时，赫然来到白家之外。

那种难受的感觉依旧存在，只是轻了一些。白小纯深吸一口气，再次一步走出，又穿过阵法，回到了北区。

“不死禁可以穿透此阵！不过仅仅是这样，还不够稳妥……双管齐下才安全。”白小纯沉吟。

接下来的几天，他时常在四周无人时研究白家阵法，试图找到一些破阵之法。

只是白小纯对阵法本就不算太了解，而且，这里是蛮荒，他知道的一些破阵之法大都需要通天彻地的手段与物品，如今在蛮荒中不具备这些条件。

“只能用蛮荒的方法……此事要问问周一星了。”白小纯想到这里，立刻给周一星传音，让周一星想办法，使得白家大阵出现一些隐患。

此刻，周一星与李峰都住在巨鬼城，二人不和，自然也不会住在一起。当周一星接到白小纯的传音后，心中激动。可听到他居然让自己想办法破坏白家大阵，周一星就傻眼了。

“我做不到啊……白家那样的家族，他们的守护大阵可厉害了，我做不到……”周一星苦笑，回复之后，他犹豫了一下。前段日子，他看到李峰，对方神色极为得意，他暗中猜测或许是白大人给了李峰什么任务，而且李峰完成得很好。于是周一星着急了，狠狠一咬牙。

白小纯看到周一星的回信，也皱起眉头，正要去问问李峰，周一星那边传音过来了。

“白大人，我只有一个办法，可花费巨大，不过一定能成。只要有一百枚煞魂钉，从内部固定，让其在特定的时间同时爆开，这样的话，就可以让白家阵法裂开一道缝隙，不过只能维持几次呼吸的时间，阵法就会自行愈合……只是煞魂钉非常昂贵，我……买不起……”周一星赶紧传音，将自己所知道的尽数说出，琢磨着这可不是自己没办法，实在是煞魂钉太贵了。

白家北区，白小纯听到周一星的回复，眼睛一亮。对他来说，钱不是问题，只要能让他逃走时多一些把握，一切都值得。

于是白小纯立刻向周一星传音，与他约在一个地方相见。白小纯散出一道分身，带着储物袋，离开了白家。

很快，白小纯的分身与周一星就在约定的地方相见。刚一见面，还没等周一星开口，白小纯的分身就一拍储物袋，直接扔出了一个丹炉。

这丹炉不是特别大，可也不算很小，砰的一声，落在周一星面前，看得周一星一愣。

“拿着，去买煞魂钉！”白小纯的分身袖子一甩，豪气地开口。

周一星迟疑了一下，上前看了一眼后，面色一变，猛地吸气。他立刻打开丹炉盖，当看到里面装着满满的通天河水，他眼珠子都差点掉下来。

“这……这……”周一星脑海嗡鸣，感受着丹炉内通天河水的灵气，他浑身颤抖。他长这么大，还从来没看到过这么多通天河水。他知道，这一炉通天河水，拿出去贩卖的话，价值难以形容。

“够不够？”白小纯的分身得意地开口。这些通天河水只是他那大桶内的一半而已……

“够了，太够了！”周一星激动得颤抖。

“多买点煞魂钉，再给我买些好的传送符与冤魂。”白小纯的分身叮嘱一番，这才大摇大摆地离去。

周一星看着白小纯分身的背影，越发觉得白大人高深莫测，随手就拿出了这么多通天河水，这种手笔，绝非寻常人能做到的。

他心中跟随白大人的念头，更坚定了。

第 590 章

天降火雨

周一星在巨鬼城采购煞魂钉之事，短时间内难以完成，毕竟煞魂钉这种法宝，少量能买到，可若要购买很多，就需要花费时间跟精力了。

毕竟周一星对这里不熟，他迟疑之后，只能找到李峰，一番交谈后，李峰也不敢捣乱，这毕竟是白大人交代的任务。李峰调动自己的关系，与周一星一起搜寻煞魂钉。

因为此事，二人的不睦也缓和了不少。

在等待的过程中，白小纯也低调了下来，平日里几乎不外出，而是在屋舍内修炼不死长生功。

可惜，在蛮荒内，他的丹药得不到补充。好在储物袋内还余留了不少他当初在边城身为万夫长时所克扣之物，虽无法让他提升太多，但他的不死筋几乎已经大成。按照白小纯的估算，这些丹药应该可以支撑自己的不死筋达到圆满。

“在进入祖地前，要让我的不死筋大成触摸第三层桎梏……这样的话，我的小命才能保住。”白小纯下定决心，在修行之余，将永夜伞炼灵到了十一次。

炼灵十一次之后的永夜伞，模样已经改变，虽还是伞的样子，但看起来如同金铁之物。它通体漆黑不说，更有浓郁的煞气散出，就连伞布也成了金铁，其上的鬼脸越发狰狞诡异。

“可惜缺少魂啊……”白小纯叹了口气。如果冤魂足够，他恨不得将自己的衣服都炼灵十一次，可眼下无法做到。

毕竟他还需要魂去尝试炼制十二色火，这消耗太大，就算他将分身全部派出，四下搜魂，再加上周一星与李峰寻得的魂，也只能勉强支撑。

哪怕用通天河水去买冤魂，也经不住白小纯这么消耗……

好在白小纯受到白浩笔记的启发，对炼制十二色火已经明悟了很多，否则他都打算去卖魂药了。这段日子，他除了修炼外，就是在脑海里研究十二色火的配方。

因魂所剩不多，他不敢轻易尝试，只能在脑海里推衍，等到把握很大，必须试验的时候，他才准备去炼制。

时间流逝，很快过去了半个月，白小纯的不死长生功也越发精深。而在十二色火的推衍上，他也遇到了瓶颈。

“看来需要炼制一次了。”白小纯沉住呼吸，看了一眼自己的魂塔，这里面积累的冤魂只能支撑他炼制三次。

白小纯纠结一番，定下心来，让面具掩盖多色火的气息后，开始炼火。随着冤魂一一飞出，白小纯手中的火焰从一色火很快攀升到了十一色火，他紧张起来。

他很担心失败，一旦失败，损失极大。此刻，他定气凝神，让自己平静下来后，这才谨慎地尝试炼制十二色火。

大量冤魂不断被十一色火融合，白小纯越发凝重，速度也缓下来，他甚至隐隐觉得自己的心神支撑不住了，火焰不稳，似要熄灭。白小纯立刻散出一道分身，与分身一起，同心协力，开始炼制。

让自己的分身配合，这正是白小纯这段日子在脑海里构思的方法。而且，他此时发现散出两道分身的话有些多余，一道分身正好。

此刻，在分身的帮助下，白小纯的十一色火稳定了下来。

时间流逝，一个时辰后，当白小纯完成了所有步骤后，散开的火海出现了第十二种颜色。

“白浩说得非常正确，火只是一种表象而已，不是实质……”白小纯立刻感到惊喜。他深呼吸后，明白自己就要成功了，眼下只要他愿意，这片火海就可以变成两份中品魂药，而只要将这片火海凝聚到一起，就算完成了最后一步——凝聚成火！

连他也没想到，自己这一次炼制十二色火居然这么顺利，一次就成功了。

“哈哈，我白小纯果然是个天才！”白小纯激动，右手抬起猛地一捏，要将这片火海凝聚成一团十二色火。

可就在这时，意外突现！

火海在收缩时，居然变得狂暴起来，一股让白小纯面色大变的恐怖气息似乎要从火海内爆发，化作风暴，横扫八方。

这可是十二色火啊，一旦爆开，必定惊天动地，白小纯吓得尖叫一声。若是换了其他黄品炼魂师，此刻也必定来不及阻止，可好在白小纯对炸炉一类的事情已经有了准备。

狂暴的火海，在他看来，与炸炉无异。此刻，虽然他心惊肉跳，但反应极快，右手猛地松开，掐诀之下，寒气散出，双手向着这片不稳的十二色火海猛地一压。

这一压之下，终于将火海压制，火焰慢慢熄灭后，出现在他面前的，是两份流光四溢的中品魂药。

其他人看到这两份中品魂药，必定高兴，而白小纯却哭丧着脸，呆呆地看着这两份中品魂药，十分沮丧。

“我不要魂药，我要火啊……怎么会这样……”白小纯用力地抓了一下头发，回想之前的步骤，心想：自己明明没错啊，可为何最终可以成药，不能成火……尤其是想到之前那十二色火海内传出的恐怖之力，白小纯就心有余悸。

“我炼药时经常会出现意外，难道……我炼火时也会这样？”白小纯身体猛地一颤，睁大了眼，心中更为惊讶。

半晌之后，他看着魂塔，纠结起来，琢磨着是不是应该继续尝试，这样才能更准确地把握自己出错的地方。

半晌后，他一咬牙，再次取出冤魂，开始炼制。当又炼到十一色火时，白小纯犹豫了。

“不能在这里炼制了……”白小纯眼珠一转，收了分身与十一色火，拿着魂塔，立刻外出。这一次，他没有选择在北区炼制，而是趁着夜色，悄悄去了东区。

“在这里就算出了意外，我也不会心里不安了……”白小纯干咳一声。他在东区找了一座没人注意的假山，在里面弄出一片地方后，又布置了阵法，这才深吸一口气，小心翼翼地取出十一色火，散开一道分身，开始炼制十二色火。

此刻夜深人静，多色火的威压又被面具之力隐藏，外人就算站在假山旁，也难以察觉。没有人知道，假山内有什么样的力量正在酝酿……

白小纯很紧张，分身也在流汗，在这配合下，开始的时候一切顺利，直至一个时辰后，散开的火海内出现了第十二种颜色，只要凝聚成一团就可成火。

“这一次应该可以吧……”白小纯期盼地眨了眨眼，小心翼翼地将那片十二色火海收拢，凝聚在手心中。

可就在这时，火海再次爆发出不稳的波动，一股狂暴之力猛地散出，似要形成风暴，白小纯心中再次生出强烈的危机感。

白小纯想要调整，可这次的狂暴之力比之前还要强烈。白小纯刚一调整，这片火海顿时轰鸣起来，带着毁灭一切的疯狂之力，向着四周扩散。

白小纯尖叫，头皮都要炸了，他猛地后退，展开不死禁之力，身体瞬息分解，消失无影。在他消失的瞬间，火海猛地爆发，轰鸣间，直接将他之前所在的地方彻底淹没，这假山以及四周的一切都被吞噬。

这吞噬极为诡异，只是一刹那，火海就消失无影。可紧接着，白家上空的苍穹，在这黑夜里，直接成了红色，似有无数红色云层凝聚，引得白家骚乱。

还没等白家反应过来，云层内就传出轰隆隆的天雷之音，紧接着，让所有人惊怖的一幕出现了。

一阵火雨，竟从天而降！

第 591 章

天火神通

火雨惊天动地，骤然落下，直奔白家而去。火焰漫天，将天地映照得一片火红，整个白家都震动起来，阵法全面启动，阻止火雨降临。

白家所有人都被这一幕惊动，纷纷走出，看到这如同末世一般的苍穹火雨后，惊呼声骤然爆发。

“这……这是什么？”

“难道有敌人偷袭？”

“天啊，居然下起了火雨……”

轰隆之声撼动苍穹大地，火雨的温度无限接近十二色火，使得白家阵法扭曲。一道道身影从白家城内飞出，骇然看着这一切。

“到底发生了什么事情？”白齐也在人群内，心神受到震撼，连连吸气。

蔡夫人也从阁楼内走出，被眼前这一切弄得目瞪口呆。

“十二色火……这是……十二色火，这怎么可能？天降多色火？”白家各支脉的天骄呼吸急促，惊疑不定。

远远看去，整个白家已经被埋在一片火海之中。而此刻，白家城外的白小纯也傻眼了，他呆呆地看着白家的方向。

“这不怨我……我不是故意的……”白小纯有点心虚，头皮发麻。他不敢耽搁，咬牙向前一步走去，再次展开不死禁，趁着此刻白家大乱，回到了北区。

就在白小纯回到北区的瞬间，白家阵法似乎承受不住如此多的火雨，正在摇摇欲坠。突然，一声声怒吼从东区传出，七八道身影呼啸而出，元婴修为蓦然爆发。

他们正是白家的元婴族老。这七八人分别坐镇阵法的八方，全力支撑，使得阵法慢慢平稳下来。

这一幕，让白小纯不由得咋舌，心惊肉跳地看着阵法外的火海，整个人也愁眉苦脸了。

“应该没人知道是我干的吧……”白小纯眼珠转动，舔着嘴唇，心底发愁。他也没预料到，自己只是炼个火而已，居然这么恐怖……

就在他心中忐忑时，一个中年男子从东区走出。

这男子面色阴沉，衣着华贵，不怒自威，全身上下透出阵阵身为上位者的威压，修为是元婴中期的样子。

四周所有看到他的族人都神色一变，立刻低头拜见：“见过族长。”

这中年男子正是白浩的父亲，白家这一代的族长。他抬头看着阵法外的苍穹，看着那依旧不断落下的火雨，面色更为阴沉，他双唇微动，正要开口。

可就在这时，一声沧桑的冷哼从白家城的地底猛地传出。这声音超越天雷，撼动了天空的云层，似与天地融合。

天人合一，天就是他，他就是天。

“散！”只是一个字，就让苍穹轰鸣，那赤色的云层居然直接崩溃，化作无数残云，好似被一只无形的大手直接抹去。很快，苍穹的云层就消散开来。

白小纯在北区也听到了这个字，他感觉到一股强悍的神识直接取代了天意，笼罩八方，这让他汗毛竖立。

“天人！”白小纯一哆嗦，将自己的气息再次隐藏了一下。

火雨渐渐少了，白家族老全部出动，使得阵法之力全面开启，终于将那恐怖的火雨阻挡在外……

“此人竟将十二色火化作如此手段，偷袭我白家……彻查此事，老夫倒要看看，这是谁的手笔！”白家天人老祖的声音阴冷，带着几分霸道，蓦然回荡。

白家城内，几乎所有人都心神震动，尤其是那些族人，目光狂热，全部跪拜下来，齐齐称是。

白齐、蔡夫人以及那些族老都是这样，就连白家族长也神色肃然，他虽没有跪拜，却抱拳向着大地深深一拜。白家族长抬头时，面色很不好看，袖子一甩，声音带着不容置疑的威严，猛地传出。

“刑堂、法堂、各位族老，传我命令，发动全族之力，彻查此事！”

这一夜，白家所有人都无心休息，在几位族老的带领下，刑堂和法堂的所有人都在调查此事。

他们先从内部开始查，很快就查到了白小纯之前所在的假山，虽看出那里是源头，却找不出什么痕迹。不过，调查依旧在展开，对内更为严格。

白小纯心惊胆战，知道自己这一次闯祸不小。可一想到这里不是逆河宗，还有白家对自己徒儿的冷漠，他就觉得自己似乎也没做错什么。

“我又不是故意的，干吗这么大惊小怪？”白小纯干咳一声，在自己的屋舍内嘀咕。

很快，一夜过去，可调查没有结束，而是持续了数日。白小纯这里也被搜查过，但最终白家一无所获，此事成了悬案……

白小纯知道这段日子风头紧，也不敢顶风炼火，不过心中的推衍从来都没有停止，他不断思索自己失败的原因。

“居然会下天火，定是什么地方出了问题……不过，这天火的威力可不小，这还只是十二色火，若是十五色火……一旦形成，那白家估计也要灰飞烟灭。”

白小纯一方面对天火心动，另一方面则为自己的失败发愁，他在屋舍内不断推衍，分析了所有可能。

时间流逝，又过去了五天，他面容憔悴，眼眶凹陷。

“按道理来说，不可能会失败啊……

“而且，之前的过程都很顺利，唯独在最后成火时失败，这很不对劲……

“偏偏凝聚魂药成功了……到底是什么地方错了呢？”白小纯狠狠一抓头发，仔仔细细地一步步推衍。

这天晌午，他忽然身体一颤，猛然抬头，呼吸略微有些急促，双眼露出精芒。

“难道……是我的分身？”白小纯想了很多，最终将原因锁定在分身与本尊一起炼制十二色火上。

“如果出自分身，那么一切就解释得通了。我的分身是由天人魂凝聚出来的，就连我自己都不知道分身有什么神通之处。难道……真的是因为分身？”白小纯越想越觉得有可能。迟疑之后，他索性留下一道分身，本尊暗中离去。

尽管他知道此刻风声紧，可若不去验证一下，他心头痒得像猫抓一样。

为了验证这一切是否与分身有关，白小纯一路疾驰，远远离开了白家的势力范围。直至确定无碍后，他找了一处深山，再次开始炼制十二色火。

这一次，他没有动用分身之力，而是拼尽全力，依靠自身，完全按照以往的步骤炼制。这过程艰难，好几次他都险些控制不住，可他不惜代价，吞下灵液来补充自身精力。

最终，他精疲力竭，头脑胀痛，才成功将十二色火凝聚到了手心内。成火之后，白小纯早已全身汗如雨下，大口喘着粗气。

“步骤与之前没有丝毫区别……唯独没有动用分身协同炼火，如此看来，果然是因为分身！分身原为天人魂，我让分身炼火，如同以魂来炼魂为火……所以才有天火异变。”

找到了失败的原因，白小纯立刻激动起来，他眼睛一亮，笑容满面。

“这么说来，我岂不是自创了一种……炼魂神通？天火神通？”

第 592 章

我不懂

“我都不敢相信，自己居然这么厉害！”白小纯激动无比，站起身时，虽因精力消耗太大而头晕目眩，但精神无比振奋。

“我白小纯竟可以自创神通，这可是开山老祖才能做到的事情，我……我太佩服自己了！”白小纯仰天大笑，越发觉得自己出色，不由得陶醉起来。一想到陈贺天在边城放弃自己之事，白小纯立刻觉得失去自己是星空道极宗最大的损失。

“哼，总有一天，我要让陈贺天后悔当日的决定，让星空道极宗也后悔……”白小纯压抑住激动之情，盘膝坐下，恢复一番后，这才大摇大摆地走出去，准备回白家。

归程顺利，没有遇到什么意外，毕竟白小纯将一道分身留在了白家北区，也就没有引起白家的怀疑。

数日后，在李峰的配合下，周一星终于买到了足够的煞魂钉和传送符。白小纯仔细研究了那些煞魂钉之后，发现其中涉及一种他不了解的魂，而且，凝聚煞魂钉的魂都很特殊，煞气极重。

白小纯琢磨了一下，觉得如果现在就去布置煞魂钉，时间长了，有被人发现的风险。于是他打算等进入祖地前再去布置，这样的话，最为稳妥。

在等待之余，白小纯一边研究十三色火，一边在北区的屋舍内修行不死长生功。

时间流逝，又过去了半个月。这一天黄昏，白小纯正盘膝打坐，冲击体内经脉，要让不死长生功第三层不死筋大成。忽然，他神色一动，抬起头，看向房门。

他的灵识清晰地察觉到，远处正有三道长虹直奔这里而来，那三道长虹内是三个中年男子，身着黑衣，胸口处绣着日月。

只有白家刑堂之人才会是这种装扮。三人的临近，立刻引起北区很多人的关注。北区之人地位卑微，此刻一个个都很害怕，四周鸦雀无声。

这三人神色倨傲，更有嫌恶之意，似乎觉得此地如同白家的毒瘤，十分肮脏。很快，他们就到了白小纯的居所外。

“白浩，出来！”在居所外，三个刑堂族人中的一人，不耐烦地冷声开口。

屋舍内，白小纯心一跳。

“难道被发现了？不可能啊……”白小纯迟疑，身体瞬间出现重叠之影。他本尊没有亲自前去，而是从体内分出一道分身，迈步间，踏出屋舍。

而他的本尊，气息完全消失，外人已感受不到了。

眼看白小纯走出屋舍，那三个刑堂族人冷冷地看了他一眼，之前开口之人再次出声。

“走吧，族长要见你！”

三人没再多言，似乎不愿在这里久留，转身就走。白小纯的分身眨了眨眼，沉默中迈步跟随在后。

“族长要见我……白浩的生父，见我有何事呢……也好，我可以借此机会，去看看白浩的父亲对白浩到底是个什么态度！”白小纯一想到是自己的分身前去，就觉得稳妥了许多，内心也安定了不少。

一路上，那三个刑堂族人没有与白小纯的分身说话，那种骨子里的倨傲和轻蔑，白小纯的分身能感受出来。他内心冷笑，心中一样自傲，大有一种对方是家雀，不识自己真龙的气魄。

“等我显露修为，保准吓死你们三个！”白小纯的分身神思飘忽，很快就随着三人到了西区。此地与东区不同，安静很多，平日里来人也少，大都是女眷所在。

白小纯的分身一看竟到了这里，心底也有几分惊讶，他跟着三人到了西区角落里的一处宅子外。这宅子不大，可以看到里面有几间屋舍，院子里有很多杂草。显然这里很久没人居住了，给人一种荒凉之感。

“进去吧，族长在里面等你。”到了宅子外，这三个刑堂族人漠然开口，转身就走。

白小纯的分身目光微闪，隐隐感受到宅子内的确有一股若有似无的气息，以白小纯的修为，他立刻就判断出，那是一个元婴中期的修士。

“在这里见我，难道要杀我？”白小纯一惊，可想到自己这是分身，一旦出现意外，本尊也可以及时应对后，他这才上前，推开了宅子的大门。

“白浩，为师可是为了你才走入这等险地。我要看看，你父亲对你到底是何种态度！”白小纯的分身走入宅子，看到院子里有一个男子正背对着自己，男子的身边有一口枯井，他似乎在看那口枯井。

此人头发中有些白丝，虽然模样看起来是中年，但显然已有些苍老，而那修长的身影，此刻透露出的却是一股肃然之意。

整个院子的气氛十分压抑，仿佛风雨欲来。白小纯分身的目光落在男子的背影上，又挪开看向四周，这一看之下，他愣住了。

院子内的杂草不少，却掩盖不住散落在四周的一些用木头钉成的孩童玩具，有小木马、木人以及几个拨浪鼓……

那些玩具做工巧妙，看起来十分秀气，不像男人所做，更像一位母亲为了孩子所做。

还有一些小孩子穿的衣服，都已残破，被散乱地扔在四周。这一切，让白小纯的分身心中生出了一种难以形容的感觉。

他虽不是白浩，看到这些小孩子的东西时，心底却有种自己真正化作了白浩的感觉。

“这里……难道是白浩长大的地方……”白小纯的分身凝望着这些玩具，体会着白浩看到此情此景的情绪，心下戚戚。

“我听齐儿说，你在家族的炼灵榜、炼魂药榜以及炼火榜上……作弊！”就在白小纯的分身心情复杂时，那背对着他的身影缓缓开口。

声音冰冷，似乎没有半点情绪波动，语气冷漠，如在与一个陌生人谈话，偏偏又有训斥之意，如主人在训自己的奴仆。

白小纯的分身沉默，他不知道该说些什么，此刻心中轻叹：“白浩，这就是你的父亲吗……”

“这已经不是首次了，你不求上进、偷取齐儿对十五色火的研究成果也就罢了，如今还要作弊！”冰冷的声音如寒风吹过，白浩的父亲转过身来，神色冷漠，面无表情，全身散出的气息冰寒无比，他看向白小纯的分身时，如看陌生人。

听了这句话，白小纯的分身就明白了，白浩死前应该是说出了自身的炼火资质，想要获得其父的认同，可显然……他太天真了。

白家的这位族长，根本就不给白浩丝毫机会，或许……一切事情，白家族长都清楚，却依旧如此！

“此事让本座蒙羞，更是触犯家法，按照家规，我应收回你的修为，罚你入魂池十年……本座念你流着白家之血，饶你一次，可若再有下次，那么我将亲自出手，清理门户。”白家族长目中已有一丝杀机，声音如隆冬之风，让白小纯的分身替白浩心寒。

白家族长看了白小纯的分身一眼，似乎不满意白小纯的分身这种沉默的样子。于是他皱起眉头，目露一丝憎恶，右手抬起，指向身边的枯井。

“你娘当年就是死在这里，她生是婢女，死也是婢魂，顺从就是她的命运。而你身为庶子，我希望你也能学会顺从！你懂了吗？”白家族长背着手，淡漠开口。

“我不懂！”白小纯的分身猛地抬头，在白家族长指向那口枯井后，他心中的怒意已压制不住了。

第 593 章

冷酷白父

白小纯的分身怒火中烧，他同情白浩，更心疼白浩。这一切，他嘴上说不懂，可他岂会真的不懂？

一切真相，此刻早已浮现在白小纯的分身的脑海里。白浩的炼火资质，白家族长或许曾经不知道，可当白浩给了他十五色火的配方后，他岂能不知？

他知道白浩炼火资质不俗，更知道白齐诬陷白浩作弊，这一切，他都明白得很。

身为元婴中期修士，更是白家族长，在白家，他想知道什么事情，自然是轻而易举。白小纯的分身此刻也明悟了，即使是白浩被追杀之事，白家族长也是知晓的，可显然，他没有理会，而是放任蔡夫人所为！

而白浩的一切成就，他都强行否定，并将其全部生生转移到白齐的身上，目的就是让白齐飞得更高，哪怕这样做的代价是白浩死去，他也不在乎。显然，对白家族长而言，白浩如同蝼蚁，甚至连蝼蚁都不如。

至于这一次的谈话，目的就是让白浩低头，不要在关键时刻捣乱。他目中的杀机让白小纯的分身明白，白浩的父亲已有杀他之心。

白浩的父亲之所以选择此地进行谈话，就是要让白浩知道什么叫顺从……

顺从，可活；不顺从，则死！

以白浩生母死亡之地作为谈话之处，这其中的险恶用心，白小纯的分身这个旁观者都看不下去了。尽管当日他收白浩为弟子时有些随意，可这一刻，他深切地感受到了白浩内心的酸楚与苦涩，对收下白浩为弟子的想法，他无比认真。

白小纯看似怕死，可骨子里有一股义气。朋友遭遇生死危机，哪怕他害怕得流泪，也会咬牙怒吼，不顾一切地冲过去。同样，一旦他将白浩真正看成徒儿，那么，白浩的委屈，他也不会漠视！

这就是他……性格矛盾，表面怕死，心中却隐藏着一团烈火！

眼下，白家族长如此冷漠无情，这让白小纯的分身为那期待着获得父亲认同的白浩很不值。

“你说什么？”白家族长闻言，目中掠过寒意，修为更是散出，化作杀机，如同乌云盖顶，形成了风暴，卷动四周。

“我好歹也是你的骨肉，虎毒不食子，而你……”白小纯的分身怒视白家族长，一字一顿地愤然开口。

“放肆！”白家族长怒喝一声，声音如天雷，轰动四方，眼中的杀机更为强烈。他向着白小纯的分身一步步走去，风暴眼看就要爆发。

白小纯的分身盯着白家族长，若是对方出手，哪怕会影响自己获得天人魂，他也顾不得了，这口气，他要出！

双方的碰撞一触即发，就在这时，向着白小纯的分身走来的白家族长却脚步一顿，皱起眉头，从储物袋内取出了一枚玉简。

神识扫过后，白家族长面色一变，目露喜悦。随后他厌恶地看了白小纯的分身一眼，似乎没工夫理会，转身一晃，急速离去。

临走前，他的声音依旧冰冷，在院子内回荡：“别自己找死！”

白小纯的分身抬头看着白家族长远去的身影，转头默默看向四周，神色复杂，半晌之后，他在心里轻叹一声。

“白浩啊白浩，你若有灵，能看到这一切吗？”

白小纯的分身将院子里那些残破的衣服、快要腐朽的玩具一一收了起来，最终看向那口枯井。

他能感受到，井内已经没有骸骨了。

许久，白小纯的分身默默离开了西区，回到北区……

而此刻，在白家地底一处巨大的地宫中，白家族长正恭敬地向着一扇大门弯腰深深拜下，没有起身，而是在等待。

半晌后，从大门内传出一个沙哑、苍老的声音。这声音虽轻，却带着威压，似融入天地，每个字都可引得天地变化。

“你之前说的事情……准了。”

“多谢老祖！”白家族长似乎很激动，却强行压抑着，更深地拜下。他知道老祖所说的“准”，指的不仅是同意开启一次祖地，还包括同意白齐获得天人魂！

祖地开启，自然不可能只有白齐一人踏入，这一代元婴以下的白家族人都可进去。毕竟白家这么大，身为老祖，他也要平衡其他支脉，这等于是给了所有人一个说法。

不过，他暗中自然有方法，让获得天人魂的人，只能是白齐。

“你回去吧，时间就定在一个月后。”半晌，大门内，白家天人老祖沙哑的声音再次传出。

白家族长深吸一口气，这才恭敬地离去。

很快，有关祖地开启之事在白家传开，所有符合要求的白家族人听说此事后，都立刻心动了起来。

尤其是听到祖地内还有天人魂，那些支脉的天骄狂热不已。

祖地开启是大事，祖地内的试炼更是大事中的大事，白家族人开始紧锣密鼓地准备起来。

蔡夫人喜悦地看着这一切，对儿子的未来充满了憧憬。

白齐同样如此，他自然不会说出内定之事，看着支脉那些竞争者摩拳擦掌的样子，他内心冷笑、鄙薄。

“天人魂，只属于我！”

祖地在一个月后开启之事，白小纯知道得略晚了一些，还是因此事太大，众人议论，他才知道了准确的时间。

“还剩下大半个月……”白小纯眼睛微亮，舒了口气，同样期待起来。因为他已经在白家受够了，那种压抑感让他觉得自己若再不爆发，就要憋闷得吐血了。

“为了白浩，也为了我，这一次，在祖地内，我要让他们大吃一惊！”

祖地或许不是特别危险，可白小纯明白，虎口夺食不难，难的是如何摆脱虎的追杀。只要自己在祖地内动手，从那一刻开始，自己就处于生死危机之中了。

他要尽可能地做好准备，这样才能保障自身的安全。

“蛮荒这么大，我倒要看看白家的天人老祖，到时候能追杀我多久……逼急了我，我便引爆魂塔，打破白家与其他两大家族的平衡，看他白家老祖还敢不敢继续追杀我！

“除了白家老祖外，其他白家族人，就算是元婴修士，想要杀我，也没那么容易！”白小纯虽有些紧张，但已打定主意，一旦得手，立刻远遁。

“况且，我就不信白家没有敌人……”白小纯目露寒意，闭目继续修行。

时间一天天过去，白小纯如同被人忽略了，他几乎足不出户。在储物袋内的丹药快要消耗殆尽时，他的不死筋最后一条经脉修行完成。

在不死长生功第三层不死筋大成的瞬间，白小纯体内嗡鸣，哪怕他穿着衣服，体内经脉发出的金光也穿透了衣衫，显露在外。

与此同时，他的脑海轰鸣不断，身上仿佛压着一座大山，那是桎梏，身体的第三层桎梏。

这是再次触摸桎梏的感觉！

白小纯恨不得马上冲破桎梏，一旦冲破，他必将蜕变，达到更高的境界。

可是，白小纯明白，自己需要等到结婴的那一瞬，借助惊人之力，才能突破桎梏。

第 594 章

祭祖考核

当年不死长生功第一层、第二层，就是以这种办法，在触摸桎梏一段时间后，借助修为攀升突破的。

白小纯心神一动，看似坐在那里，房门旁却出现了他的身影，这不是分身，而是速度再次加快形成的残影。

那残影没有如以往一样很快消散，而是停留了几次呼吸才消失的。

不需要过多尝试，白小纯就判断出来，自己的速度再次加快了。他也不知道自己究竟能快到什么程度，可他明白，如今的自己，就算是天人要来杀，也没那么容易了。

“不死皮，重点是防护！”

“不死金刚，重点是力量！”

“不死筋，激发的是我的速度……”

“那么不死长生功的第四层，不死骨……又会是什么？”

想到这里，白小纯不由得期待起来。

“只是可惜，修为不到元婴，很难修炼……且蛮荒资源太少，不死骨的消耗估计是不死筋的很多倍……”

白小纯有些发愁，半晌之后定气凝神，继续巩固自己大成的不死筋。

白小纯一直在修炼，而距离白家祖地开启的时间也越来越近了。与此同时，白家的祭祖盛典也在筹备之中。

按照白家的族规，每一次祖地开启的前一天，都会举行一场祭祖盛典，所有白家的血脉族人都要到来。众人一起祭祖后，族老会出面，对族人进行考核，且会赏赐那些成绩优良的人。

在这过程中，甚至还会邀请一些其他家族的人来观礼，十分隆重。就算是巨鬼城的巨鬼王，也会安排人前来观礼。

毕竟祖地轻易不开，距离上一次开启已有一段岁月。

祖地开启的前一天，祭祖盛典在白家城四区中心的祖祠内召开了。

这一天，巨鬼城范围内的另外两大炼魂家族也派了族人前来，巨鬼王也是如此，整个白家十分热闹。

而中心祠堂的区域更是如此，广场中有一扇巨大的石门。石门上面雕刻着一个中年男子，神色威严，似正在低头俯视大地，此人正是开创了整个家族的第一代白家老祖。

此刻，祠堂四周密密麻麻的全是人，所有白家血脉族人全部到来，足有上万。地面已无法容纳，四周的半空中也飘浮了无数案几，看起来很壮观。

最靠近祠堂的位置，白家的族老，一个个都带着笑容，有的盘膝而坐，有的则与其他家族的同辈之人相互谈笑。

他们都在等待祭祖盛典的开始。

不远处，蔡夫人与一群女眷单独有一片区域，彼此莺声燕语，引来无数目光。

人群内，白齐如星辰一般，很显眼。他坐在靠近祠堂的位置，四周簇拥着大量族人，他正与另外两大炼魂家族的天骄谈笑风生。

除了白齐，白家支脉中也有几个人很受瞩目，他们虽不如白齐，但身边的人也不少。其中一个正是白小纯首次来到白家时，为他解围的五小姐，这女子容貌美丽，性格冷淡，身边的外族之人却最多。

还有一人年纪与白齐差不多，身体却粗壮不少，十分魁梧，站在那里，声如洪钟，无论是在族中还是族外，都一副交游广阔的样子。

白浩虽是庶出，地位卑微，但毕竟是白家血脉，也需要出席祭祖盛典。只不过以他的身份，无法靠近祠堂，只能盘膝坐在半空之中，无聊地看着四周。他自然也注意到了五小姐以及那个魁梧的青年。

这段日子在白家，白小纯对那两人早有耳闻，知道五小姐名叫白嫣儿，由于貌美，她在巨鬼城中很有名气，不少俊杰都倾慕于她。

而那魁梧的青年名叫白雷，是支脉的一个天骄，修为虽不如白齐，但也到了结丹后期。他甚至与白齐一起，被誉为白家双杰！二人不合，竞争之意族人皆知。

此刻，这三人成了这场祭祖盛典内的焦点。

若非必须来，白小纯实在不想来这里，看着四周的人，他想的是明天祖地开启，以及盛典结束后要去做的事情。

“那些煞魂钉今天就应该去布置了。”

白小纯心中念叨时，忽然察觉有人看向自己，于是随意地扫过，立刻就看到了远处蔡夫人那怨毒的目光。

“我坐得这么远，她都能找到我……”

白小纯颇为诧异，要知道他所在的位置实在很不起眼，就算是仔细找，也要找半天才能看到，可没想到，蔡夫人竟还是找到了他。

白小纯想都没想，一样瞪了过去，眼神中的凶残让蔡夫人都愣了一下。随后，她似乎怒意更盛，可还没等她有什么其他举动，庄严的钟声就蓦然回荡起来。

钟声一响，四周立刻安静下来。与此同时，三道长虹从远处呼啸而来。最前面的人正是白家的族长，他的身边跟着两个老者，这二老修为高深，正是白家执掌刑堂与法堂的大族老。

“我白家立族数千年……”

三人到来，白家族长说了一番话，传遍四周。

白小纯懒得听，干脆闭目打坐，不理会。

很快，祭祖开始，种种烦琐之事，实际上与绝大多数族人没有什么关系，只有那些佼佼者才会真正参与进来。

庄严的钟声回荡着，甚至连苍穹都荡起了波纹。霞光照在波纹上，看上去一片祥瑞，引来不少人的欢呼声。

“这种小场面，我见得多了。”

白小纯毫不在意，时而睁开眼看一看，颇有一种身为仙人，隐在凡俗之感。

直至过去了数个时辰，黄昏时，祭祖的种种事情才算结束。随着钟声回荡，白小纯打了个呵欠，睁开眼，以为一切完事，大家要各回各家时，巨大的石门前，白家法堂大族老左右谦让一番后，大笑一声，高声说道：

“也罢，既然族长要求，而大家又让老夫出面，这一次祭祖盛典，就由老夫来出题考核吧。”这个法堂大族老声音洪亮。他的修为极高，他在说话时，空气都荡起了波纹，似有无数魂影出现，游走四方。

白家族人纷纷目露崇拜之情，看向老者，就连来观礼的其他家族与巨鬼城的使者也神色严肃起来。

白小纯盯着这个法堂大族老看了一会儿，发现他的修为已经是半步天人了，与白麟一个境界，且看其魂力波动，显然也是炼魂师。

“应该是黄品……且在炼魂方面的造诣很高，所以才可以做到一开口就有魂影从八方而来……”

白小纯思考时，那个法堂大族老的声音再次传出。

“我白家的诸位俊杰应该都知道，传说中炼灵的极致是三十次，可惜那毕竟是传说。至今为止，没有人能做到，甚至连二十次都没有。我们可以想象一下，这片羽毛被炼灵到三十次后，它会是一个什么样子？”

法堂大族老微微一笑，抬起右手，手中出现了一片羽毛。

这羽毛看起来很平凡，没有丝毫出奇之处，完完全全就是一根普通的羽毛。

“此题没有标准答案，大家可以凭着自身造诣，畅想一下。毕竟有些事情，若连想都不敢想，又岂会有变成现实的一天？”

第 595 章

要忍住

法堂大族老的话语传出，回荡八方，四周的白家族人一个个都若有所思，大族老的这个考核很有讲究……

因为没有真正的答案，所以不同造诣的人说出的话更可以验证每个人的感悟。

这个问题也包含了炼火、魂药方面的知识，每个人擅长的不同，自然有不同的方向。所以这个问题看似简单，实际上极其不俗。

事实的确如法堂大族老所说，如果连想都不敢想，又岂会有变成现实的那一天。这种想象，从某种意义上来说，也相当于每个人的道。

不单是四周那些白家族人陷入深思，就连法堂大族老身边的其他族老以及白家的族长，此刻也都因这个问题而开始思索。

即便是其他家族的使者以及巨鬼城派来的人也是如此，一个个陷入思考之中。同时，他们也能通过这个问题，看出白家这位法堂大族老在炼灵方面的造诣已经达到了一个很高的层次。

此刻没有人说话，整个祠堂石门外一片安静，落针可闻，几乎所有人都在脑海里思考答案。这种祭祖盛典中的考核是白家的习俗，原则上每个人都需要回答，可实际上白家这么多人，自然不可能每个人都说出答案。

所以，一般来说，都是各脉的天骄之辈作为代表，来说出答案。故而彼此之间，更有竞争之意。

此事白家的那些族老自然知晓，只不过他们很鼓励这种竞争，只要在可控范围内，这种家族内部的竞争是有利于家族进步的。

白小纯眼珠转动，这个问题对别人而言，不好回答，因为觉得没有真正的答案，对他来说却太简单了。

毕竟白小纯在迷宫内的试炼之地里曾炼灵到了二十多次，虽然最终也没有达到三十次，但是已经看出了端倪。

“这个，我来回答的话，有些作弊了吧……”

白小纯暗中干咳一声，跃跃欲试，又一琢磨如今也没什么好处，自己凭什么去点醒其他人。

想到这里，他继续打着呵欠，当成没听到。

半晌之后，法堂大族老目光再次扫过四周白家的族人，脸上露出微笑，淡淡开口。

“谁先来回答？”

短暂的沉默后，忽然，白家主脉，经常跟随在白齐身边的一个青年猛地站起，高声开口。

“晚辈白力，想要回答这个问题。”

此话一出，大部分白家族人都看了过去，认出此人后，轻蔑、嫉妒、冷漠，各种复杂的情绪出现在他们眼中。

那些族老目光扫过，有的平淡，有的则面露鼓励之色，就连白家族长也平静地点了点头。

白小纯斜着眼扫过，也好奇此人能说出什么答案。

眼看自己被众人注视着，白力很激动，觉得自己出头的行为对了，最起码可以让家族的长辈注意到自己。于是，他咳嗽一声，神色肃然地开口。

“在晚辈看来，这片羽毛若是被炼灵三十次的话，应该可以成为一件至宝，说是天地至宝也不为过！”

白力说完，紧张地看向法堂大族老。

可还没等法堂大族老说话，四周就传来了阵阵笑声，更有不少人直接摇头，讥讽之意明显。

“这不是废话吗？”

“就算再寻常的物品，被炼灵三十次后，白痴都知道它会成为一件至宝。”

白小纯也神色古怪，如看傻子一样看了看白力。白力也听到了四周族人的议论与笑声，脸色顿时变得紫红。

“勇气可嘉。”

法堂大族老笑了笑，没有点评，而是看向四周。

“还有其他人要回答吗？”

白力讪讪地坐下，很尴尬，他也知道自己的答案是有些取巧了，可一想到自己总算出了风头，于是衡量一番，觉得自己这么做没错，瞬间沾沾自喜起来。

白力坐下后，其他族人陆续起身开口。

“大族老，羽毛被炼灵三十次后，应该会庞大无比，可以遮天蔽日！”

“大族老，我觉得这羽毛可以变成一把羽扇，足以扇动天地！”

“大族老，这羽毛说不定会变成一把羽剑，震慑四方！”

“不一定，大族老，我觉得这羽毛可以放在人的身上，变成翅膀！”

种种答案从一个个族人口中说出，五花八门，说什么的都有。那些族老一个个含笑看着他们。

至于提出问题的那位法堂大族老，神色始终如常，似乎每一个人说的答案都没有被他放在心上。

白小纯听着众人的说法，好几次都忍不住想要纠正一番，让他们知道自己的厉害。这种出风头的事情，他非常喜欢做，只是在这里这种欲望每次都被他压了下来。

“要忍住，没好处，绝不做！”

白小纯喃喃低语时，与白齐一起被称为双杰的白雷忽然站起了身。

他一起身，四周立刻都安静下来，一道道目光聚集的同时，就连白齐也眯起了双眼，凝望白雷。

不单他们，其他家族与巨鬼城的使者也是如此，显然知道白雷在白家的名气。

“大族老，晚辈在炼灵方面造诣不高，凭着感悟，很难猜到这羽毛被炼灵三十次后会变成什么。可既然是想象，晚辈也可以想象，被炼灵三十次后，这羽毛说不定会有灵，成为与火灵、木灵相似的存在，或许，那是羽灵？”

白雷此话一出，四周众人纷纷一愣，随后有不少人立刻受到触动。

那些族老看向白雷时，一个个都露出笑容，就连法堂大族老也在听到这个答案后，首次点了点头。

看到法堂大族老点头，白家族人更为震动，议论之声渐起。

白小纯在人群内多看了白雷几眼。羽灵这个答案，虽依旧不是正确的，但已经接近了真相，这是炼灵二十次后才会出现的变化。

渐渐又有不少人说出自己的答案，可与白雷的答案比较，要么不如他的，要么就是在他的基础上说出来的。那些族老都是老家伙，岂能听不出来？

那位五小姐起身一拜，说出另一种答案，再次引起了众人的关注。

“大族老，我觉得……会成为一片彩虹。我知道彩虹与羽毛不相关，可还是觉得，它会成为彩虹。”

五小姐轻声开口，说完后立马就坐下了。法堂大族老这一次没有点头，而是含笑开口点评。

“一切皆有可能，你的答案，尚可。”

说完，法堂大族老目光落在了白齐身上，他很想知道，这位白家第一天骄的答案又是什么。

此刻，不单他看向白齐，四周的那些族老，还有很多族人，都看向白齐。毕竟白齐的名声很大，如今这么多人回答了，无论如何，白齐也只能开口。

在众人的注视下，白齐微微一笑，站起身，向着法堂大族老一拜，抬头时，目露精芒，似乎十分自信。

蔡夫人目露骄傲之情。还有那位白家的族长，此刻也面露期待，看向白齐时，目光柔和，与看向白浩时完全不同。

“五妹与雷弟的答案都只是一部分，我回答得晚，有些讨巧了，还请大家莫要介意。炼灵，为我蛮荒体系之根本，变化太大，炼灵二十次后，或能形成如彩虹之物，也有可能形成羽灵，但这绝不是炼灵三十次后的结果！”

这一刻的白齐神采飞扬，整个人散发出无穷魅力。他站在那里，一个人的气势就压过了绝大多数同族之人。

“炼灵三十次后，我有八成把握，它可以变成一只活生生的鸟儿，凤舞九天，成为万鸟之首！”

第 596 章

白小纯的答案

白齐声音嘹亮，他的话在整个广场回荡开来。因其修为不俗，不说撼动天地，也可让黄昏时的苍穹云雾翻滚起来，气势如虹。

仿佛是在认证他的答案，四周几乎所有白家族人都面色变化，跟着呼吸急促起来，看向白齐时，眼神炽烈。

“凤舞九天，成为万鸟之首，这个答案……”

“我怎么没有想到这个答案？”

“真是敢想啊，一片羽毛居然能成为活生生的生命！”

那位五小姐此刻也是身体一震，若有所悟。还有白雷，他不甘心地握住了拳头，心底也轻叹一声，论炼灵的造诣，他的确不如白齐，这个答案已经算开创了一个先河。

白小纯皱起眉头，仔细看着白齐。这个答案虽不是正确的，但也算走出了自己的路。

“可惜，还是错的！”

白小纯想到这里，不由得得意起来，琢磨着就算对方知道了最终的路，想要走到终点，也根本不可能。

蔡夫人满面红光，看着白齐，心情激动无比，眼前这骄阳般的男子，是她的儿子。母以子贵，她整个人都飘飘然起来。

还有白家的族长——白齐的父亲，此刻更是一副欣慰的模样，像看麒麟子一般看着白齐。

白家族长身边的那些族老同样深受触动，白齐的这个答案让他们大吃一惊。至于法堂大族老此刻更是站起了身，大笑起来。

“好！果然是我白家的麒麟子，你的答案，老夫也不知道真假，可这份气魄，足以吞山河了！”法堂大族老哈哈一笑，看向白齐时，目露赞赏。在他看来，白齐的答案已经与自己的看法一致了。

以他的造诣，他早就感悟出，炼灵可分为不同的境界，如彩虹，如羽灵，这是一个境界，而白齐的答案，明显更高于这两个境界。

“难怪白齐能被老祖看重，为其开启祖地，此子炼灵的资质果然不俗。”法堂的大族老含笑看了眼身边的白家族长。

“大族老过誉了，这孩子还需磨炼一番才可。”白家族长内心快慰，笑着开口。

得到了大族老的肯定，白家族人的赞叹声便如雷霆般爆发出来。听着四周的声音，蔡夫人激动不已。

“白浩那小杂种的炼灵资质虽好，但必定不如我家齐儿，只不过我家齐儿不愿张扬而已。”蔡夫人目中光芒流转，内心的骄傲已无法形容。

眼看众人都在追捧白齐，白小纯很不屑，忍不住又打了个呵欠。他心里暗道：“小爷这是不愿与你们一般见识，否则的话，我一说出答案，立刻让你们一个个都惊掉下巴。”

过了这么久，白小纯越发觉得考核无聊，琢磨着究竟什么时候才能结束，就在这时，白齐目光一扫，看到了人群内，打着呵欠的白小纯。

白齐眼中露出一抹阴毒，忽然笑了笑。

“白浩，你曾对我说过，你认为自己在炼灵上有些资质。今日我白家盛典，大家都说了答案，不知你有没有答案呢？来吧，说来听听，不用不好意思。”

白齐似笑非笑，话说得好像是兄长关心鼓励弟弟似的，实际上用心险恶，根本就是要在这个时候羞辱白浩。

而他对自己的答案也很有自信，认为其他人已经没有路可走了。不管怎么说，都绕不过虚与实，而白浩的回答极大可能处于这两者之间，任何答案他都可以直接将其定性为剽窃，再以兄长的身份，痛心疾首地教训白浩一番。

如此一来，就可让白浩在整个家族面前出丑，坐实之前作弊之事；如此一来，明天在祖地内，自己找个机会将其“误杀”，也就没人能说些什么了。

此话一出，四周顿时安静下来，一道道目光刹那间落在了白小纯身上。

“这白浩区区筑基修为，还能说出什么答案不成，十有八九会缩头不语。”

“他说不定也会说‘凤舞九天，变成万鸟之首’，不过这也太无耻了吧。”

“这可未必，此人曾靠着作弊成为三榜第一，好在齐少大义灭亲，将其名字抹去，此刻也可看出白浩有多无耻。”

大多数人看向白浩的目光都带着轻蔑与不屑，只有少数人有些可怜白浩，叹息几声，看出了白齐的恶毒用心。

五小姐与白雷正是可怜白浩的人之一，对白浩，他们没什么太深的印象，只不过是厌恶白齐，自然而然觉得白浩可怜。

不过，他们没有立场阻止白齐。此刻的白齐，声势已到了巅峰。

蔡夫人眼珠一转，立刻就明白了白齐的想法，虽有些不安，但还是相信白齐的判断，看向白小纯时，目露憎恶。

白家族长神色平静，就像没有看出白齐的用心一样，看都不看白小纯一眼。他身边的那些族老，此刻一个个神色玩味，相互也不言语，唯独法堂大族老脸上还带着笑容。

法堂大族老本身并不属于族长一脉，对族人不说一视同仁，也没有太大的差别，在白齐的提醒下，看向之前从未关注过的白浩。

白小纯皱起眉头，看着用心险恶的白齐，目光渐渐冷了下来，他瞬间就明白了对方的心思，心底怒火升腾。他原本没打算继续高调，可白齐居然来逼自己，这就是自找死路了。

白小纯冷哼一声，缓缓站起了身。

他起身之后，众人的嘲讽越发强烈。

“竟真的站起来了？有些意思，我等着看他说出是鸟。”

“自不量力，这白浩身为庶子，也敢争锋！”

“这种人只会作弊，他的存在只会让我们白家丢人啊！”

四周的声音不断传入白小纯的耳中，他看着这一切，看着蔡夫人的恶毒眼神，看着族长的冷漠，看着那些族老的不屑，没有人来阻止这一切，他们任由绝大多数族人，在这里不断讥讽他。

就连其他家族与巨鬼城的使者也在那里看热闹，这一切让白小纯忽然没有了怒意。

白小纯看着四周众人，慢慢抬起下巴，似乎这些人在他眼中都是跳梁小丑，一个大浪就可拍死无数。

他袖子一甩，目中带着孤傲，一指白齐，沉声喝道。

“我本不想开口，可你既用心险恶，自取其辱，今日白某就成全你。”

白齐眼中杀意一闪，看着白小纯，冷笑起来。

“那在你眼中很值得自傲的答案，在白某看来，完全是狗屁不通！”

白小纯袖子一甩，在这一刻，他的气势强了许多。

“就让我告诉你，炼灵三十次后真正的结果！一羽一世界，任何东西，炼灵三十次后，最终都会成为一个世界！”

白小纯的声音如天雷传出，回荡四方。

白小纯的话瞬间震撼了所有人。这答案似乎引动了天地法则，他说完之后，竟真的有天雷在苍穹上滚滚而过。

黄昏的余光也在这一刻洒落大地，有一缕落在白小纯身上，使得他身上多了一丝奇异之感。

随着答案传出，所有白家族人都瞪大了眼，如有响雷在心间猛然炸开，而白齐也是身体猛地一颤，面色瞬间变得极其难看。

白齐无论如何也没想到他说出的答案居然是这样，这根本就不需要比了。所有人都可以看出，这答案不管真假，在境界上他已经完全超越了所有人，而且可以说是碾压。

第 597 章

口诛笔伐

震撼！

一瞬间，万籁俱寂……

之前还在讥讽白小纯的人全都僵在那里，如被施了定身法。

良久，众人才逐渐恢复过来，阵阵粗浅不一的呼吸声传出。他们的表情不停地变化，就连那位五小姐与白雷也十分震惊，难以置信地看向白小纯。

“这个答案……超越了所有人啊！”

“天啊，他是白浩吗？是那个懦弱无能的白浩吗？一个世界，这……这种气吞山河的气魄，怎么可能？”

“世界，世界……一定是这样，这才是答案，真正的答案！”

“这……这怎么可能？”

在短暂的沉寂后，大部分族人瞬间爆发，全部沸腾起来。不少人更是直接起身，看向白小纯，无比震骇，同时又感到难以置信，有的人甚至慢慢生出了一丝佩服。

这一刻，白小纯站在那里，接受全场人的注视，略显单薄的身躯却散发出一种超然、缥缈之意。没有人再注意白齐，白小纯一句话直接将白齐身上所有的光环夺了过来，加于己身，好像这一切本就属于他。

白齐面色苍白，有心反驳，却发现自己想不出别的话，甚至就连他自身，在听到这个答案后都有种认同感。

不仅仅是他们，还有那些族老，此刻也彻底被触动了，看向白小纯时，露出吃惊之意，有几人竟直接站起了身。

法堂大族老身体猛地震动，双唇微动，呼吸渐渐不再平静，似乎有些控制不住自己的情绪。整个人感觉醍醐灌顶，豁然开朗，面色都红润起来。

这一幕对蔡夫人与白家族长的刺激最大。那白家族长不知如何想的，眼看白浩如此耀眼，他不仅没觉得欣慰，反而有股怒火燃起，那是一种如看逆子，似要杀人的心情。

似乎白浩越优秀，他就越觉得被羞辱一样。当他看向白浩时，目中的愤怒已无法隐藏，可他毕竟是族长，此刻深吸一口气，勉强压了下来。

白家族长能压下，蔡夫人却做不到。眼看白浩一句话就让一切逆转，甚至好像要夺走白齐的一切，尤其是看到白齐苍白的面色后，蔡夫人阵阵心疼。危机感让蔡夫人对白小纯的怨恨上升到了极致，怒气攻心，她猛地尖叫一声。

"一派胡言，白浩你个小杂种，太放肆了，给我闭嘴！来人，给我将这小杂种拿下，我要他形神俱灭！"

蔡夫人此话一出，立刻就有白家的护卫走出，他们有些迟疑，不知该不该听从，可还是有几人咬牙朝着白小纯奔去。

"是你放肆！"

白小纯猛地转头，看向蔡夫人。

"我白家的祭祖盛典，我身为白家族人，回答法堂大族老的问题，不是理所应当吗？你居然敢扰乱祭祖，简直放肆到了极点！族长，此女没有白家血脉，充其量算半个族人而已，可她当着我白家所有族人的面，当着我白家列祖英灵的面，如此咆哮，惊扰祭祖，还请族长责罚，以全家规！"

白小纯直接借势反击，这番话滴水不漏，言辞犀利，更占据了大义，无论是谁，都无法指责他。

那些支脉中看白齐与蔡夫人不顺眼的族人，一个个都眼睛一亮，如重新认识了白浩一样，内心更是不住喝彩。

白雷看向白小纯，突然有了很强烈的兴趣想与其结识一下。那位五小姐也愣了一下，看向白小纯时，目中有了异样的神采。

就连那些族老的眼睛也亮了起来。

"白浩，你以下犯上，好大的胆子……"白齐听到白小纯的话，他整个人怒火中烧，猛地低吼。

“你也给我闭嘴！”白小纯转头，向着白齐沉喝一声。

“我白浩体内流淌着白家的血液，是白家族人。我在这里祭拜先祖，回答族老的问题，自然要大胆一些，我白家先祖要看的，正是我白家族人的胆识与气魄！以下犯上？族规第九条列出，祭祖之时，一切族人，皆为血脉后人，何来上下之分？若真说有‘上’，那也是先祖。难道你白齐认为，此女是我白家的先祖？白齐，你要记得，你姓白，不姓蔡！”

“我看以下犯上的是你白齐才对！”白小纯袖子一甩，说的话字字如剑，刺入白齐身体，使得白齐气得连连后退，面色不断变化，想要反驳辩解，却一句话都说不出，惊怒之下，一口鲜血喷出。

“白浩，你……”

这一幕，让四周的人都惊呆了。白小纯猛地转身，再次向着面色早已阴沉如铁的白家族长抱拳一拜。

“一请族长责罚此女，此女扰乱祭祖，惊扰祖先，当形神俱灭。二请族长责罚此子，此子乱认先祖，这是不孝；忘了自己姓白，这是不忠；以下犯上，这是不敬。他一个不孝不忠不敬之辈，不配成为我白家族人。”

白小纯声音如雷，真可谓字字诛心，四周的族人都倒吸一口凉气。他们真是没料到，对方能将白齐逼到这个份上。这时，大多数人的脑袋都是蒙的，他们震惊了，好像有种认知被颠覆的感觉。

其他家族的人也很震惊。蔡家的人有些不悦，看向白小纯时神情凝重，明显看出了白小纯这番话的用心。这已不是阴谋，这是阳谋，给了白家支脉一个机会，让其他家族以及巨鬼城的使者不得不重视起来。

至于那些族老，相互间看了看。白家内部本就不合，如今出了这件事情，对白家的支脉而言，是一个绝好的机会。

就在他们思索时，蔡夫人眼看白齐吐血，整个人都抓狂了，声音凄厉。

“小杂种你找死！来人，给我杀了他！”

蔡夫人癫狂着发出怒吼，自己也飞了出来。那些族老眼睛一亮，正要发难，可是，就在蔡夫人飞出的瞬间，白家族长猛地一拍桌子。

轰的一声，那桌子化为飞灰。

“住口！”

白家族长低吼一声，袖子一甩，一股大力散出，落在蔡夫人的身上，蔡夫人的身体猛地倒飞出去。

“收……押！”

白家族长从牙齿缝中挤出这两个字，立刻有族人胆战心惊地上前，将蔡夫人带走。

“现在，你满意了！”

白家族长盯着白小纯，已毫不掩饰目中的杀意。

白小纯没看蔡夫人，而是凝望那位面色阴沉的白家族长，丝毫没有退缩，再次抱拳。

“还有白齐的不忠不孝不敬之罪！”

“够了！”

白家族长眼中如要喷火，自从他成为族长后，还是首次遇到这样的事情。这种被人算计的感觉，让他起了杀心。若非顾忌各支脉，他岂能让白浩如此嚣张？

“他不可能杀，那么祖地内，我自己来杀。”白小纯心想，看了眼白家族长，内心冷笑。

白齐怒视白小纯，他真的有些怕对方那张嘴，此刻心有余悸。看到母亲被责罚，以及父亲的怒火，他只能咬牙低头，内心疯狂嘶吼，发誓在祖地内必杀白浩！

眼看祭祖盛典似乎无法继续下去，白家族长袖子一甩。

“此次祭祖，就此结束！”

话音刚落，那位始终在沉思的法堂大族老忽然抬头，看向白小纯。

“先不要结束，白浩，你继续说，你是如何想象出，炼灵三十次后会变成一个世界的？”

他神情恳切，语气温和，似乎根本就不在意之前白小纯与白家族长之间的矛盾。

实际上也的确如此，作为法堂大族老，除了老祖外，整个家族，能与他平起平坐的就只有刑堂的大族老，至于族长……他不在意。

白家族长的面色顿时难看起来。今天的事情对他来说，毕生难忘，可他不能招惹法堂大族老，只能将怒火发泄到白小纯头上。只见白家族长咬牙又坐了下来，看向白小纯时，杀意滔天，到了路人皆知的地步。

第 598 章

神棍传道

白小纯有些诧异，看向法堂大族老，听出对方语气中的温和，以及目中的求索之意，知道法堂大族老没有恶意，而是真的想知道炼灵三十次的秘密。

他不由得沉默下来，脑海里开始琢磨，如何能让自己再上一个台阶，横竖已经出风头了，干脆让他们五体投地、顶礼膜拜！

他一沉默，众人的想法立刻就不一样了。法堂大族老神色认真起来，他觉得对方这是在沉思，于是安静地等待。

如果白小纯之前没有回答问题，此刻四周那些族人必定会出言嘲讽，眼下却不敢了。因为白小纯的说法本就震撼了所有人，随后那一番话，逼得族长收押其夫人，白齐更是险些被逐出白家甚至击杀。

这一幕幕无不说明，眼前的白浩与他们记忆里的白浩不一样了……

他们都能看出，此刻的白浩受到了法堂大族老的赏识，在法堂大族老心中的分量越来越重。

五小姐也是如此，她看着白小纯，有些好奇。白浩的变化太大了，眼前之人是否真的还是白浩，这个问题，不仅仅是她，其他人也想过，那些族老，甚至白家族长都在思索。

尤其是那位白家族长，更是凭着他的身份，暗中融入阵法查看，可无论怎么看，现场的白浩都是当初那个白浩！

白家的阵法，对非白家血脉之人，审核得极为严格。若眼前之人不是白浩，不可能神不知鬼不觉地出现在此地。

想到这里，五小姐也面露期待。

还有白雷，他看向白浩时，越发感兴趣了。他甚至觉得自己以前实在太忽视白浩了，如今对方的崛起，对他来说，是一个很好的机会。

不过，也不是全部的族人都如此，那些嫡系一脉的白家族人在看向白浩时，内心怨恨到了极致，恨不得白浩去死。白浩羞辱的不仅仅是白齐与蔡夫人，而是他们整个嫡系一脉。在他们看来，白浩也是主脉的人，可他方才的行为，分明是一种背叛！

时间流逝，半炷香后，白小纯目光深邃，抬起头，看向法堂大族老。

他深吸一口气，抱拳一拜。

法堂大族老立刻精神一振，仔细聆听，其他人也是如此，那些族老变得十分认真。

"回大族老的话，炼灵三十次的事情晚辈只是乱说而已，实在是晚辈从小孤僻，没有什么兄弟、朋友，很多时候，只能一个人去幻想这个世界、这片天地……好似这天地间，只剩下了我一个人，又好似这个世界，我是多余的……或许是这种心态，让我的幻想长了翅膀，不断飞向远方……"

白小纯的声音有些沙哑沉重，仿佛沉浸在了童年的回忆中。

这里的族人，有不少人知道白浩小时候的事情，此刻听到这些话后，脑海里立刻浮现出了一个孤独的孩童坐在那里，呆呆地看着天空，看着世界的画面。

那些族老都心有所感。五小姐不知为何，听得心里竟有些悲哀。

眼看众人如此，白小纯心中得意，这可是他想了半炷香，才想出的答案。他琢磨着一定会让所有人大吃一惊。

反正是说大话，这一点，白小纯还是有点自信的，应该能吓唬吓唬人。接着，他继续沉浸在那种思绪里，声音都缥缈起来，似从他童年传来，穿过了岁月，融入了当今……

"我经常在想，这片天地是如何形成的，我们是如何存在的……为什么会有魂，为什么会有火，为什么会有炼灵……我也经常想，这世间有没有仙人，我们修行的功法，是谁传给我们的……我还经常想，天空那么大，可天空之外，是否还存在另一个世界。如果真的存在，那个世界又是什么样子的……"

白小纯自顾自地说着。声音传入所有人耳中，渐渐地，四周越发寂静，每个人都仿佛沉浸在白小纯的话里，也在思索。

那些族老一个个竟也屏气敛息。他们忽然发现，自己以前实在太忽视白浩了……

尤其是那位法堂大族老，他面色不断变化。这一刻，他似乎看到了白浩的童年，更看到了白浩的思想。

“而那个世界里是不是也有人，在他们眼中，我们……又是什么……”白小纯神色柔和，目中带着雾气，声音也越发缥缈起来。

“谁又能知道，我们所在的世界，是不是一个大能将某样物品，炼灵了三十次，形成的世界！”此话一出，众人皆倒吸一口凉气。

“又有谁能弄清楚，为何这世间会有炼灵一说？谁又能明白，这天地间，炼灵的源头，又在何方！这就是我的答案。”

说完，白小纯向着法堂大族老一抱拳，沉默不语。白小纯心中却是激动得不得了，他说的这些话，就连他自己都不太知道是什么意思。

虽然他也不懂，但觉得能唬住人就行了，越是神秘高远、玄之又玄，效果就会越好。此刻，他看似平静，实际上正在四下打量，看着看着，他有些患得患失了。

四周实在是太安静了……所有人，包括族老在内，一个个都呆呆地看着白小纯，眼睛却失了焦点。他们看似平静，实际上整个人如被天雷轰顶，彻底被镇住了。

在他们看来，白小纯的想象太过广阔，于是也就理解了，为何白小纯能说出“世界”的答案。

这一切，他们一时半会儿很难消化，直至过去了十多次呼吸的时间，他们才恢复过来，议论声顿起。

“天外，是否还有一个世界……”

“我们所在的天地，或许真的是……某个大能留下的炼灵三十次的法宝！”

“天啊，我想起了魁皇的传说，传说一代魁皇开天辟地，为了守护族人而战死……”

五小姐与白雷身体颤抖，白小纯的话，若不深思则没事，可一旦深思，则越想越心惊。二人隐隐觉得，白小纯的话似乎蕴含了某种天地奥秘，让人陷入神秘莫测的未来。

听到众人的惊呼声，白小纯终于松了口气，觉得自己在吓唬人方面还是有些天分的。正得意时，那些族老一个个目露奇光，尤其是法堂大族老，更是直接站起了身，神色激动，仰天大笑。

“好、好、好！”

作为法堂大族老，平日里他十分威严，又少言寡语，点头就算是认可了，哪怕对白齐，也只说了一个“好”字。

可眼下，他竟连续说了三个“好”，可以看出他对白小纯已极为欣赏。

这一切落入白齐眼中，令白齐的心无比刺痛，仿佛被咬噬一般，双眼都红了，他只能死死地握住拳头。

他神色狰狞，对白小纯的杀意更强烈。

“祖地内，我拿到天人魂后，必杀你！”白齐暗道。

至于白家族长，看向白小纯时，感情似有些复杂，但很快，他的眼中就只剩下了冷漠。

“要怪就怪你是庶子，你母亲卑贱，你也注定卑贱。学不会顺从，只懂得悖逆，你和你母亲一样，都该死！”

第 599 章

祖地开

“这是老夫听到的最难以衡量与判断，也是最让老夫心服口服的答案！白浩，你很好，非常好！”

法堂大族老大笑几声，看向白浩时，目中的赞赏极为明显。白家族人都看出来了，这位法堂大族老对白浩已是另眼相待了。

可以想象，以后白浩在家族内必定与之前的处境大不一样……

白齐恨得咬牙切齿，而白家族长的眼神则越发阴冷。

就在众人各有所思时，法堂大族老袖子一甩，声音再次传出。

“白浩，老夫有一座府邸，虽不算整个白家中最养魂的，但还算可以。老夫将这座府邸赏赐给你，希望你日后能更进一步，早些踏入结丹境。”

法堂大族老心中也有遗憾，若是白浩已经踏入结丹境，哪怕只是结丹初期，他也会毫不迟疑地将白浩要到自己身边来，即便要与白家族长翻脸也在所不惜。

可惜，白浩的修为太低了，只是筑基初期。此刻，法堂大族老送出府邸，一方面是要结个善缘，另一方面，也有试探白家族长的用意。

白小纯转了转眼珠，觉得这府邸对自己也没用，正琢磨如何拒绝，问问能不能换成冤魂时，那位白家族长却淡漠地开口。

“此事就不劳大族老费心了，犬子的事情，白某自会安排。”

此话说得斩钉截铁，白家族长的态度已很明确，他就是十分不满与愤然。见此情景，法堂大族老也不好再多说什么。

白小纯抬头抱拳道：“多谢大族老……”

随后，他平静地瞥了眼白家族长，内心冷笑起来。

“见不得白浩好是不是……也罢，这座府邸我本也没打算要，我要的是天人魂！明天祖地开启，我要让你看到，我是如何拿走你白家天人魂的。”

“此番祭祖，就此结束！”

白家族长的声音硬邦邦的，这一次祭祖让他如吞了蚊蝇一样恶心。只见他袖子一甩，转身化作一道长虹，蓦然远去。

法堂大族老深深地看了眼白家族长的背影，暗中叹了口气。白浩身份敏感，他觉得可惜，又看了白浩一眼，目中露出鼓励之意。

“既然你父亲有安排，老夫就不擅自做主了。不过白浩，以后若是在修行上有什么疑问，可随时来找老夫解惑。”

说完，法堂大族老也转身离去，其他族老相继都走了。

白小纯看了看法堂大族老的身影，这是白家少数几个让他产生好感的人之一。

“他知道白浩是庶子，且不得其父的心，还是说出了这一番话，从某种程度上，算是给了白浩一层保护。这位法堂大族老的心意，我白小纯替白浩领了。”

随着祭祖结束，白小纯转身离开，他来的时候默默无闻，走的时候，众人的目光都集中在他身上，可这一切，他已经毫不在意了。

“明天，一切见分晓！”

白小纯深吸一口气，化作长虹，在这天色渐黑的天空，直奔北区而去。

这一夜，白家族人中，太多的人无法平静。白浩突然崛起，让太多人心神震动。愤怒的白齐，疯狂尖叫的蔡夫人，阴沉的白家族长，这一幕幕组成的画面，浮现在很多人心中。

第二天就是祖地开启之日，今夜可以说是众人进入祖地前，做最后一次准备工作的机会。

就算是不愿争夺什么的五小姐，夜里也在盘膝打坐，调整自己的状态。毕竟祖地内，除了天人魂，还有其他奖励之物。

而其中有一些奖励之物，对她有大用。

更不用说白雷了，他的目标就是天人魂，这就意味着他要与白齐争夺，虽然他明白可能性不大，但心中依旧十分期待。

还有白齐，他将愤怒转化为动力，誓要在祖地内杀死白浩。他在深夜修炼，让自己明天可以处于巅峰状态。

“祖地就是你的死亡之地！而你，连申请放弃的资格都没有，来也得来，不来也得来！”

在白家族人大都为了祖地开启而进行最后的准备时，白小纯也没有闲着。这段日子，他一直在暗中选择位置，准备在进入祖地前一晚，将那些煞魂钉全部放好。

此刻，趁着夜色，他全力展开隐藏之法，如幽灵一般，在白家的不同位置布置煞魂钉。

这是他的备选手段，一旦需要，只要一个念头，他就可让这些煞魂钉全部爆开，从而撼动一下白家的阵法。

当黎明到来时，白小纯睁开双眼。他的双目，在这黑夜里，如同火焰，散出光芒。

他看着屋舍四周，虽然他在白家居住的时间不长，但随着他不断知晓发生在白浩身上的事情，他认为自己已经很了解白浩了。

“白浩，若你有灵，能知道在你死后发生的这一切，或许，你会气得想报复吧……为师虽不喜杀戮，但这一次，我要替你做些事情。”白小纯喃喃低语，目光在屋舍内扫过。

不多时，一声钟鸣在整个白家回荡，祖地……开启！

这钟声一共响了九次，传遍四方，一个个准备进入祖地的白家族人快速飞出，直奔白家祖祠的石门而去。

白小纯迈步走出屋舍，一路前行，很快就到了中心石门外。刚一到来，四周就有很多人朝他望来。

“白浩居然也来了……”

“他昨天难道没看出白齐的杀意？若我是他，一定会申请放弃这次机会……”

“找死而已，自不量力的小杂种！”

“哼，那岂是他想放弃就能放弃的？”

来到祠堂的族人足有数百，其中大多数都是筑基修士，至于结丹修士，只有十多人而已，此刻有不少人都在低声议论着。

白齐也在人群内，看到白浩到来后，他内心冷笑，目中杀机一闪。

五小姐与白雷也在人群内，看到白浩居然来了，虽有些诧异，但仔细一想，似乎又在情理之中。

白小纯对四周的一切置若罔闻，如没有看到、听到。此刻，他心中很平静，只是看着那扇石门，等待开启。

又过了一会儿，来的人更多了，可绝大多数人都放弃了这一次机会。还有一些人虽然到了这里，但只是想观摩而已。

注意到白浩后，这些后来的人议论纷纷。

没过多久，族老以及另外两大家族还有巨鬼城的使者出现。之后法堂大族老也出现了，当看到白浩的身影之后，法堂大族老愣了一下，皱起眉头。

可还没等法堂大族老说话，白家族长便从远处破空而来，到了半空后，他的目光扫过人群，四周的议论声便消失了。

白家族长看到白浩时，眼神冰冷。每一次祖地开启，所有筑基、结丹修为的族人，都有资格进入祖地，且从原则上讲，那些人必须进入祖地，如若真的不愿，只要上报宗祠，一般来说，都会被批准。

实际上的确有不少族人已经上报了宗祠，申请放弃进入祖地，都被批准了。而白家族长也打定了主意，甚至交代下去，可以同意其他人放弃，唯独不能同意白浩放弃。

可是，直至现在，他都没有收到白浩放弃进入祖地的申请，眼看白浩出现在这里，他内心冷笑。

“自己找死，也就别怪我大义灭亲了！”

白家族长收回目光，右手掐诀，一指石门，动用族长的权力，直接影响阵法。轰鸣间，祖地的石门猛地爆发出耀眼的光芒，巨响中，渐渐开启了一道缝隙。

随着缝隙出现，一股沧桑之意骤然散出，如同远古的风扫过天地……

“祖地开启，待人进入后会自行关闭。当有人获得天人魂后，才会再次打开，让你们走出。一切造化，就看尔等机缘了。其内并非没有危险，我白家试炼，历代都有生死之事，尔等当知！还不进去，更待何时！”白家族长蓦然开口。

第 600 章

天人魂

白家祖地，若是从外部开启，每一次打开都需长期准备，且要耗费不少资源，尤其是维持开启的状态，消耗极大。

所以，每次只开启一丝，当族人都进入后，石门就会自行关闭。而想要将其再次打开，要等有人在里面获得天人魂，借助天人魂的力量，从内部开启祖地，使得众人可以归来。

从内部开启，不会损耗天人魂的品质，因这所谓的祖地，实际上也是白家最滋养魂体的秘境。

白家族长话音刚落，白齐首先一晃而起，直奔石门而去。数十人跟在他身后，各自飞出后，其他白家族人也呼啸而去。

白小纯目光闪动，他深吸一口气，压下内心升起的激动，他知道，成败就在这一次了。

“成功的话，可以获得天人魂，可以为白浩报仇……”

白小纯狠狠一咬牙，蓦然飞出，直奔石门缝隙。

轰鸣间，数百人都消失在了石门的缝隙中。很快，这石门就缓缓闭合了。

在石门闭合的瞬间，整个石门扭曲了一下，随后石门上竟映出了一幕幕画面，画面里正是如今祖地的一切。

可以看到，祖地内有一座高耸无比的山，山顶的位置还有一圈光环，隐隐地，似乎可以看到那里有一座祭坛。这祭坛上供奉的正是天人魂！

这光环就是天人魂散发出来的。

而这座山的其他区域一样有大大小小诸多光环存在，每一个光环所在的地方，都有白家为族人准备的造化之物。

法宝、魂体、功法，种种资源，这座山上比比皆是。可想要获得，自身不仅需要一定的实力，更要一定的机缘，才可得享造化。

而且很明显，越靠近山顶，光环的颜色越深，奖励之物的品质就越高。

这一幕，引得石门外所有族人开始观望，他们看到一道道身影被传送到了山下。

白小纯只觉得眼前一花，耳边就传来了轰然巨响，很快，巨响消失，当眼前恢复如常时，他猛地看向四周，发现自己仿佛处于一片天地碎片中。

这里也有天空，也有大地，可天空是紫色的，大地是黑色的，太阳是赤色的，使得这个世界看起来昏暗无边。

他更看到了这座山，看到了山上无数的光环。只是这座山太大了，它屹立在那里，就能散发出惊人的威压。

白小纯吸了口气，来之前，他虽然也打听了不少消息，知道祖地内有一座祖山，但如今亲眼看到，还是有些吃惊。

“这座山似乎与外面的天地格格不入……给我一种外来之物的感觉。”

白小纯有些动容，他隐隐觉得，这座山与他当年看到的那把传说从天外落下的陨剑有些相似。

白小纯仔细观察这座山，目光扫过山上的那些光环，最终落在了山尖那最为惊人的光环中。他眉心的通天法眼也开启了一道微不可察的缝隙，仔细一看，立刻就看到了那里的祭坛，以及飘浮在祭坛上的天人魂。

这天人魂看起来如一团沙土，正是属性为土的天人魂！

“我若是现在就冲过去……”

白小纯怦然心动，仔细看了后，不得不打消这个念头。别人或许看不出来，可他有通天法眼，隐隐能察觉，山顶的祭坛四周存在一层禁制。

这禁制带着一股血气，要白家族人的血才可破开。很明显，血液越纯，则开启禁制的速度就越快。若是用其他办法，则破开的难度极大。

“我一旦动手，时间就紧迫了，最好的办法是等其他人破开禁制后，我再伺机夺走天人魂。”

在白小纯观察时，四周也传来了阵阵吸气声，进入祖地的族人足有数百名，此刻有不少人被山上的无数光环所吸引，目露期待。

白小纯若有所思，看向四周，直至确定祖地已关闭。如果想要重新开启，除非内部的人用天人魂为引，否则，从外部打开需要一些时间。这时，他内心安定了下来。

“与我所想的差不多……这是天助我啊！”白小纯胸膛略有起伏，目光扫过四方。

“我之前打探过祖地的一些信息，现在估计外面的族人都可以通过石门看到这里的场景……这样也好，反正我出手必然被人察觉，不如干脆高调一些！”

白小纯打定主意后，忽然有所察觉，立马转头，看到不远处，被数十人簇拥的白齐，正带着杀意看向自己。

到了祖地，白小纯虽顾虑不少，但是也不怕惹事。白齐既然敢瞪他，他岂能当缩头乌龟，于是狠狠地瞪了过去。

白齐眼神冰冷，似有些控制不住，想立刻击杀白小纯。身边的同伴上前，在他耳边低语了几句后，他这才忍了下来，然后冷笑起来。

“没错，取天人魂最重要，到时候天人魂在手，离开这里的钥匙在我手中，不怕白浩逃走，他既然进来了，我就绝对不会让他活着出去！”

白齐深吸一口气，不想在拿到天人魂之前节外生枝，于是转身一晃，带着他身边的数十人直奔高山而去。

与此同时，其他族人，有的独自一人，有的三五成群，也冲向高山。

眼看白齐主动收回目光，白小纯哼了一声，暗道：“自己长这么大，比眼神还从来没输过。瞪我的人多了，你算老几……”

白小纯傲然背着小手，正要走向高山，身后传来一个女子的声音。

“白浩……此山有威压，登山极难不说，一些区域也有阻碍。虽然那些阻碍对大家而言，不算很难，但对筑基初期的人来说，还是有危险的。”

“我单独前往也有些困难，你愿不愿意与我一起？”说话之人是那位五小姐。此时，她正眼神柔和地望着白小纯，轻声开口。

白小纯脚步一顿，回头看向这位五小姐。此女不但在他刚来白家时出言解围，昨日祭祖时，看向他的眼神也很温和。眼下她明明是想要照顾白浩，说的话却十分委婉，似乎怕伤到他的自尊，真的把他当成族人一样。

白小纯迟疑了一下，知道对方的好意，可他要做的事情不大方便与人一起。白小纯正犹豫时，一阵爽朗的笑声从不远处传来。

“五妹对浩弟很照顾啊，也罢，我也加入进来。白浩，我们三个一起如何？”白雷哈哈一笑，迈步走来，目光看似真诚，好像很想与白浩结交一番。

“三哥能与小妹一起自然是好的，不过三哥的目标不是天人魂吗？”五小姐闻言一笑。她本就美丽，此刻一笑，如百花盛开，别有一番风姿。

“不说那天人魂了，内定之物，我等只是陪衬而已。”

白雷叹了口气，有些不甘，也很郁闷。他昨日夜里还兴致勃勃的，清晨却受到了他这一脉族老的告诫，知道天人魂内定给了白齐，且白齐在踏入元婴境后，会炼灵自身元婴，从而争夺冥皇继承人的资格。

此事虽好，但有生命危险，炼灵五次，谁也不敢保证自己一定能活下去。白齐愿意，白雷却不愿意。因此白雷虽不服，但只能认同。

好在家族对他也有补偿，这才让他心理平衡了一些。

眼看二人都开口了，白小纯也无法再拒绝。五小姐他还能理解，或许是五小姐曾经对白浩有些同情，可白雷呢？白小纯目光一扫，就明白此人接触自己必有其用意，不外乎是利用自己与白齐之间的矛盾等想法。

“也罢，白齐获得天人魂还需一些时间。五小姐的好意，我也要回报一些才是。”白小纯内心略一思索，便笑着点了点头。

第 601 章

五姐，你要什么

三人一路，靠近高山，越靠近，威压越强。这威压对筑基修士而言有些强，只有结丹境的人才能轻松行走。

而且山顶的威压最强烈，白小纯估算了一下，唯有结丹后期，才可走到山顶。

不过，五小姐似乎考虑到了白小纯。她散开修为，走在前方，为他抵抗威压。白小纯看在眼中，心里有些感动，索性一口一个“三哥”，一口一个“五姐”，与二人谈笑起来。

不多时，他们三人就到了高山山脚，找到一条山路，向上走去。刚踏入这里，山体的威压就变得更加强烈了。其他道路上的筑基修士缓慢前行，一个个都流着汗水，慢慢攀爬，还要留意四周的禁制。

有五小姐在前，白小纯的压力顿时就小了很多。其实就算没有五小姐帮忙，这里的威压对白小纯而言，也与一根羽毛差不多，别说是山脚，就算在山顶，白小纯都毫无压力。

为了不辜负五小姐的一番好意，白小纯只能装出一副不怎么轻松，略有压力的样子，还要时而喘几口粗气。

毕竟，此刻祖地外的人都能看到这里的一切，白小纯没办法，只能装一装，不过目光却经常看向白齐所在的山路。

看着白齐一路快速前行，向着山顶而去，白小纯目光闪动，估算着白齐到达山顶的时间。

“浩弟，听三哥一句话，你还是别招惹白齐了。”

白雷注意到白小纯的目光，眉头一皱，低声开口。

“莫非他还能杀了我不成！”

白小纯看了看白雷后，脸上露出愤愤之意。

“浩弟啊，你怎么还不明白呢，这一次的天人魂，内定的就是白齐，可见老祖对他有多偏爱。你若是继续像昨天那样，怕是会有杀身之祸啊。”

“听三哥的，你以后多和法堂大族老接触，有他老人家在，就算白齐想动你，也要顾虑很多……”白雷语重心长，大有深意地看了看白小纯，心底则是轻笑，觉得白浩昨日看似言辞犀利，实际上只是个小孩子罢了。

白小纯眨了眨眼，露出一副不甘心的样子，咬了咬牙。

五小姐在旁，闻言秀眉微皱，听出白雷看似关心，实际上却在利用白浩与白齐之间的矛盾。此事她也不好开口，于是心底轻叹。她感觉，整个白家，每个人都有自己的想法，明明是一家人，可存在太多矛盾。

这样的家族让她疲惫不堪，早就有了疏远之心。对白浩，她是从心底觉得可怜，平日里白浩十分卑微不说，眼下稍微露一些头角，就有人过来利用。

眼看白雷还要继续说下去，五小姐轻咳一声。

“白浩，你看那里的光环内有一个手镯……应该是一件适合你用的法宝。”

五小姐说完，白小纯立刻看到那里有一块山石，上面放着一个绿色的手镯，散出的波动虽不是很强，但是很适合筑基初期的人。

就在白小纯看去的同时，五小姐右手掐诀一指，一道青光立刻从其手中飞出，射向不远处的山石。青光刚靠近，山石外顿时就出现了一层光幕。

光幕咔嚓一声碎裂，被青光穿透。青光直奔山石上的手镯，将其卷起，接着快速飞回。手镯落在五小姐的手中，她看了看后，递给白小纯。

白小纯拿着手镯，看向五小姐，眼神柔和，低头时抱拳一拜。

“谢谢五姐。”

“拿着吧，多些自保之力总是好的。在这个家族……你不要相信任何人。”五小姐轻声开口，有些惆怅，摇着头，向前走去。

白雷皱起眉头，对五妹打断自己的话语，且若有所指之事，有些不悦。可想到五妹在家族内很超然，且明显要外嫁出去，日后地位怕是不俗，这才装作没事的样子，继续谈笑。

五小姐似情绪不高，时而回白雷几句。一路走去，只要看到适合筑基修士的物品，无论是法宝还是其他物品，都会取来，送给白小纯。

一个多时辰后，白小纯已经拿到了七八件法宝以及一些魂药，就连冤魂也有了数千个之多。

这一切让白小纯心中感动，他凝望着五小姐。此人可以说是他在白家认同的第二个人，最重要的是他看出五小姐对自己别无所求，只是单纯地将自己看成族人，同情自己的遭遇。

同时，他也看出，这座山上的物品也有不少是五小姐渴望的，可惜她的修为还不足以获得。

白雷虽也出了几次手，但大都是看到自己所需之物，才出手取走。之后，他似乎觉得有些不好，这才出手，给白小纯拿来了几枚魂药。

白小纯拿着这些物品，沉默不语，随着二人走去。半个时辰后，他们就到了半山腰的位置。正是在这个时候，白齐接近了山顶的区域。他这一路似乎提前知晓了一切，没有遇到丝毫阻碍，无比顺利。

“内定之人是我，天人魂自然就是我的！”

白齐深吸一口气，这一路，他之所以如此顺利，是因在此之前，他就知道了这条路上的一切禁制的破解之法。这是他父亲告诉他的，依照那些方法，他没有耗费多少力气，就轻轻松松地到了山顶。

此刻，站在山顶，白齐看到了祭坛，以及祭坛上的天人魂。他内心激动，目露期待。他的目光从祭坛上收回，看向自己面前的最后一处禁制。

过了这里，他就可以踏入祭坛，拿走天人魂！

“这最后一层禁制，也是最强的一道，需要白家人的血才可顺利打开，且血统越精纯，速度越快……好在，我也有准备！”

“等我拿了天人魂后，就去杀了白浩！”白齐冷冷一笑，割破手指，触碰禁制，同时从储物袋内取出一个玉瓶，玉瓶内有一滴……鲜血！

他没有犹豫，将玉瓶一把捏碎。

这滴血来自白家天人老祖，以天人老祖的血统，开启此禁制，自然非凡。

就在白齐到达山顶，开启禁制时，山体内的不少族人都看到了这一幕，纷纷感叹，内心的酸楚、嫉妒不少，却没有办法。

祖地外，石门四周的白家族人也看到了这一切，白家族长脸上更是露出笑容，其他族老则大都漠然。显然在此之前，大家都有了共识，知道这次试炼只不过是走一个过场而已。

那应该被收押的蔡夫人，此刻也在人群内，看着石门上的画面激动起来。

白齐的动向白小纯最为留意，当他看到白齐已经开始破解山顶的禁制时，他脚步一顿，眼神变得无比深邃。

“五姐，谢谢你一路照顾，我无以为报，若是将整座山的大半法宝都为你取来，又怕害了你。你说，你想要什么……只要我能做到，我都会做。”

白小纯转头，看向五小姐，整个人在这一刻爆发出一股气势，他的双眼不再暗淡，看上去炯炯有神，身影也似乎在这一瞬变得高大了起来。

他就站在那里，却似乎能撼动天地，让脚下的山也显得矮小。他的四周，空间扭曲，仿佛形成了一个黑洞，可以吞噬天地！

这一切变化太快，快到没有人能立刻反应过来，就算是五小姐与白雷也一愣。

“你……”

白雷双目骤然收缩，心脏猛地加速跳动。这一刻的白小纯给他一种白家大族老般的威严感，甚至让他心神震颤起来，尤其是白小纯的目光，更为震人心神。

五小姐呼吸都顿住了，睁大了眼，呆呆地看着白小纯。

“五姐，你要什么？”白小纯凝望五小姐，再次轻声开口。

五小姐吸了口气，似乎明白了什么，身体微颤，接着，莞尔一笑。

“你说的，可以将这座山的大半法宝为我取来。你敢拿，我为什么不敢要？”

“好！”

白小纯闻言，深深地看了一眼五小姐，便大笑起来。

第 602 章

你敢要，我就敢给

此刻，山上还没有多少人注意到白小纯的变化，因为他们都被白齐所吸引。看到白齐正在破解山顶最后的禁制时，山上的绝大多数白家族人一个个心情复杂，羡慕、嫉妒、无奈都有。

“这一次根本就不公平！”

“没错，白齐就算再有天赋，就算修为是结丹大圆满，也不可能如此顺利就到达山顶！”

“哼，我之前观察了好多次，白齐一路没有碰触到任何禁制，仿佛提前知道一样，这才快速到达山顶！”

“大家难道还不明白吗？这一次，祖地开启，白雷都没有与白齐争夺天人魂，可想而知，这就是为白齐而开启的祖地，也早就内定了白齐获得天人魂。之后，白齐会向家族换取五行天兽魂从而结婴！”

愤愤不平的大都是支脉族人，而那些嫡系一脉的族人则一个个得意非凡，听到各种议论后，大都喝斥一番。

“白齐是我白家麒麟子，他获得天人魂，天经地义！”

在这一刻，祖地内有了种种言论。祖地外，石门四周的族人内心也是百感交集。

他们同样没有注意白小纯那边，毕竟这一刻，祖地内的风头似乎都被白齐抢了。他如骄阳一样，吸引了所有人的目光。

在看到白齐依靠血脉，破山顶的禁制时，石门外的人议论纷纷。

"果然是白齐……"

"我之前就猜测，这一次注定是白齐，不过能开启一次祖地，也算是堵我们的嘴了。"

"虽是内定，但实际上其他人也并非没有获得天人魂的可能，只不过没有人比白齐更有优势罢了。"

在外界众人低声议论时，那些族老一个个面无表情，这一幕本就在他们意料之中，就算是法堂与刑堂大族老也都沉默不语。

毕竟老祖的决定不是他们可以左右的，且白齐的的确确算是这一代白家族人里出类拔萃的。

相比于他们，石门外最激动的就数蔡夫人。她整个人身体颤抖，呼吸急促，望着画面中的白齐，欢欣无比。

"我家齐儿就是白家的麒麟子，这天人魂，就是为他准备的！白浩那小杂种竟敢与我家齐儿争锋，他有什么资格？他的一切，也是为我家齐儿准备的，只不过拿了他的感悟笔记而已，他竟然不顺从，还要反抗！再等一会儿，齐儿拿了天人魂，那小杂种的死期就到了！"蔡夫人心中暗道。

蔡夫人的笑声传出，这一刻，她十分喜悦。

还有白家族长，他的脸色不再阴沉，而是露出笑容，目光落在白齐身上时，带着温和与欣慰，更有自豪。

可这一切没有持续太久，在白齐尝试破开山顶禁制的瞬间。突然，祖地外有人看到了白小纯身上爆发出来的惊天气势。

这气势一起，石门上的画面也扭曲了一下，似有一股难以形容的力量，正在干扰天地，欲冲天而起。这一幕让外界众人心神一震，面色猛地变化。

"那是……"

"白浩！"

"怎么回事，白浩是怎么了？！"

外界的不少族人开始惊呼，他们一个个都睁大了眼。那些族老也愣了一下，蔡夫人也好，白家族长也罢，都不由自主地看向画面中的白浩。

这一刻，白小纯正仰天大笑，向着五小姐，说出一个"好"字。

"五姐，你敢要，我就敢给！"

白小纯大笑起来，他忽然发现，这五小姐看似柔弱，可骨子里无比坚忍。

大半个祖山的法宝，一旦获得，想要将其保住，可没那么简单，可对方依旧如此自信。白小纯心想，五小姐应该是看出了什么，也就开口了。既然如此，白小纯也没有不同意的道理。

此刻，白小纯大笑一声，头发无风自动，体内修为在这一刻毫无保留地爆发，从筑基初期瞬间崛起，转眼间中期，后期，大圆满，随后突破……气势一变，踏入结丹境，接着不断爆发。

他的四周形成了风暴，眨眼间就让祖山震动起来。远远一看，白小纯所在之地，风暴与苍穹连接，甚至引出了闪电，让山上的所有白家族人骇然失声。

“这……这……”

“天啊，发生了什么事情！”

更震撼的是白雷。此刻，他脑中如天雷滚滚，整个人面色苍白，身体控制不住地后退，呼吸粗重。他离得近，感受最深。因为眼前的白浩，似乎化作了汹涌的大海，而自己则是海上的孤舟，根本就承受不住海上的狂风暴雨，似乎对方只要一个念头，自己就会形神俱灭。

“他……他居然这么强！”白雷浑身冒冷汗，脑海一片空白。

就算是五小姐，此刻也呼吸紊乱，即便她之前已经猜到了一些，但等白小纯完全爆发出来后，她的面色还是不断变化，美目却忍不住连连绽放异彩。

这一切说来话长，实际上也就是一瞬间的事情。眨眼间，白小纯的修为就到了结丹大圆满！甚至更进一步，踏入假婴境界！

如此境界，如此修为，使得白小纯看起来如同仙魔一般，他的双眼如同星辰，肉身之力同样爆发出来，他的体内似乎藏着一条狂暴的神龙！

他抬起右脚，不断大笑。他似要将这段时间的郁闷全部发泄出来；将对白浩的同情，全部释放出来；将对白家的不满通通表达出来。

接着，他向着这座祖山，狠狠地……一脚踏下！

随着白小纯右脚的落下，整个祖山仿佛被巨人狠狠地踹了一脚，传出天雷般的轰鸣。在这声巨响下，整个祖山都猛烈摇晃起来。山上的所有族人开始惊呼。

这一脚蕴含了白小纯的修为之力，那是三大分身于一体，形成的超越结丹的莫大威压，尤其是其威压仿佛可以驾驭整座祖山！还有强悍的肉身之力，那是不死长生功第三层大圆满后，触摸了人体第三层桎梏的擎天之力！

他在白家这段日子的压抑心情得到了彻彻底底的释放。这一脚，不但巨响惊天，更让祖山上出现了一道道裂缝！

咔咔声中，这裂缝不断蔓延，眨眼间，就覆盖了整座祖山，一些区域甚至直接坍塌了！

这一切，对山上的白家族人而言，如同到了世界末日一般，惊呼声、尖叫声此起彼伏，山中的禁制轰然崩溃。

无数光芒瞬间暗淡，与此同时，原先那一个个光环也在刹那间消散。

在那些光环消散后，光环所在之地，白家放好的造化之物也好，魂体也罢，还有大量的魂药，如同被某种力量吸引，刹那间自行飞出。

第 603 章

白浩，你该死

这一幕，惊动了所有人。放眼看去，无数法宝、魂药、魂体发出璀璨的光芒，从山上飞出后，似乎遮盖了大半个天空。

“那是……中品魂药！”

“破灭法剑，天啊，那是我白家的重宝！”

“那是……那是金属性的天兽魂！”

山上的白家族人，一个个呼吸急促，勉强稳住身体后，看到这些造化之物，顿时就惊呼出声。

白雷都傻眼了。

白小纯右手抬起，猛地一甩袖子，嗖嗖声中，那些升空的造化之物，瞬间直奔他而来。

那几乎是整个祖山内的所有宝物，可白小纯看都不看一眼，右手指向呆在那里的五小姐。

“五姐，还不收取！”

五小姐已经蒙了，尽管她再有准备，可真正看到这一切时，脑海还是一片空白。她怎么也想不到，白小纯一脚就能让禁制崩溃，光环消散，法宝都朝自己飞来。

这种神通，她闻所未闻，就算是家里的族老，也不一定做得到！

就在她发蒙时，白小纯的声音直接钻入她的脑海里，让她猛地惊醒，眼睛一亮，恢复神采。她权衡得失后，狠狠一咬牙，打开了储物袋。

"就算白浩今天叛了族，到了我身上的宝物，族人想要拿走，也不行！"

五小姐看似柔弱，实际上十分坚毅。她没有再迟疑，便打开储物袋，全力收取法宝。

有白小纯的驭力相助，那一件件法宝，一枚枚魂药，一片片魂体纷纷朝五小姐而去，眨眼间，就涌入了她的储物袋内。

山上的白家族人都看得清清楚楚，一时间，吸气声、惊呼声，接连爆发出来，而受到刺激最大的，则是白雷。

白雷傻傻地看着这一切，眼前的变化实在太快了，前一秒，在他眼中，白浩还是个傻小子；下一秒，对方就华丽转身，成了他要仰望的绝世大能。

这本就让他心旌摇曳，而眼下，整座祖山的大部分宝藏，都在他眼皮子底下被五小姐收走了，对他的刺激更大。偏偏在白小纯的威压下，他不敢说出自己的真实想法，甚至连不满都不能表现出来，因为他有种直觉……

白家，要出大事了！

他的直觉没有错。这一刻，几乎所有白家族人都有这种直觉，尤其是此刻在祖地外，看着画面的白家族人。

石门外，因白小纯崛起，祖山裂开，几乎所有宝物飞出，白家族人在这一瞬，齐齐面色大变，全部惊呼起来。

"这……这……天啊，这是怎么了？！"

"那是……白浩吗？这不可能，他不是才筑基初期吗？可这一刻的他，根本就不是筑基初期，他是……元婴修士啊！"

"这到底是怎么回事，白浩居然如此能忍，在此之前，竟然没有一个人发现他的真实修为！"

"不可能！"

"要出大事了，这可是祖地啊！白浩如今在其内，就是无敌啊！天人魂，天啊，他的目标……一定是天人魂！"

"白齐危险！"

那些族老一个个猛地站起身，神色剧变。

此刻，他们内心已经掀起了风暴，轰鸣不断。一些人看不出白小纯的修为，认为他是元婴，可这些族老的修为本身就是元婴，自然看得清清楚楚。

“这白浩是假婴境界！”

“该死，或许他根本就不是白浩！”

“未必，若他没有我白家血脉，就算他是元婴境界，也逃不出我白家阵法的检查！”

“如此修为……若他真的是白浩，那么他才是我白家的麒麟子！”

这些族老全部凛然，一个个呼吸急促，眼睛都亮了起来。

刑堂与法堂的大族老一样如此，尤其是法堂大族老，更是睁大眼睛，难以置信地看着画面中的白小纯。

“假婴境界……这白浩一定有过大机缘，好会隐忍的人。这种隐忍比他的修为更可怕！此子有惊人的炼灵造诣，修为更是如此。他的资质之强，真是千年难得一见啊！”

“这样的人，才是我白家的麒麟子！”

这两个大族老，此刻脑海轰鸣，心中思绪万千。白小纯的崛起与爆发，出乎所有人的预料，在此之前，他们根本就没看到丝毫征兆。

不单他们如此，比他们还要吃惊的是那另外两个家族以及巨鬼城的使者，使者们的眼珠子都快瞪出来了。来之前，他们无法想象，自己居然会在白家看到这样匪夷所思的一幕。

“如此资质……在此之前，白家居然毫无察觉……很明显，这白浩对白家有怨气！”

“这样也好，否则的话，以白浩的强悍，恐怕白家将再次崛起……”

“白浩……有意思。此事要尽快禀告王爷，白家有分裂的迹象！”

这两大家族与巨鬼城使者立刻做出了判断。

此刻，蔡夫人整个人都哆嗦起来，发出凄厉的尖叫。

“白浩你个小杂种，你该死！该死！该死！！来人，给我杀了他！杀了他！杀了他！！”

蔡夫人整个人疯狂地跺脚，头发散乱，似乎无法接受这一幕。哪怕四周议论纷纷，她的尖叫依旧刺耳。

蔡夫人没办法不疯狂，因为这一刻，她感受到了前所未有的恐惧与骇然。她意识到，自己之前派出的杀手，绝不是如白齐所说，被外人击杀，而是被这白浩击杀！

一想到白浩的修为，以及自己派出的杀手死亡，还有白齐之前投向白浩满含杀意的目光，她就眼前发黑，预料到了即将发生的事情……

白齐……危险！

“不，这不是真的，这不是真的，齐儿快走！”

蔡夫人似忘记了自己的声音无法传入祖地，此刻凄厉地喊了起来。她不顾一切地上前，到了丈夫的身边，如撒泼一样，猛地抓住白家族长。

“齐儿是白家麒麟子，他不能死！”

根本就不需要蔡夫人多说，在她抓住白家族长的刹那，白家族长、白浩的亲生父亲仰天发出一声怒吼，吼声中藏着被羞辱的滔天怒意。

“白浩，你该死！”

白家族长猛地一甩袖子，面部扭曲。这一刻的他，与昨天一样，没有因为白小纯的崛起而有丝毫欣慰，反倒无比愤怒。

“你为什么要有如此资质，为什么要有这种修为？你的命运就是顺从，你的身份就是卑贱，你是庶子，你为什么要反抗？”白家族长心中暗道。

白家族长整个人发狂，与蔡夫人一样，十分担心白齐。此刻，他走出一步，抬起右手，向着石门猛地一指。

轰鸣中，石门颤动起来，白家族长不顾一切地想要打开祖地大门。很明显，他要在大门开启后，杀进去，阻止白浩的同时，杀了白浩！

第 604 章

杀我就是叛族

只是，祖地关闭后，从外部开启，需要一些时间，慌乱中，白家族长的眼睛都红了。

“各位族老，助我一臂之力，这逆子该死！”

话音刚落，立刻有几个主脉的族老猛地飞出，与白家族长一起，试图加速打开祖地石门。

其他族老却迟疑了一下，尤其是法堂大族老，只是目光一闪，并没有出手。

“你们敢不出手，如果我家齐儿有个三长两短，我绝不放过你们！”

蔡夫人怒极，尖叫着威胁那些族老，导致那些族老更加不悦。

无奈之下，蔡夫人只能哀求地看向蔡家的那些使者。

作为她的娘家，蔡家的那些人犹豫了一下后，也纷纷飞出，一同出手，可大门依旧不能直接开启。

就算是天人老祖出手，最快也需要一炷香的时间，才可强行开启。

外界轰鸣，白家彻底大乱，所有族人心神震动。祖地内，随着白小纯出手，山体碎裂，禁制破除。白齐神色变化，呼吸一窒，踉跄后退时，看到了白小纯制造的风暴，更看到了风暴内，白小纯的双眼。

只是一眼，就让白齐脑海中如有闪电划过，神识仿佛被撕裂，他惨叫一声，心神内掀起无法形容的恐惧。

那目光极其可怕，白齐仅仅看了一眼，整个人就颤抖起来，感觉自己的生与死只在对方的一念之间。

“这不可能，这不是真的！”

白齐心神颤抖，有种强烈的危机感，似乎全身上下每一寸地方，都在骇然尖叫，使得他恐惧到了极致。他放弃破解禁制，想要急速后退。

此刻，他的脑海里只有一个念头，那就是逃命！

“只要我坚持一段时间，父亲一定会来救我！”白齐内心惊恐，只想后退。

可就在他后退的刹那，白小纯在风暴中冷冷地看向白齐，脸上露出一丝轻笑。

“怎么不去破解禁制？我来帮你好了。”

白小纯淡淡开口。

此刻，无论是祖地内，还是祖地外的人，内心都咯噔一声。瞬间，白小纯整个人向前，直接一步走出。

此刻他所在的位置，距离白齐足有三千多丈。这三千多丈对白小纯而言，并不算很远。

他一步落下，整个人如同天神一般。刹那间，就走过了三百丈，速度之快，甚至出现了残影。这残影没有消散，众人看去，只觉得如同出现了两个白浩。此时，白小纯身上的杀意尤其强烈，无法掩饰。

“他要杀白齐！”

祖地内，所有白家族人都呆住了。

白雷身体都哆嗦了，此刻他不断咽下唾沫，面色苍白。

一旁的五小姐则沉默着，双眼更为明亮了。

与此同时，祖地外的人眼看白浩暴露出惊天杀意，白齐如被吓破了胆，正快速逃遁。这一切，顿时让外面的族人集体失声。

“白齐危险！”

“天啊，这白浩，他居然真的敢杀人！”

不单族人震惊，那些族老也一个个神色凝重。白浩在祖地内获得那些法宝不算什么，可若是当着他们的面杀人，事情就严重了。

这其实很不公平，因为若是转换身份，变成白齐准备杀白浩，他们虽也会皱眉，但是不会觉得此事有多严重。

现在却不一样，在他们看来，白齐是老祖内定之人，而白浩突然崛起，给他们的震撼虽强，但太突然了。一时半会儿，他们无法扭转二人的身份。

眼看事情发展至此，就连法堂大族老也无法坐视不理了。他打算与其他族老一起，立刻出手，开启祖地石门。他与其他族老的想法有些不同，他爱惜白浩的资质，他不能眼睁睁看着隐忍到现在，刚刚崛起的骄子就这么走向不归路。

“白浩，不可自误啊！一切事情，等你出来，老夫必定为你做主啊！”

法堂大族老内心焦急，他知道，一旦白浩杀了白齐，尤其是在这种时候杀人，就等于完全失去了与白家重归于好的可能。

白浩若这么做了，就等于宣布叛出白家！

在族老们出手时，巨鬼城的使者盯着石门画面上的白小纯，面露期待。

“逆子你敢！”

眼看这一幕，白家族长完全疯狂了。他仰天咆哮，内心如被撕裂，焦急中怒吼连连，轰击石门。

“小杂种，你住手！”

蔡夫人尖叫，她身体颤抖，此刻整个人披头散发不说，更如同疯癫了一样，声音尖锐到了刺耳的程度。

白小纯似乎能感受到外界的震撼与混乱，杀意却更加强烈！一步走出三百丈后，他甚至还有时间转头，目光似穿透了石门，并且与外面疯狂的白家族长与蔡夫人等主脉族人，对望了一眼。

“现在着急了吗？”

白小纯冷笑，他看出祖地外的世界的苍穹正在出现旋涡，不需要思索太多，他就可以判断出，这是外部试图开启祖地的征兆。

“不知道那位天人老祖，是否出手了……”

白小纯收起心思，看向远处要逃走的白齐，杀气腾腾，走出了第二步。

第二步落下，让整个祖地轰鸣起来，如有巨人的大脚踏在了这里一样，空间扭曲。在白小纯的眼中，一切似乎都变慢了。而他的第二步则超越了第一步，走出了七百丈。

一步踏出，苍穹扭曲，似要崩溃。大地轰鸣，猛地摇晃。白小纯速度之快，似乎穿透了壁障。距离白小纯并不远的白齐则发出了凄厉的尖叫。

“白浩，外面的族老都在看着，你敢杀我？”

此刻，白齐的恐惧已无法形容。白小纯走出的两步，描述起来慢，实际上非常快。到现在，白齐尚未逃出十丈。

那种危机感，此刻如山洪暴发一样，冲击得白齐的魂魄都颤抖了。

祖地外，此刻神魂未定的白家族长与蔡夫人，他们眼睁睁看着白小纯直奔白齐，速度之快，让他们绝望。

开启祖地，还需时间。无论如何，他们也来不及救下白齐。这一幕让蔡夫人眼睛赤红，尖叫声更为凄厉。

“白浩，你不得好死！”

白家族长的胸膛剧烈起伏，面色阴沉到了极致，要他眼睁睁看着自己的儿子被击杀，简直是逼他发狂。

他根本就忘记了，白浩也是他的亲生骨肉。

其他族人的呼吸也停滞下来，目不转睛地看着画面中，此刻如仙魔一般，直奔白齐的白小纯。

白小纯袖子一甩，杀意漫天，走出第三步。

第三步速度之快，超出之前太多太多，超越闪电，如同瞬移，到了外人肉眼无法看到的程度……出现时，直接跨越了两千丈！

此时，白小纯已到了白齐面前，气势更是惊人，一连串风暴持续爆发出来，使得白齐立刻有种自己如柳絮一般的感觉，被风暴碾压得丝毫没有还手之力，绝望之感更是弥漫全身。

第一步三百丈，第二步七百丈，第三步两千丈！白小纯速度之快，让看到这一幕的白家族人心中都掀起了滔天大浪。

这一刻，吸气声似乎都消失了，所有人的心直接提了起来……

“白浩，我是你哥，你杀我就是叛族！”

白齐色厉内荏地尖叫，眼看白小纯出现在自己面前，他却没有办法逃脱。此刻，白小纯散发出的威压，压迫得白齐似乎要魂飞魄散。

“那又如何？”白小纯的声音冷得如隆冬之雪，降临天地。

第 605 章

掌落齐亡

话语回荡，撼动苍穹，使得紫色的天空形成了一个巨大的旋涡。旋涡轰隆隆地转动，仿佛天意在怒吼。

就连祖山也强烈震动起来，无数碎石滚落。山上的那些白家族人一个个仿佛失去了思考的能力，脑海中一片空白，只能抬着头，看着这一切发生。

在他们看来，这是兄弟相残。

一个是白家的麒麟子，一个是白家的庶子；一个是曾经的骄阳，一个是曾经的蝼蚁。

现在一切却逆转了，麒麟子成了蝼蚁，庶子化作了骄阳。

随着白小纯迈步走来，他的身躯似乎遮盖了紫色的天幕，让天空之上的旋涡轰鸣的同时，更让天空的红日如被剥夺了光芒，变得暗淡无比。

一个人取代了天，剥夺了日的光，这一幕强烈震撼了山上的所有白家族人。嫡系一脉也好，支脉也罢，这些族人仿佛全都忘记了呼吸，只觉得脑海中天雷滚滚，彻彻底底地被这一切震撼到了。

白雷颤抖着，头皮都要炸开，五小姐也目露茫然，白小纯的身影将成为他们这一辈子都无法忘记的存在，深深地烙印在他们的心中。

“白浩，你不要逼人太甚！”

白齐惊呼。此刻，他无比绝望，身体好像打起了摆子。他想要反抗，可白小纯身上的气势与威压太强了，似乎形成了一股碾压一切的风暴。在这风暴下，他脆弱得不堪一击。

哪怕他是结丹大圆满的天骄，哪怕他是白家的麒麟子，依旧在这一刹那感受到了踏入鬼门关的恐惧与绝望。

“你若杀我，白家将没有你的容身之地！你也逃不出去，就算逃出去了，蛮荒一样没有你能生存的地方！”

白齐急速后退，咆哮几声。

“白浩，你别冲动，有什么事情，我们可以好好说，我……我是你哥哥！”

那种发自灵魂的恐惧让白齐抓狂，他的声音传遍了四方。

“那又如何？”

白小纯的声音超越天雷。他的右手蓦然抬起，随着右手抬起，这一刻，紫色的天空、赤色的太阳竟扭曲起来，一股比之前还要强无数倍的气势从白小纯身上爆发出来。

轰轰轰轰！

似乎有一股力量扩散开来，使得祖地的这片天地好像要被揉捏在一起。

而揉捏天地的大手……正是白小纯抬起的手掌！

这一刻，山上的人都双耳失聪，双目失神，似一切灵魂都被那抬起的手掌吸走了。

这一刻，蔡夫人凄厉地尖叫起来。

“白浩住手！”

白家的那些族老一个个心神震动，气息紊乱，看着画面中的白小纯以及他抬起的手掌，看着在他面前面色苍白的白齐。

四周的白家族人心中掀起滔天大浪，他们的注意力全都在白小纯的身上。

“他……还是白浩吗……”

“这一掌……这一掌……”

“白浩……要叛族！”

白家族长疯了一样轰击石门阵法，他的眼中已经充满了泪水。眼看爱子即将被击杀，偏偏他无法及时救助，逼得他整个人都变得歇斯底里。

“白浩，我要活剐了你！”

白家族长声音彻底变调，似乎这一瞬，他不再是一族之长，只是一个父亲。

他忘记了，他不但是白齐的父亲，也是白浩的父亲！

在整个白家轰动时，白家地底，地宫中有一个密室，密室内有九根手臂粗的蜡烛，燃烧着绿色的火光。

在九根蜡烛中心，盘膝坐着一个老者，这老者全身瘦得皮包骨，头发也没有多少，原本闭合的双目，此刻却忽然睁开了。在他双目睁开的刹那，爆发出如同日月般的光芒，这光芒逼人，足以让人忽略老者的一切，只记得老者的双眼。

他缓缓抬起头，目光似穿透了大地，看到了祖地内的白齐与白小纯。

老者的目光没有在白齐身上停留丝毫，他的眼中只有白小纯……

“如此资质，如此气息，他比白齐更适合成为我的转世之身……”

老者喃喃自语，声音沙哑。他看着祖地内天地轰鸣，日月逆转，白小纯气势惊天，以一种碾压之力，让世界无光。

白小纯抬起的手掌不大，却似乎能抹去乾坤，摘下日月，碎裂祖山，颠覆大地！

而在白齐的眼中，那手掌抬起的瞬间，那紫色的天空似乎消失了，赤色的太阳也隐去了。白小纯的手掌仿佛取代了天意，成了祖地内的主宰。

“白浩，你莫非要叛族？”

白齐眼珠子都要爆开了。

他知道，外面的爹娘一定在全力轰击石门，准备救自己。

他明白，山上有数百族人正看着自己……

只不过，这些丝毫没有用处，他的心中生出了世界虽大，天地虽宽，但是没有人能救下自己的恐惧。

几乎在白齐话语传出的瞬间，白小纯的声音就直接压倒了一切，滚滚而去。

“叛族，又如何！”

声音回荡的同时，白小纯抬起的右手仿佛化作了黑洞，将祖地内的一切目光、一切光芒，都吸了过来。

一掌……落下。

“不！”

白齐的声音变了调，他歇斯底里般癫狂嘶吼。他不甘心死在这里，更不甘心死在白浩的手中。他想要挣扎，双眼赤红，整个人披头散发，癫狂到了极致，全身魂力近乎透支般凝聚起来，双手掐诀，他的魂力轰鸣波动。

他抬起双手，向着白小纯，拼了一切，要去抵抗。

但是，现在的他就如同螳臂当车一样，根本不可能挡住白小纯的一击。白小纯那一掌自上而下，似引来了整个天地之力，摧枯拉朽，碾压一切！

轰鸣中，那一掌直接落向白齐的头顶，白齐所做的一切只是徒劳。一切都淹没在那一掌掀起的风暴中！

第 606 章

收获天人魂

“我不甘心！白浩，你拿什么和我比，我从小就比你强，比你受重视，比你修为高，我不甘心！”

白齐的惨呼还在空中回荡，他的嘶吼化作他这一生，最后一次的疯狂！

轰鸣声回荡，撼动祖地苍穹。白小纯的那一掌似可以毁灭一切，在与白齐碰触的瞬间，白齐的一切神通、一切术法，纷纷如雪花碰到了沸腾的热水，根本无法阻挡丝毫。

他虽是结丹大圆满，看起来与白小纯差不多，但他根本就无法与白小纯相比。他也不知道，要杀自己的人，根本就不是白浩，而是那招惹不起的白小纯！

他更不知道，自己与白小纯的差距到底在什么地方。

两人的差距之大，如同天与地一样，根本就无法比较。白小纯是天道筑基，天道金丹，如今更是融入了三个天人魂，形成了三大天人魂分身，虽还没到厚积薄发之时，但其底蕴之深，已足以让白小纯从红尘女那样的天人手中逃命。这一切又岂能是白齐能做到的？

这一切，白齐根本就做不到，所以他的不甘心在白小纯心里只是一个笑话。

在神通术法崩溃的瞬间，白齐抬起的双手更是直接骨折了。

随着白小纯的手掌完全落下，白齐的胸口直接凹陷下去，接着，一声震天轰鸣响起，白齐形神俱灭！

这一刻，山上的所有人，白雷也好，五小姐也罢，嫡系一脉的，支脉的白家族人，一个个都看傻了。他们身体颤抖，呼吸急促。

祖地外的白家族人虽一样震撼，但因为没有身临其境，所以反应慢一些。渐渐地，祖地外，所有的白家族人全部失声。

“他……他竟真的杀了白齐！”

“那是白齐啊，我白家的麒麟子！”

“天啊，这到底是怎么了，他还是白浩吗？”

祖地外，惊呼声不断爆发出来。

这一刻，几乎每个人都头皮发麻。自白家崛起以来，从来没出现过这种事情。

无数人站直了身子，另外两大家族和巨鬼城的使者不断吸气，蓦然站立。

哪怕他们在看到白小纯出手时就做好了心理准备，可白小纯真正杀了白齐后，他们还是感到难以置信。

“白浩！老夫若不杀你，誓不为人！”

在众人心神震动时，白家族长头发散乱，仰天发出一声咆哮。

他的身体颤抖不已，双手哆嗦不停，他的眼睛红透了。那是他的儿子，他一向重视的麒麟子，更是他认为的白家的未来！

可现在……一切，都没了。

白家族长疯狂了，他不顾一切地轰击石门，想要将其打开，可石门的禁制依旧有效，想要开启，还需要一些时间。

四周的那些族老也不断地喘着粗气，内心根本就无法平静下来，哪怕是法堂大族老也呆了一下，目露痛惜之情。

若说疯狂，此刻谁都比不过蔡夫人。

“白浩你个杂种，你不得好死，我要杀了你！我要杀了你！齐儿，我的齐儿……这不是真的，这不是真的。白浩！”

蔡夫人仿佛野兽一般狂吼，她全身哆嗦，整个人已经陷入癫狂之中。

白小纯虽然看不到外面的一切，但他能想象得到，在白齐死亡的瞬间，外面的白家族人怕是已经到了崩溃的边缘。

白小纯虽然悍然击杀了白齐，但他心中还是有些忐忑的。此刻已无暇多想，他压下紧张和后怕，准备争取一切时间离开白家。

白小纯深吸一口气，顿时气势再起，没有半点迟疑，在白齐死去的瞬间，便抬起右手，猛地隔空一抓，收走了白齐的储物袋。

随后，一股风暴出现，卷着白齐向着山顶的禁制而去。

山顶的禁制需要白家的血脉才可开启，先有了天人老祖的那滴鲜血，此刻再加上白齐，没有比这更好的破阵之法了。

山上的众人眼看白小纯用白齐破阵，一个个忍不住地打哆嗦，心中一片冰冷。

蔡夫人声音都喊嘶哑了，白家族长不断地怒吼。

“白浩，我与你不共戴天！”

山顶的禁制猛地震动起来，接着飞速消散。

山顶上唯一的光环也急速暗淡下来，也就是几次呼吸的时间，一声咔嚓之音回荡，山顶的禁制被破开。

在禁制被破开的刹那，山顶的光环如被抹去了一样，直接消失。没有了禁制，没有了光环，山顶祭坛上的天人魂立刻就被所有人看到了。

众人凝神看去的瞬间，白小纯一步走出，直奔祭坛而去。

刹那间，白小纯就到了山顶，迈步直接踏上祭坛。他没有犹豫，抬起右手，向着山顶的天人魂抓去。

这一刻，苍穹似乎都被影响了，响起了阵阵雷声，而白小纯的右手则化作诸多残影，直接就碰触到了那天人魂，一把抓住！

在白小纯抓住天人魂的瞬间，祖地内的大地开始震动。白小纯心绪起伏，他感受到了这魂内的天人波动。

“的确是天人魂！”

白小纯内心十分激动，他等这一天已经很久了。

第 607 章

炼火

“天人魂，到手了！”

白小纯心绪起伏，他无法不激动，对他而言，天道元婴是唯一的路，若走不下去，他的修行之道也将中断。

而眼下，他已经有了四个天人魂，只要再找到一个金属性的天人魂，他就可以做到五行完整。然后他借助五行天人魂，突破金丹，结成传说中只有通天岛的天尊一个人做到过的五行天人魂元婴，即天道元婴！

“天道筑基与天道金丹，都让我寿元大幅度增加，远超同辈。这天道元婴如此困难，一定也可替我大大增加寿元！”

此刻，白小纯右手猛地一挥，立刻就将天人魂收入了自己的水晶魂塔内。

“天人魂，他取走了天人魂！”

“这白浩的目标是天人魂！”

“他到底要干什么，杀了白齐，又以白齐之血破禁制，取走天人魂……莫非他认为，他出来后，还可以用天人魂换取五行天兽魂吗？”

祖地外，白家族人都对白小纯的行为感到难以理解。他们设身处地想，若自己是白浩，在杀了白齐后，基本已经是叛族了，就算拿到了天人魂，也难以承受来自白家的怒火。

“他这是魔怔了，不仅要叛出我白家，更要抢走我白家的天人魂！”

祖地外的那些族老一个个眼神冰冷，可也有一些支脉的族老目光闪烁。

“我看未必，白浩击杀白齐，只是他们之间的事情，而这天人魂，谁获得了，自然就是谁的……”

“没错，白浩出来后，若将天人魂交出，欲换五行天兽魂的话，就说明他没有叛族之心……”

在众人因白小纯的举动而产生各种思绪时，蔡夫人开始凄凉地吼叫。

“他必须死，杀了我的齐儿，他必须死！”

“不管白浩怎么想的，他必须死，在祖地内杀人，就是叛族！”那些嫡系一脉的族人，有不少愤恨之下纷纷开口。

眼看四周都嘈杂起来，正在不断轰击石门的白家族长猛地转身，神色狰狞，眼中满是杀意，发出一声咆哮。

这咆哮如天雷，直接压过了所有人的声音。

“以老夫族长身份传告天下，白浩叛族，白家将清理门户，令其形神俱灭，以儆效尤！”

他的声音似从牙缝中挤出，没有一丝温度，传遍四方。他直接利用族长的身份，将白浩的行为定为了叛族。

与此同时，白家地底，密室内的那位老者目光深邃，丝毫没有受到外界的影响。

此刻，他的眼中只有石门内的白小纯，渐渐地，他的眼神变得贪婪，内心无比激动。

“他……太适合成为我的转世之体了……”

老者干瘪的胸膛急促起伏了一下，他想要起身，迟疑地看向四周的七根绿火蜡烛，又缓缓坐了下来。

此刻，祖地内的白小纯收走了天人魂，压下内心的激动，抬头看向苍穹，眉心的通天法眼露出一道缝隙，清晰地看到了苍穹上，祖地入口开启的程度。

“差不多再有半炷香时间，就可被人打开了吧。”

白小纯不由得紧张起来，却还是深吸一口气，让自己冷静下来。右手抬起一翻，他的手中立刻就出现了一个储物袋。

这储物袋是白齐的，在白齐死后，上面的印记也消失了，成了无主之物。白小纯灵识直接扫过，在储物袋内寻找一番。

很快，他就从储物袋内取出了一枚骨简，上面完整地记录了白浩曾经被人抹去的那些笔记。

“十五色火的配方……还有白浩推衍的感悟……”

白小纯面露喜色，气息略急。此物对他而言，价值之大，不弱于天人魂。十五色火的配方还是其次，最重要的是白浩的推衍之法，里面涉及了太多炼火以及炼魂方面的感悟。

对白小纯来说，这些可以让他触类旁通，再次提高自己的炼火造诣，如同通天河区域内的石碑药典一样。

白小纯将骨简收起，沉静下来。至此，他来白家的主要事情已经处理得差不多了，余下的那些也不是现在就可以办到的。

“如今最重要的是确保自己能安全地离开……”

对自己的小命，白小纯一向力求稳妥。

此刻，他明明可以施展融入虚无的不死禁法，离开祖地，甚至挪移出白家的大阵，可他觉得不安全。哪怕是在离开祖地的刹那，利用提前准备的煞魂钉撼动白家大阵，他还是觉得不够稳妥。

“小命只有一条，任何一次疏忽大意，又或者是自满，都会造成不能重来的灾难……”白小纯想到这里，心有些悬。他眨了眨眼后，一咬牙。

“为了小命，准备再多也值得。我出去后，若能有什么办法，使得白家大乱，牵制住白家的天人老祖，那么我就更安全了……”白小纯想到这里，目光微闪。

“有了……在我离开前，若是白家下起了天火，那么一定能引起更大的骚乱，使得那天人老祖也必须先去熄灭天火！”白小纯眨巴着眼，眼珠不停转动。他忽然意识到，自己似乎可以在临走前，让白家人看到自己更厉害的一面。

这种出风头的感觉，让白小纯十分心动。

“这样的话，我离开后，白家的那些敌人也会对我兴趣更大吧……”白小纯轻笑一声，身体蓦然飞出，直接到了半空中。

随着他飞起，山上的那些白家族人，立刻就胆战心惊地看去，不但他们在注视，祖地外的众人也看了过去。

在这万众瞩目的一刻，白小纯情绪更为昂扬了，他觉得自己当年在逆河宗的愿望，在蛮荒似乎更容易实现。

此刻，带着得意，白小纯右手猛地一挥，大量冤魂顿时从他的魂塔内飞出，扩散八方。

在白家族人一个个都愣住时，白小纯右手猛然抬起，向着那片冤魂，看似随意地一抓。

这一抓之下，他的右手仿佛化作了一个黑洞，瞬间就将一些冤魂吸来。接着，他的手猛地一捏，当他张开手掌时，他的手心内，赫然出现了一团一色火！

这一幕立刻就让山上的白家族人，一个个疑惑地睁大了眼，祖地外的白家族人反应一样如此。

“他在炼火！”

“如此娴熟，虽只是一色火，可居然一抓就来！”

那些族老都皱起眉头，法堂大族老更是心神一震，他从白小纯这一抓，看出了太多事情……

白小纯没有结束炼火，在众人纷纷心惊之时，他将手中的一色火挥散开，吞噬冤魂后，再次很随意地一抓。

三色火！

五色火！

七色火！

眨眼间，白小纯竟在天空上炼制出了七色火。他仿佛闲庭信步般轻松，娴熟到了极致，所有人顿时都看愣了，随即议论纷纷。

“三品炼魂师！”

“天啊，他是三品炼魂师，我不意外，可……可他炼制的速度以及成功率，怎么会这么高？！”

“我没看错吧，一次性啊……他居然一次性炼到了七色火！”

第 608 章

请开始你的表演

白浩崛起，碾压白齐，夺走天人魂，这一件又一件事情已经让整个白家震动。

哪怕是来观礼的另外两大家族也惊愕到了极致。

巨鬼城的使者同样十分震惊，早已将这一切传回了巨鬼城。原本他以为，之前看到的已经是极限，却没想到，白浩的表演似乎才刚刚开始。

“三品炼魂师！”

“白浩曾经被说成是白家的废物，不仅是庶子，资质据说也无比低劣，可传闻中资质低劣的人，居然修炼到了如此程度！”

“还有人说此子在炼魂上一样没有资质，但如今他一次性炼到了七色火，如果这还不叫有资质，什么叫有资质？”

“除非……他是冒名顶替……”

就在众人讶异不止时，祖地内，白小纯依旧在继续炼火。此刻，他抬起右手，一挥之下，七色火轰然爆发，向着四周翻滚，以某种规律吞噬融合那些冤魂。这些规律，寻常炼魂师看不出来，法堂大族老等人却可以看出来。

“这是……”

那团散开的七色火突然多出了一道颜色，随着白小纯右手狠狠一抓，眨眼间，他的手中赫然出现了一团八色火！

这一切让所有人的心神再次震动起来。白小纯的动作实在是娴熟得可怕，在他眼中，似乎炼八色火是简单得不能再简单的事情。

此事让那些族老都眯起了双眼，可很快，他们就睁大了双眼……只见白小纯再次抬起右手，八色火扩散，将四周的冤魂吞噬一空。

成了……

九色火！

没等众人惊呼，白小纯淡然地抬起头，右手松开，九色火从他手掌内直接爆发，扩散四周，他如站在了火海中心。

与此同时，他的魂塔内再次飞出了大量冤魂。眨眼间，这些冤魂就被九色火吞噬一空，随着白小纯右手缓缓握住，九色火海内，出现了第十种颜色！

“十色火！”

“三品巅峰！”

“天啊，我没看错吧，从一色火到十色火，一次性成功，这怎么可能？！”

在这一刻，外界众人无法抑制心中的震惊，全部喊叫起来。按说，他们应该渐渐习惯了，但白小纯没给他们平复的时间，而是一次次地刺激他们。他们似乎被带入了一种节奏，白小纯的表现实在是匪夷所思，让人难以置信，不少人竟对接下来的事情满怀期待起来……

就在众人惊叫不休时，白小纯动了，他右手抬起猛地一甩，轰的一声，十色火蓦然间扩散四方，燃烧祖地的苍穹。这时，从白小纯的水晶魂塔内飞出了大量冤魂。

这些冤魂一出，火焰顿时翻滚，如化作了一张张火焰大口，直接吞噬融合。这一幕立刻让所有看到的人内心咯噔一声，眼珠子都瞪了出来，脑海更是嗡鸣。

是个人都能看出，这一刻的白小纯要炼制十一色火。

那些族老一个个都不由自主地屏住了呼吸，眼看十色火不断地吞噬冤魂，内心狂震，面色不停变化。

“他……能炼出十一色火吗？”

“这绝不可能！”

“十一色火啊！那是黄品炼魂师的标志，这白浩绝对很难炼出！”

要知道，就算是他们，也只不过是三品巅峰炼魂师而已。

想要更进一步，几乎不可能了。

眼下，白浩居然走到了与他们一样的高度，再进一步，就是黄品炼魂师了。而整个白家，黄品炼魂师只有两个人，正是刑堂与法堂的大族老。就算是白家族长也不是黄品炼魂师。

此刻白家族长面色苍白，看着石门上的画面，内心疯狂。

他已经抑制不住自己的杀意，不管白小纯多么有天赋，他都要杀人。

蔡夫人披头散发，怨毒地盯着白小纯。

这一刻，无数目光凝聚在十色火海之上，呼吸声越发轻微。慢慢地，他们看到这片火海在吞噬了所有的冤魂后，多了一道颜色。

在这颜色出现的瞬间，所有人呼吸猛地一顿……

这一刻，世界似乎都寂静了。

白小纯右手一捏，轰的一声，散开的火凝聚在他的掌心。接着，他摊开手掌，十一色火于掌心之中燃烧，顿时轰动了整个白家。

“十一色火！”

“他……他不是三品巅峰，他是……他是……”

“他是黄品炼魂师！”

“这不可能，这怎么可能……”

白家所有族人全都在这一瞬，发出惊呼。

“黄品！”

那些族老也颤抖起来，一个个呼吸粗重，眼珠子鼓起。这是他们这一天里，看到的最不敢相信的事情。

法堂与刑堂的大族老也心神震动，看着石门画面内的白小纯，目瞪口呆。

而受刺激最大的是蔡夫人与白家族长。此时，蔡夫人整个人都傻了，只不过神色依旧狰狞。

白家族长知道白浩有炼火的资质，且很不俗，可资质是资质，能不能化作现实还要另说。眼下，他亲眼看到白浩，从一色火直接炼到了十一色火，这一幕对他的刺激无与伦比。

“这不是真的！”

白家族长喃喃低语，不停地颤抖，脖子都红了。他有种被羞辱的感觉，那十一色火似要焚烧自己的一切。

“这才是白家的麒麟子啊！”

另外两个家族与巨鬼城的使者，此刻都内心狂震。如此年轻的黄品炼魂师，放眼整个巨鬼城，也是凤毛麟角。

一切都还没结束，祖地内的白小纯，再次抬起右手，猛地一挥。这一挥之下，他的魂塔中又飞出了一群冤魂。

这是他的魂塔内仅剩的冤魂，却足以让他将十一色火炼成十二色火。此刻火焰燃烧，轰鸣四方，外界众人再次傻眼。

“他……他这是要炼十二色火！”

“疯了，疯了……”

白小纯神采奕奕，将全部心神都放在了炼火上。随着火焰的扩散，大量冤魂被融合。眼看火海即将出现波动不稳的状况时，白小纯知道，此刻只要自己散出分身，与自己一起稳定火海，就可以让这片火海瞬间变成十二色。

之后，只要他尝试将火海集中在手上，化作火焰，那么，他自创的火雨，就会再次降临。

“我要的，就是这一刻！”

白小纯狠狠一咬牙，他的身体刹那出现重影。随着分身之影降临，这片火海立刻被压制，爆发出了刺眼的火光。

这火光太强烈了，使得外人根本就看不到白小纯的身影，也没有看到他体内走出的分身。

毕竟，外面的人只能通过画面看到祖地内的情况。就算是山上的那些白家族人，一样也看不清，只能看到一片十二色火海。

正是在这一瞬，祖地石门终于被白家族长开启。

“白浩，受死！”

白家族长大吼，向着开出一道缝隙的石门一步踏去。

与此同时，祖地内火海中的白小纯抬起了头，看到苍穹上，火海后，露出了一道缝隙。通过那道缝隙，他看到了外界的那些白家族人，也看到了白家族长的身影。白家族长正要踏进来，白小纯眼中闪过一丝疯狂。

“成与败，就看这一次了！”

白小纯内心咆哮一声，猛地向前走出一步。他是要带着十二色火海，一起走出白家祖地。

第 609 章

老祖出手

“他要出来了！”

“带着十二色火海回归，天啊！”

石门外的白家族人大都惊惧得颤抖，尤其是远处的那些白家下人，更是面如死灰，不停地哆嗦，里面有一个大丫鬟，正是白小纯第一天来白家时遇到的女子。此刻，这个大丫鬟无比绝望。

所有人的目光不约而同地聚集到了石门上。

这一瞬，白家族长怒吼着踏入祖地，而白小纯则带着十二色火海，从其内猛冲而出。

十二色火海的高温让白家族长面色变化，甚至感受到了一丝威胁，可眼下他压抑不住内心的疯狂。

他眼看着爱子被杀，而被自己视为废物的白浩崛起，并践踏了他的一切……

此刻他的怒意与疯狂难以描述。他要杀人，他要杀白浩。此刻，他的修为全面爆发，元婴中期的强悍战力使得他犹如一把利剑，呼啸中，直奔白小纯。

“逆子，给我死！”

白家族长大吼一声，直接刺入十二色火内，可还没等他穿透这片火海，白小纯右手一挥，一股火焰风暴出现，与白家族长隔空撞击。

轰隆之声震天而起，白小纯深吸一口气。他没工夫理会白家族长，将速度直接提升到极致。在他眼中，四周的一切都变得无比缓慢，唯独他一切正常。

他的速度已经快到无法形容。他卷着十二色火海，在白家族长被火焰风暴阻挡的刹那，直接与白家族长交错而过，顺着石门的缝隙，走到了外界的苍穹之下。

他刚一出现，十二色火海就轰然爆发，扩散四方，将苍穹染红的同时，形成的威压与气势，震撼到了几乎所有白家族人。

再没有什么比眼前这一幕更有气势了，尤其是十二色火海形成的火焰风暴，更加衬托得火焰中心的白小纯如同火焰的主宰。

在白小纯走出的瞬间，四周的那些族老中，属于嫡系一脉的七八人突然爆发杀意，瞬间冲出，直奔白小纯。

因白小纯四周有十二色火海，这些族老都忌惮，虽然冲过去了，但是显然以困为主。

可比他们还要快的是白小纯的手，在这一瞬，他先后捏碎了七八枚玉简。第一枚玉简破碎时，之前被白小纯放在白家的煞魂钉全部爆发，轰轰之声，顿时震天。

放眼看去，白家的许多区域，惊天煞气冲天而起，直接轰在了白家的护族阵法上。眨眼间，号称白家最强的阵法直接就扭曲起来，咔咔声下，更有一道道如蜘蛛网的裂缝扩散开来。

大阵……出现碎裂的迹象！

后面的玉简接连破碎，一股传送之力从白小纯身上爆发出来，后面的玉简竟然全都是传送符。

这一切都是电光石火间发生的，大阵裂缝，传送开始。眨眼间，白小纯的身体就模糊起来。那些族老冷笑，神识猛地扩散开来，融入四方，竟是要利用自己的神识之力，使得传送符失效。

这也是最常见的干扰传送的办法，尤其是多个元婴强者一起展开，不说空间混乱，也可让天地模糊，风云逆转。

白小纯所引起的传送之力，刹那间就被打断了。白小纯双目收缩，心脏加速跳动，可这一切，都在他的预料之中。此刻，他没有迟疑，仰天一吼，向着前方，一步落下。

这一步，他直接展开不死禁秘法，身体顿时变得模糊，似要消失，更无视了四周的混乱。

这一幕让那些主脉的族老与白家族长面色大变，如果连空间逆转都无法拦住白小纯的话，那他们真的没别的办法留下白小纯了。毕竟白小纯的四周有十二色火海，就算是他们，也十分忌惮。

可是，就在白小纯的身体即将消失的刹那，一声冷哼从白家的地宫内传出，那位白家的天人老祖出手了。

天人老祖盘膝坐在地宫密室内，眼睛一亮，右手猛地抬起，似隔空一抓，白家半空，天地扭曲，似有一股意志直接降临，代替了天意，化作一只大手，抓向白小纯。

“留下吧！”

这一抓便封锁了白小纯四周的一切空间，他的不死禁秘法虽没有被打断，但是速度明显慢了下来。

这一幕顿时让那些主脉的族老与白家族长狂喜。

“老祖！”

“老祖出手了！”

“白浩，你今天必死无疑！”

天人老祖出手的瞬间，白小纯面色变化，可这一切依旧没有超出他的预料，他眼神疯狂，大吼一声。

“等的就是你！”

白小纯抬起右手，向着四周那片十二色火海猛地一抓，一股大力立刻散开，似要强行让这片火海凝聚在一起，形成真正的十二色火。

若不强行凝聚火海还好一些，一旦强行凝聚，火海内部就会不稳，整片火海仿佛都开始咆哮了。

四周的那些主脉族老与白家族长面色一变，可还没等他们反应过来，那火海就不断收缩，终于，内部不稳，直接爆了！

轰轰轰！

在这一瞬，那十二色火海扩散开来，横扫一切，主脉的七八个族老，还有白家族长急速后退。爆开的火海与天人老祖抓来的大手，碰触到了一起。

轰鸣声响彻九天！

火海消失，天人老祖幻化出的大手虽依旧存在，但明显暗淡了不少。大手穿过一切，呼啸间，就到了白小纯的面前，一把抓来。

可白小纯毫不畏惧这种被削弱的天人神通，他猛地抬头，身体出现重叠之影。

瞬间，他的三大分身快速飞出，直奔大手而去。

三大分身同时咆哮，全力阻挡。

轰！

木分身第一个与大手碰撞，接着化作绿色光芒，回到了白小纯体内，却生生让大手停顿了一下，暗淡了一些。

轰！

水分身紧随其后，再次阻挡大手，虽身体溃散了大半，可还是让这大手又一次停顿了一下，更为暗淡。

最终是火分身，在大手停顿后，主动出击，全力爆发，轰在了大手之上。

轰！

声响震天，火分身退后时，大手终于只剩下了一丝轮廓，依然轰轰而来，最终落在白小纯身上，虽带起了巨响，但是并未让白小纯受重伤。

白小纯仰天大笑起来。

“天人，不过如此！”

言语间，他的身体正急速分解，眼看就要融入空间。

第 610 章

逃出白家

天人老祖出手，竟然都无法留下白小纯，这一幕让白家族人彻底惊呆了。主脉的那些族老与白家族长也难以置信，这已经超出了他们的想象。

他们知道白浩很强，可他只是结丹，哪怕天人老祖的真身没有出现，只是一道神通术法，那毕竟也是代表着天人老祖！

显然，他们并没有看到白小纯的三具分身刹那间与老祖的大手对抗的一幕。

眼看白小纯身影模糊，就要消失，地宫密室内，天人老祖也面色阴沉起来，眼神阴狠，右手再次抬起，身体明显鼓胀起来，干枯的身躯仿佛要充满血肉。

尤其是他的右手，散发出阵阵扭曲空间之力，使得苍穹轰鸣，似乎在这一刻，天都要坍塌下来。他抬起右手后，向着白小纯一把抓去。

可很快，他面色猛地一变，不再抓向白小纯，而是抓向苍穹。

在天人老祖抓向苍穹的瞬间，整个苍穹竟肉眼可见地变成了赤红色，眨眼间，一阵阵火雨从天而降。

那赫然是……十二色火雨！

这片火雨呼啸而来，速度极快，立刻就让白家族人惊呼失声。

“火雨！”

“是白浩，上次的火雨，是他弄出来的！”

一想到那是十二色火雨，所有人神色大变，尤其是此刻随着火雨的降临，流金铄石，整个天地仿佛都成了一个熔炉。

最重要的是，白家的大阵虽正在快速愈合，但还是不能将火雨阻挡在外。很显然，这一次，只要火雨落下，立刻就会顺着那些裂缝，落入白家。

而一旦火雨降临，白家的基业必定损失极大，那个时候，就算是天人老祖出手，也很难挽回了……

除非在火雨落下前，就将其阻挡在外！

这是一个选择题，是留下白小纯，还是熄灭天火。这两件事情，对天人老祖来说，都不难，只不过，他几乎不可能同时做到。

白家天人老祖的选择是熄灭天火。他一抓，一个巨大的手掌凭空出现在白家半空，如遮蔽天空一般，向着天空落下的火雨，一把抓去。

在抓去的过程中，手掌越来越大，眨眼间，就变到了十万丈大小。轰鸣中，手掌不断抓向火云，更将白小纯包裹在内。

显然，白家的天人老祖依旧不想放过白小纯。

可白小纯不是寻常结丹修士，他是天道筑基之人，有着天道金丹，更有三大天人魂分身，他的战力早已超越结丹的极限，斩杀元婴初期也绝非难事。就算是元婴中期的人，他也足以与之一战，而随着分身增加，元婴中期也不是不能镇压的。

所谓厚积薄发，这一点在白小纯成就元婴的路上，正在不断凸显出来。

原本，抓向苍穹的大手即将碰触白小纯，没想到还是晚了一步，白小纯的身影已彻底消失，直接离开了白家。

巨响回荡，苍穹的火云被大手一把捏住，随即爆开，连同那些火雨，也消散得干干净净……

地宫内，白家天人老祖面色阴冷难看，遥望白小纯离去的方向，他抬起右脚，似要亲自追击，可低头看向四周的七根绿火蜡烛后，他还是咬牙忍了下来。

“七命连心灯，已到最后关头，不可轻易走出……”沉吟中，白家的天人老祖深吸一口气，重新盘膝坐下，向着外界白家，下达一道命令。

“持我神印，乘此舟，可找到白浩踪迹，最多七天，就要将其擒来！”

在这一刻，天人老祖的神识回荡在白家每一个族老的耳中。这些族老都身体一震，低头恭敬一拜的同时，他们的脑海里无声无息地多了一道神印。

此印，可以帮助他们察觉到白小纯的动向。白小纯虽然逃走了，但之前白家的天人老祖，早在出手时就留下了烙印，可让人通过他的神印，感受白小纯的位置。

除了神印外，更有九艘魂舟凝聚在半空中，这是天人老祖的手段。魂舟的速度极快，堪比元婴大圆满修士全力飞行的速度。

白家族长身体一震，抬头时，双眼带着强烈的杀机，内心疯狂，却不敢不听从老祖的命令。老祖说擒来，那就一定要生擒，可白家族长已想好了，生擒也行，中途的折磨少不了，他要让白浩那逆子知道，什么叫痛不欲生！

此刻，白家族长袖子一甩，踏上一艘魂舟后，抬起右手，向着白家祠堂的方向隔空一抓。

“请老祖赐速幡，我必将那逆子擒回！”

“准！”

随着地宫内低沉声音的传出，一道紫光呼啸而出。那是一面小旗，被白家族长一把抓在手里。

“逆子，你就算传送得再远，也逃不掉！”

白家族长神色狰狞，整个人轰鸣而去，第一个飞出，去追寻白小纯。

蔡夫人在人群内，不住地颤抖，内心升起无限悲哀的同时，也有强烈的怨毒。

“白浩你个杂种，我要折磨你生生世世！”

随着白小纯的逃走，另外两大家族与巨鬼城的使者离去，白家剧变的消息无法隐瞒。可以想象，用不了多久，就会传遍巨鬼城。

这种事情，对白家而言，更是前所未有的耻辱。虽然那些支脉的族人与族老，在老祖的命令下，不得不外出追寻白浩，但是他们大都有些敷衍。

然而，白家主脉已是杀意滔天，能出动的几乎都出动了。他们不断散开，搜寻白小纯的踪迹，一旦找到，立刻就会传音，短时间内，别处的主脉强者就会赶过去。

他们不但要在七天内擒拿白浩，而且要在此事传开前，将白浩惩治一番。

在白家追寻白小纯时，白小纯已到了一片深山中。虚无扭曲，白小纯的身影飞速地凝聚出来，踉跄几步后，一口鲜血从他口中喷出。

“还是小看了天人……”

白小纯不由得颤抖，面色苍白，他之前在白家，那是硬挺着，眼下四周没人，他的恐惧才表现出来。

白小纯连续深深吸了好几口气，擦去嘴角的鲜血，回头看向四周，回忆之前的一幕幕，心有余悸，觉得自己在不动用半神魂的前提下，算是捡回了一条小命。

“以后可不能这么冲动啊……太不稳妥了。”白小纯摇头苦笑。他当初去白家时，就觉得自己的胆子似乎比以前大了好多。

眼下赶紧纠正自己的错误……

“天大地大，自己的小命最大啊……”

白小纯哭丧着脸，想到自己为了顺利逃出，准备了那么多，煞魂钉、传送符、不死禁，更有火雨秘法，甚至还计算了时间，可就算这样，依旧于千钧一发之际才逃出生天。

只要少准备了一个，此番怕是就不得不动用半神魂了。可即便动用，他也没有十足的把握解决一切。

“白小纯，你要牢记教训啊！以后再遇到这种事，要准备更多的备用手段才行。”白小纯拿出储物袋内所剩不多的灵液，喝下一口后，一边恢复修为，一边拿出玉简给周一星与李峰传音，让他们在特定地方等自己。

周一星与李峰算是间接参与了这一次白家的大乱，再加上两人之前的表现，白小纯虽觉得勉强能信任两人，但也留了个心眼，没打算真的过去。

白小纯低下头，看了眼储物袋内的天人魂，眼神火热。

第 611 章

逆子，给我死

“拿到了这天人魂，这一趟白家之行，虽危险，但也值了！”白小纯刚想到这里，忽然警醒，觉得自己这么想很危险。这明显是富贵险中求，吓得他一哆嗦，赶紧纠正自己的错误想法。

“不对不对，我的想法又错了，不值，一点都不值……这天人魂，只能算是个安慰而已。”白小纯一拍脑袋，似要将自己脑海里那不正确的价值观拍走。

“不过，换个角度想想，自己身处蛮荒，本来就危险重重，身不由己啊！”

白小纯这才取出天人魂，目中带着期待，深吸一口气，猛地将其按向自己胸口处。

接着，他立刻依照在葬宫内获得的吞噬天人魂的秘法，运转灵力。

天人魂散发出黄色的光芒，冲天而起，映照八方，化作无数光线，融入白小纯全身。

这种久违的感觉再次出现，别人没有融合天人魂的经验，白小纯可经历过三次，丝毫没有陌生感。他调整自己的呼吸，很快，当所有光芒都融入体内后，他缓缓睁开了双眼。

他能感受到，自己的修为虽没有增加，但他的战力在这一刻暴增，他清晰地察觉到自己体内藏着四团旋涡。

这四团旋涡里各自存在一个自己的分身。

而这四个分身无论是修为还是肉身之力，都与他几乎没有什么区别，就连神识也是这样，一旦释放出来，等于有五个他。

那是五个天道金丹大圆满强者，五个触摸桎梏之人！任何一个分身都可以与元婴初期强者一战，甚至将其斩杀也有可能！

而分身若是全部出现，就算遇到元婴中期修士，那又如何？

白小纯激动起来，这一刻，他才觉得自己在蛮荒，终于算是有了一些自保之力。

“我有四大分身，如此一来，哪怕元婴大圆满强者追来，想要完全碾压我，也几乎不可能……除非天人追来，可若白家天人老祖真的追来了，我也只能拿出半神魂塔了。”白小纯心跳加速，有些紧张，眼下却也没了别的出路。

而且，他明白，白家不会放过自己，此后一路怕是追杀不少。可他相信，这么拖延下去，白家必定承受不住。

“就看我们谁能坚持到最后了，真把我逼急了，就拿出半神魂塔。我不信我还杀不了一个重伤的天人。就算我杀不了，其他两大家族又或者巨鬼城的人，还有白家的敌对之人，难道不会趁机落井下石吗？”

白小纯仔细思索一番后，狠狠一咬牙，转身一晃，朝远处疾驰而去。他的目标不是巨鬼城，他打算向着蛮荒深处而去，拖延时间。

白小纯飞速前行时，白家族长也正在追来，整个人充满煞气，脸色难看。他的四周，无数冤魂正发出凄厉的嘶吼。那些冤魂聚集在一起，竟形成了一艘巨大的魂舟，载着他，以惊人的速度，一路前行。

现在的速度已经超越他的极限，就算是他，施展这种秘法也消耗极大，可身为白家族长，他有大量的魂药补充，不必担心消耗。

只是，对这种速度，他依旧不满意，于是毫不犹豫地用自身的修为操控魂舟，使得魂舟的速度再次加快。

轰鸣间，魂舟在这天地间化作一道残影，向着他脑海里，老祖的神印所在的方向，倏然追击。

“再快一点！”

白家族长感受到白小纯正在急速逃遁，若是他维持眼下的速度，怕是至少需要三天，才可以追上白小纯。

白家族长自然等不了这么几天，毕竟他要杀白小纯的心已无法克制。

眼看如此，这白家族长目中赤红，竟猛地抬起右手，向着额头狠狠一拍。这一拍之下，一道紫光顿时从他的眉心飞出。

紫光一出，立刻在他的身前形成了一面紫色的小旗。白家族长掐诀下，小旗迎风见长，瞬间成了大幡，被他一把拿在手中。

"逆子，你逃不掉！"

白家族长猛地张口，向着那紫色大幡喷出一口本命之气，大幡顿时闪耀起光芒。与此同时，白家族长更是取出大量魂药，直接融入大幡。

这大幡立刻轰鸣起来，竟从四周引来无数闪电。白家族长目露红光，将这大幡狠狠插向身下的魂舟。

轰！

魂舟震动，速度暴增数十倍。

这种速度，已经不是元婴能有的了，这是天人的速度！

而拥有这种速度的代价是几乎每一息都要消耗数量惊人的魂药，就算白家族长有大量魂药，也无法维持太久，最多一个时辰。

"一个时辰，就可追上你！"

此刻，白家族长十分疯狂，他已经不惜一切了。

魂舟向着白小纯所在的方向前进，一瞬无影，破空追击。

随着时间的流逝，白家族长的呼吸也变得急促起来。他感受到了，自己距离白小纯所在的地方越来越近……

"就在前面！"

白家族长猛地抬头，立刻就看到了远处正一脸吃惊，回头望来的白浩。

白小纯的确大吃一惊，在他看来，除非是天人老祖出现，否则的话，没有人能在一个时辰内就追上自己。

他之前察觉有人追来时，甚至急急忙忙地取出了半神魂塔，死死地盯着来人。很快，当白小纯看到那艘魂舟，看到魂舟上的白家族长后，就愣了一下，狐疑地看向四周，他觉得有些不可思议，白家族长居然敢自己追来……

他的目光落在了大幡上，这大幡给他一种惊心动魄之感，似乎这大幡上存在一只眼睛。

那不是天人之眼，而是类似他在逆河宗看到的真灵，像在边墙看到的高塔一样……虽微弱了许多，但感觉很相似。

“莫非有诈？”

白小纯觉得不对劲，看向四周时，白家族长的怒吼传来了。

“逆子，给我死！”

轰鸣声响彻天际，白家族长直接操控魂舟向着白小纯撞来。

白小纯面色变化，自身的速度也提升到极致，看起来，四周的东西都变得缓慢了，可魂舟并没有变得多慢。

他只能勉强避开，耳边风声呼啸中，魂舟从他身边瞬间而过，白小纯双眼都直了，急速后退。

“这是件宝物啊！难道真的是他一个人来追杀我？”

白小纯一边后退，一边用神识感受周围的环境，四周确实没其他人，他还是觉得不可思议。

“白家老祖，我看到你了，出来吧！还有那些族老，我也看到你们了，出来吧！”

白小纯向着四周吼了几句。白家族长一跃而起，从魂舟上飞出，双手掐诀，四周立刻凭空幻化出无数冤魂。这些冤魂凝聚在一起，化作一个巨大的恶鬼头，一边咆哮，一边向着白小纯一口吞来。

“老夫一人，足以杀你。白浩你杀我爱子，今天我要让你生不如死！”

第 612 章

压打白父

“真的就他自己？”

白小纯看着那来临的恶鬼头，双手掐诀，一尊虚幻的紫色大鼎蓦然出现，与那巨大的恶鬼头直接碰撞在一起。

轰鸣中，白小纯咬破嘴唇，喷出一口鲜血，凄厉地惨叫一声，身体急速后退。他摆出一副不敌白家族长，准备逃走的样子，甚至已取出七八枚传送符，似要捏碎。

只不过，他的眼珠子却在乱转，内心还是无法确定那天人老祖是不是也追来了。

眼看白小纯居然拿出了七八枚传送符，正要捏碎，白家族长悲呼一声，内心的不甘已到了极点。若白小纯只捏碎一枚传送符，他还有一定把握干扰传送，阻止其离去，且可以利用自己的速度优势，将白小纯拽出。

可那是七八枚传送符啊……要知道在蛮荒，哪怕一枚传送符，价格都极高，那是可以换取通天河水的物品。

白家族长再也无法压制对白小纯的杀意，此时他双眼通红，大吼一声，双手掐诀，元婴中期的修为全面爆发。

他的神识散开，扰乱四方空间。他向前一步走去，瞬移般出现在白小纯前面，右手抬起，向着白小纯狠狠一把抓来。

“就算你逃到天涯海角，老夫也必定会抓到你！”

这一抓似乎穿透了虚无，右手直接出现在白小纯的面前。若白小纯捏碎传送符，还是能逃走的，只不过难免受伤。

看那白家族长狰狞的表情，似乎没有作假，可白小纯习惯稳妥，他没有迟疑，直接捏碎了传送符。

轰!

在白家族长右手抓来的刹那，白小纯的身影蓦然消失。

白家族长一把抓空，眼看白小纯逃走，便仰天大吼一声。

“你逃不掉！”

白家族长气得胸膛鼓起，袖子一甩，踏着魂舟，再次开启紫色大幡，按照天人老祖留下的神印，继续追击。

也就是半炷香的工夫，在另一片区域，正在疑惑中逃遁的白小纯，还在考虑刚才的事情。

“若真的有其他人埋伏，不会眼看着我逃走，应该会出动才对。难道说……这白家族长真的一个人追来了？”

白小纯觉得不可思议。实际上，他虽在白家祖地内惊艳了众人，且逃过了天人老祖的那一抓，但在所有人看来，他毕竟只是结丹大圆满，多少有些取巧。唯独让元婴修士顾忌的，就是十二色火。可这种火，若是元婴修士拼了命，依旧可以无视，更不用说这白家族长达到了元婴中期，他有绝对的把握，能击杀白小纯。

白小纯有些恍惚。

“还有，这白家族长居然可以找到我的准确位置，难道是巧合……”

白小纯正思索时，内心一动，猛地转身，立刻就看到远处有一道紫光正急速而来，紫光内正是白家族长。

“居然又追来了，而且明显知道我的位置，没有浪费一点时间，直接锁定……”

白小纯眯起双眼，心脏加速跳动，虽难免紧张，但是明白自己没道理再逃了。

“元婴中期……白家族长，这是你逼我的！”

白小纯低吼一声，这一次他没有逃走，而是全面爆发出肉身之力。他的身体看似如常，实际上不死长生功第三层的力量，已经传递至全身。

白小纯如同一个人形暴龙，大吼中，向着来临的白家族长一步迈去。这一步落下，他的速度随之加快，整个人化作一道残影，一路破空，直奔白家族长。

白小纯觉得自己的速度还不够快……

“撼山撞！”

他内心低吼，直接展开了不死卷的秘法，本就惊人的速度瞬间攀升，轰的一下，他的身体如消失一般，再次出现时，就到了白家族长面前。他抬起右手，似将全身的力量都凝聚在了手中，向着白家族长狠狠一捏。

正是碎喉锁！

这一切说来话长，实际上都发生在电光石火间，快得让人难以置信。

白家族长双目瞪大，表情狰狞。

“找死！”

他双手掐诀，向着四周一挥，一层紫色光幕立刻从他身上膨胀出来，形成一层防御。他全身带着煞气，竟也发起了狠，向着白小纯狠狠撞去。

“逆子，你的修为虽出乎老夫意料，但你这肉身之力，我就不信，还能强过我！”

白家族长低吼着，距离白小纯越来越近。

远远一看，二人似两道流星，在半空中直接碰到了一起。

相互碰撞的刹那，一声巨响回荡八方，那声音超越天雷，震耳欲聋不说，就连空间似乎都要爆开，出现了一道道空间裂缝。

这时，一声凄厉的嘶吼从白家族长口中传出，同时他喷出一口鲜血，身下的魂舟直接被震开。在这一刻，他的身体如断了线的风筝，倒飞出去。

白家族长的头发有些散乱，面色变化。他如见了鬼一样，仰天嘶吼。

“你不是白浩！”

白小纯也身体一颤，全身酥麻。他很久没有经历过这种撞击了，正是这一次的行为，让他意识到，自己的肉身之力原来已经这么强了。

这次撞击，不但没有让他觉得痛苦，反而有种很舒服的感觉，这让他双眼冒光。

可他没有时间体会。眼看白家族长被撞飞，白小纯目光一闪，此刻无比振奋地向前一步走出，右手抬起，一拍储物袋，取出周一星的那把大弓，直接拉开。他趁着白家族长失去先机，一口气，开弓射出上百支箭！

此弓不需要有形箭矢，一旦开弓，可利用自身魂力，形成魂箭。虽然白小纯用的是灵力，但有面具在，看起来也没什么区别。

嗖嗖嗖！

眨眼间，上百支箭就从白小纯手中呼啸而出，如同一场箭雨，以横扫八方的气势直奔白家族长而去，速度之快，已然破空。

轰鸣中，随着第一支箭在白家族长面前爆开，其他箭矢陆续爆裂，形成轰击，让白家族长面色不断变化，他呼吸急促，此刻来不及多想，正要闪躲。

可就在白家族长欲避开的瞬间，白小纯眉心的通天法眼，在这一瞬蓦然睁开。一道紫光从通天法眼内射出，直接落在了白家族长的身上。

“驭！”

白小纯大吼一声，白家族长内心咯噔一下，脑海掀起大浪。他骇然发现，自己的身体居然停顿了一瞬间。

这一瞬的停顿，让他付出了极大的代价。上百支箭在白家族长四周几乎同时爆开。

苍穹扭曲，大地震动，看不清其内的身影，只能看到模糊一片。

白家族长身边的一座高山也倒塌了，就在这时，一声怒吼从爆开的箭内猛烈传出。

“你还没有资格击杀老夫！”

第 613 章

我的天啊

这声音极度憋屈，更有狂暴怒意，那是自身被羞辱的怒，是亲眼看着爱子死亡的疯狂的怒，是每时每刻都有人对他这白家族长质疑、指指点点的压抑之怒！

种种怒意凝聚在一起，白家族长的声音还在天地间回荡，一个巨大的魂拳轰出。

这魂拳足有百丈大小，完全由魂组成，这正是白家的秘术之一——万丈魂拳！

以白家族长的修为做不到万丈，可是，百丈还是绰绰有余的。

说时迟那时快，百丈魂拳眨眼就划破长空，直接出现在白小纯身前。

砰！

一声震耳欲聋的巨响传出，白小纯面色也跟着变了，身体猛地后退。就在白小纯退后的一瞬，白家族长的怒吼还在这片天地间回荡。轰鸣间，第二记百丈魂拳蓦然出现，带着撼天之威，轰轰而来。

随后是第三拳，第四拳……

眨眼间，白家族长竟一连轰出了九拳，一如先前白小纯的连珠箭一般。

九记魂拳如同九种法印，让天地变色，风云倒卷，落在白小纯的身前，齐齐爆开。

哪怕白小纯不断后退，也无法全部避开。他的气息有些波动，这是他第一次与元婴中期的人进行生死之战。此刻，他也有所判断，以自己眼下的战力，在不使用分身的情况下，虽可以与之纠缠，但是无法将其击杀。

“不过即便这样，也证明我白小纯已经不是当年的我了。”

白小纯在心底给自己打气，长长地吸了一口气。忽然，白家族长在轰出九记魂拳后，从虚无中猛地一冲而出。

他披头散发，目中带着血丝，在冲出的瞬间，整个人化作了一道长虹，直接杀向白小纯。

“白家秘法，百鬼夜行！”

白家族长的声音如同从九幽传来，阴风阵阵中，他的神识猛地扩散开来。与灵溪宗的秘法不同，白家的是神识化鬼。

受到秘术影响，大白天里，白家族长的四周方圆百丈居然漆黑一片！

天上如有一轮黑色的太阳，更可怕的是，那片黑色里面突然出现了上百双眼睛！

这些眼睛都是血红色的，狞厉无比。一声声咆哮激荡天地。随后，那黑色的太阳里面竟然冲出了上百个厉鬼！

那些厉鬼全身黑色，头生双角，手有指甲，双目赤红，张开血盆大口，出现后，如同百鬼夜行一般，环绕在白家族长四周，向着白小纯吼叫。

随着白家族长恶狠狠地一指，这些厉鬼立刻直奔白小纯而来。

在冲来时，阳光竟然会避开它们，这群厉鬼一路冲去，黑暗的范围不断扩大……

“逆子，我看你如何不死！”

白家族长的声音带着无尽恨意，传遍四方。白小纯心头一颤。这些厉鬼看起来就很可怕，但在经历迷宫，还有在蛮荒用魂炼火后，他对鬼物，不如以前那么恐惧了。此刻看着那些张牙舞爪、嘶吼而来的厉鬼，他皱起眉头。

“我就让你好好看着，我是如何不死的！”

白小纯右手掐诀一挥，他的身体刹那间就出现了重叠之影，火分身走出。

这一幕让白家族长十分惊愕。

“分身？你居然有分身！”

火分身与白小纯一样，一样的容颜，一样的修为，一样的肉身，一样的强悍！

唯一不一样的是这分身还存在一股火属性的气息，走出来后，立刻就与白小纯一起，向着来临的百鬼一拳轰出。

分身的出现可以说让白小纯的战力暴增一倍，此刻一同出拳，白小纯的前方顿时形成了风暴。这风暴冲天而起，与百鬼撞击在了一起。

声响传遍四方，白小纯与其分身同时闷哼一声，倒退开来。而那白家族长则面色变化，退后几步，怒火更盛。

“哪怕你有一具分身，依旧要死！”

白家族长吼叫着，向前走出一步，竟在战场上直接瞬移，出现时，赫然降临在白小纯身边，右手抬起，掀起了千丈魂雾，向着白小纯狠狠一拍。

“瞬移……我也会！”

白小纯猛地抬头，全身寒气疯狂爆发，方圆数千丈内，立刻形成了一片冰寒之地。

一面面寒镜竖起，在白家族长那一掌落下的刹那，白小纯的身影瞬间消失，再次出现时，整个人就到了白家族长身后。他抬起右手，向着白家族长拍出一掌。

这时，他的火分身一样出手。不仅如此，重叠之影再次出现，第二具分身木分身瞬间走出，没有迟疑，抬起右手，与白小纯和火分身一起，同时拍去。

“该死！”

见此情景，白家族长面色大变，猛地转身，右手随之抬起，千丈魂雾逆转，与白小纯以及两大分身碰撞到了一起。

轰轰！

巨响传出，八方震动，大地出现裂缝。白家族长面色苍白，身体急速后退，他死死地盯着白小纯，目中依旧充满杀意，却难掩内心的吃惊。

“还有分身，你到底有几个分身？！”

他实在是心惊了，没想到追杀白小纯这么难，而每多一个分身，对方的战力就会暴增。

“我就不信你还有分身！”

白家族长狠狠一咬牙，再次瞬移，冲向白小纯。

在与魂雾碰撞之后，白小纯面色变化，心中却振奋无比。此刻，他已经明白，使用两个分身的自己与元婴中期的人还是有些差距的。

可一旦自己召唤第三具分身，差距就可瞬间抹去……

若是四大分身都出现，他有信心镇压元婴中期的人。

“我的天啊，这……这就是天道元婴吗？而我现在只是分身阶段，远远谈不上圆满，就已经如此厉害……”

白小纯有些难以置信，他心情激动，胸膛不断起伏。眼看白家族长再次瞬移杀来，白小纯目光一凛，同样瞬移。

很快，二人就在半空中不断轰击起来。渐渐地，就连白家族长都看出来了，白小纯似乎没有用全力，而是在借自己与分身配合，且对方的感悟力很强，在战斗中，战力竟然在飞速攀升。

这一幕让白家族长感觉受到了侮辱，他号叫着，双手猛地抬起，目中透出幽光，双手掐诀，身上飞出九个魂塔。

这九个魂塔内同时传出咆哮声，而且飞出了无数冤魂。每一个冤魂似乎都不一样，出现后，竟然没有冲向白小纯，而是顺着白家族长的双眼，钻入了白家族长的身体。

“白法融魂！”

白家族长猛地抬头，发出了一声痛苦的咆哮，那些魂留在了他的身体内。白小纯甚至能从白家族长的皮肤上看到一张张面孔。此刻，他整个人都膨胀起来，模样大变，全身的威压也在这一刻变强了。

白小纯突然感觉有些危险！

第 614 章

白父骇然

在自己达到天人境界前，或者再降低一个层次——在自己成就天道元婴前，任何一个元婴强者，都不能小看。

元婴初期或许还好一些，可元婴中期这一类人，哪怕一生都不能达到元婴后期，正因如此，他们更多的时间不是放在试图突破修为上，而是放在自身的撒手锏上。

如白家族长，他不是没有可能踏入元婴后期，可他依旧将很大一部分心神，都放在了自己的撒手锏上。

这白法融魂，就是如此。

吸收冤魂入体，承受被万个魂吞噬的痛苦，从而激发自己，通过秘法，操控万魂归一，以自己的身体为中介，进而爆发出极强的力量。

就算是他，一旦动用这种秘法，对自身的消耗也极大。眼下，他怒火中烧，欲杀白小纯的心无比坚定，他已经不在乎了。

“我要你死！”

此时，白家族长的声音都变了，仿佛有上万人同时在咆哮，使得天地变色，风云逆转，更掀起了风暴，向着白小纯扑面而来。

白小纯神色凛然，看着白家族长不成人形的模样，十分心惊。

“给我死！”

白家族长仰天一吼，双手抬起，体内爆发出无穷黑雾。这雾气凝聚在他四周，形成一个巨大的头颅。

这头颅向着白小纯而来。

随着头颅的靠近，大地出现裂缝，四周的山峰更是被碾压得粉碎，周围直接凹陷了下去。

“死！”

“死！”

“死！！”

不同的声音从巨大的头颅口中传出，听上去如同鬼哭狼嚎。

白小纯神色凝重，在这一刻，他的身体再次出现重叠之影，水分身一步走出。

这一刻，三大分身齐出，环绕在白小纯四周时，白小纯的怒喝声震天宇。

“人山诀！”

轰隆隆！

随着声音的传出，白小纯的身体顿时膨胀起来，天地间凭空出现无数巨石，不断堆积。白小纯的身影消失，一尊高达百丈的石人赫然出现。

准确地说，不是一尊……

白小纯的三大分身此刻同时展开人山诀，第二尊、第三尊、第四尊石人同时降临。这四大石人齐齐向着巨大的头颅轰击而去。

四大石人出手，天地仿佛都在震动，刹那间，就与巨大的头颅在半空中碰触到了一起。巨响回荡九天，撼动幽冥大地。

更有超强的冲击力席卷四周。这一次不是数千丈，而是数万丈的区域。苍穹扭曲，咔嚓声之下，一道道裂缝被直接豁开。

巨大的头颅猛地震动，缩小了大半。与此同时，白小纯与三大分身全部倒退，咔咔之声响起，石人身上的裂纹如蛛网般迅速蔓延。很快，白小纯与三大分身化成的石人竟在半空中全部爆开。

白小纯与分身齐齐后退，抬头时，只见白家族长化作的头颅大笑一声，笑声十分阴森。

“逆子，你还有什么手段！”

这雾气形成的头颅，向着白小纯疯狂冲来，似要一鼓作气，直接让白小纯形神俱灭！

“没想到，出了三具分身，在他动用秘法的情况下，依旧有些不敌……”

白小纯深吸一口气，本打算留一些手段，以防万一。

可眼下，二人战到了如此程度，依旧不见外人出现。因此白小纯基本上已经确定了，那天人老祖必定因为一些意外或其他缘故，无法亲自追来。

而其他白家族人或许会追来，可显然都不如白家族长这般疯狂，所以在速度上也不如白家族长。

“毕竟，其他人对我的仇恨，远远不如白家族长啊……”

想到这里，白小纯没有再犹豫，他的身体虽还是有些颤抖，但战意依旧强烈。既然无法避免，那就上前解决。

他本不愿打打杀杀，因为他害怕死亡。偏偏这一路走来，很多时候，他不得不打，甚至必须拼命，才能避免被杀，从而使自己活下去。

咬着牙去战斗，已经慢慢变成他的常态了。

“天人都杀不了我，你才元婴中期，岂能做到？”

白小纯大喝一声，双手掐诀，重叠之影再次出现，他的第四具分身——土分身，在这一瞬赫然走出。

四大分身全部降临，环绕在他四方，仿佛形成了某种阵法，立刻让苍穹响起了天雷，让大地震动，四方的云层轰然溃散。

白家族长看到这一幕后不由得倒吸一口凉气，神色大变，却仍咬牙低吼，不惜透支自己的生命力，使得魂雾形成的头颅更为狰狞，气势再起，轰轰而来。

“白浩，这就是你的父亲，为师就代你，让他明白，他与你之间的差距，是他这一生都无法想象的！”

白小纯内心惋惜，轻叹一声，随即深吸一口气。在第四具分身降临的瞬间，他右手猛地抬起，向着四方，狠狠一挥。

“水泽！”

仿佛提线木偶一般，他的四大分身一样如此动作。

“水泽！”

四大分身与白小纯同时施法，方圆万丈的大地顿时化作了一片水泽之地。

潮气浓郁，大地似乎都松软下来。万丈范围内充满水汽，一片模糊。

这一方天地瞬间充满洪荒之感，仿佛从蛮荒被分割出去，成了独立的世界。这一幕再次让那白家族长瞪大了眼，面色越发难看，甚至隐隐透着一丝苍白。

可还没等他靠近，白小纯右手就向着大地，狠狠一按。

“国度！”

他的四大分身同时出声。

砰砰！

在这一刻，天地变色，空间颤抖，一根根利刺直接从大地冲起。

利刺下有五座山峰拔地而出，遮盖了苍穹，让人触目惊心。

这五座山峰有些弯曲，漆黑无比，这正是白小纯本命之兽的兽爪！

这兽爪没有完全展开，只是露出了指甲，气势之强，让白家族长毫无招架之力。此刻的白家族长如同萤火面对太阳一般，发出了凄厉的尖叫。

强烈的恐惧让白家族长全身都在颤抖。修行至今，除了面对天人老祖，他从来没有这样惊恐过，急促起伏的胸膛透露出他的震惊与恐惧，双眼睁得大大的。

他有种强烈的预感——就算自己的撒手锏再强，面对这样一爪，也必定湮灭如灰。

“不……我不能死！”

他气息沉重而紊乱，居然不再冲向白小纯，而是转身就逃。

他惊恐到了极致，即便做梦也想不到，白浩居然这么强，强到让他无法面对、感到恐惧的地步。

“他绝对不是白浩！可就连家族阵法都无法看出端倪，他……到底是不是白浩？”白家族长内心纠结。可在死亡的阴影下，他只能憋屈地逃遁，拼了全力，也要逃走。

若是不逃，他必死！

只不过，他的速度虽快，但那抬起的兽爪落下的速度更快。

第 615 章

生擒

水泽国度是白小纯在灵溪宗内感悟的神通，本命之兽始终都没有完全显现出来过。在白小纯融合天人魂，形成分身后，曾在红尘女面前，露出了兽爪。

而现在，显现出来的兽爪比白小纯面对红尘女时，还要大一些。抬起的爪子弯曲着，锋利的指甲下，好像有漆黑的大地。

那根本不是漆黑的大地，而是白小纯这本命之兽的兽掌！

难以想象，这兽掌若是全部显现出来，会有多么不可思议。白小纯很震惊，他很渴望有那么一天，自己施展水泽国度时，他的本命之兽可以完全降临。

“哪怕……只是兽爪完整地出现也行啊……”

白小纯呼吸急促，试着想象，若真的有一天，兽爪完整地出现，那么必定可以彻底遮盖一方的苍穹。兽爪落下，就连天人，也要感到绝望了。

“一定会有这一天！”

白小纯满心憧憬，那抬起的兽爪指甲猛地落下，向着白家族长拍了过去。

在白家族长看来，天空已被那五座山峰完全取代，他的目中透出绝望。

“不！”

他不甘心，不惜代价地将魂雾头颅猛地抬起，全力阻挡兽爪。

轰轰之声响起，惨叫声凄厉至极，天地在这一瞬好似纸糊的一样，被轻易撕开。

大地震动，许久，随着兽爪的消失，万丈水泽退去，尘土消散，大地上，露出了五道深深的沟壑。

正中间的沟壑内躺着一个人，那人嘴角带着鲜血，若非胸口还在轻微起伏，怕是会被人认为已是尸体。

此人正是白家族长，他毕竟是元婴中期的强者，而白小纯也还没有成为元婴修士，战力虽强，但做不到一击让其形神俱灭。

不过，虽然白家族长受到了重创，奄奄一息，但凭着其修为以及强悍的生命力，依旧还有一口气。他试图挣扎，却悲哀地发现，自己已经无法动弹。

眼下，白家族长只能死死地盯着白小纯。

“逆子，你有本事，就杀了我！”

白家族长艰难地喘着粗气，声音也很微弱，内心无比郁闷。他不愿相信眼前之人真的是白浩，可他又理解不了，若对方不是白浩，为何家族阵法难以察觉。

而且，白家族长了解天人老祖，听天人老祖的语气，他就知道，哪怕是天人老祖，也没看出什么端倪。

“难道，他真的是白浩……”

白家族长内心满是疑惑，此刻答案是什么已经不重要了，不管是不是，他都想将其彻底击杀，当然前提是他还能动。

“求死？”

白小纯拍了拍身上的尘土，一晃之下，四周的四大分身化作光芒，融入他体内消失不见。

接着，白小纯才慢吞吞地来到白家族长身边，绕着白家族长走了一圈，确定白家族长的确无法动弹后，才蹲下身子，拍了拍白家族长的头，眼睛一瞪，恶狠狠地吓唬着白家族长。

“老实点！”

“你！”

白家族长睁大了眼，怒意本就冲天，此刻更是难以控制。这种行为，在他看来就是大逆不道，根本就是对自己的羞辱。原本，他是天，白浩是地，而眼下，两人的位置却调换了，这让他气得发疯。

“逆子！逆子！”

白家族长气极，喷出一口血，竟晕了过去。

“呃……我只是轻轻拍了拍啊，没用力。”

白小纯有些心虚，琢磨着这毕竟是白浩的父亲，在这种情况下，自己若真的杀了白家族长，似乎不大好，而且活着的白家族长，比死去的白家族长，更有用处。

“罢了罢了，我也不是一个喜欢打打杀杀的人，这白家族长还有很多用处……拿来做护身符，似乎也不错。”

想到这里，白小纯轻咳一声，双手掐诀，在白家族长身上不断乱拍，连续下了上百道禁制后，还觉得不放心，又取出一些丹药，给白家族长灌了进去……

之后，白小纯才安心。他先是收了白家族长的储物袋，随后又找了根结实的绳子，注入灵力，使得这绳子坚韧无比后，便将白家族长拴着，直接拎了起来。

“哈哈，有这护身符在，我看白家何人敢对我出手。”

白小纯得意无比，越发觉得自己实在太聪明了，这么两全其美的事情，自己居然都能想到。

“可惜这老家伙的修为毕竟是元婴中期，我的搜魂作用不大，不过他能准确地找到我，一定是有东西在指引他。”

白小纯若有所思，想到白家天人老祖之前对自己出手的情形。

“应该就是在那个时候，给我留下了印记。”

白小纯摸了摸脸上的面具，也琢磨出来了，这面具虽厉害，能隐藏自己的面貌与气息，但是很难抹掉外来的印记。

“有什么大不了的，我一旦出手，连自己都感到害怕！”

白小纯给自己打气，强忍着后怕，向前走出一步，直接踏上苍穹。他时而回头看向身后，那被自己用绳子拴着，如风筝一般的白家族长。

“白浩若有灵，应该不会不乐意吧，我可是他师父！”

白小纯咳嗽一声，加快速度，呼啸而去。

狂风吹在白家族长脸上，很快他就清醒了过来。看到自己的状况后，他面色惨然，目中带着怨毒，不断诅咒白小纯。

“孽子！你不得好死！”

白小纯毫不理会，继续飞行，时间流逝，很快过去了三天。这三天里，白家族长的声音都喊哑了，可他还是在不断地咒骂。

到最后，白小纯都开始生气了。

“闭嘴，你这老家伙有完没完，再啰唆，我……”

白小纯转身怒道。

“杀了我！”

白家族长死死地盯着白小纯。

“放心，小爷我不杀你，可你若再吐出半个字，小爷我就扒光了你！”

白小纯愠怒。听到他这番话后，那白家族长猛地瞪大了眼，胸膛剧烈起伏，脸都憋红了，张了张口，却不敢再说出一个字。

在他看来，白小纯不是单纯地吓唬他，而是真的能做到。一想到自己被扒光吊着，白家族长就感到极度羞耻，这令他异常恐惧，身体不禁哆嗦了几下。

一看这话居然有效，白小纯眼睛一亮，笑了起来，不怀好意地扫了扫白家族长的全身。

这目光让白家族长身体颤抖的同时怒意翻腾，却又不得发作，内心的苦涩与愤怒快要将自身焚烧。

只是……他不敢继续挑衅了。身为白家族长，他若是真的被白小纯扒光了，那会成为整个白家乃至整个巨鬼城势力范围的笑话，还有可能传遍蛮荒……即便是许多年后，他依旧会被人嘲讽。那还不如死了呢。

一想到这一幕，白家族长就头皮一麻，只能咬牙忍住。

“早知如此，何必当初！”

白小纯看到白家族长的样子，心软了一下，可一想到此人对白浩的态度，白小纯就很生气。

第 616 章

本王偏要让他活

“这种人，犯不上同情！”

白小纯转身一晃，继续逃遁，途中他也研究了白家族长的魂舟以及那紫色的小旗。

这两样物品不错，尤其是那面小旗，就连白小纯也有些吃惊。这小旗内有十万个印记，都与速度有关，消耗虽大，但若能展开，则可让速度提升到极致。

就算是白家族长，也没办法全部展开。毕竟这消耗实在太大，无法想象。白小纯估算了一下，若是全部展开，差不多一次呼吸的时间，就要消耗十枚中品魂药！

这么大的消耗，就算是白家也承受不起。现在的问题是这魂舟与小旗上，都有白家的天人老祖的印记，在完全破开那些印记之前，是无法将其收为己用的。

而且，这两样物品都已被炼灵了十一次，白小纯看着其上被隐藏起来的金纹，叹了口气，知道短时间内，自己无法用这两样物品了。

“不过给我一些时间，我或许可以用通天河水将其慢慢腐蚀……”

白小纯心里琢磨着，索性将这两样物品扔到装着通天河水的大桶内。

那魂舟已经缩得如巴掌一般大小，被白小纯扔到了桶内后，白小纯集中精神，双眼眯起。

“还有我身上的印记……”

白小纯皱起眉头，半晌之后，他深吸一口气，双手掐诀，在自己身上不断拍打，使得全身气血都沸腾起来，按照某种规律，在体内不断运转。

白小纯一边拍打，一边继续逃遁。

时间流逝，又过去了三天。这一日的晌午，白小纯正疾驰时，忽然神色一动，猛地转头看向身后，很快，他就看到有一道长虹，正气势汹汹地飞来。

长虹内是一个老者，这老者乘着魂舟，速度极快，看上去神情狰狞，充满杀机，直奔白小纯。

白小纯虽不知道此人叫什么，但是觉得此人很眼熟，认出此人正是白家一位元婴族老，修为似乎无限接近元婴中期，属于嫡系一脉。

“又追来了？还是一个人？”

白小纯眨了眨眼，咳嗽一声，索性停下来不走了。

就在白小纯转头看去的瞬间，急速而来的那个老者也看到了白小纯身后，那被拴着的如风筝般的白家族长。一眼看去，老者眼珠子都差点瞪出来，猛地倒吸一口凉气，身体竟一下就停了下来。

“族长被生擒！这怎么可能？”

他感到不可思议，这实在是太难让人相信了。他怎么也没想到，就连自家族长居然都被人生擒了。这一幕让这位老者内心很是压抑。他的修为还不如族长，族长都被生擒了，自己若是出手的话会怎样？老者看着族长凄惨的模样，心底惴惴不安。

“不管是因为什么，自己没必要为这件事去冒险……”

老者额头冒汗，想到这里，便没有迟疑，一把取出传送符，毫不迟疑地一下捏碎……

轰的一声，他的身影就消失了。

“吓跑了？！”白小纯不由呆了一下，“这也……太识时务了吧，比我都怕死，还元婴呢……”他都做好将其生擒，再多放几个“风筝”的打算了。此刻挠了挠头，又看了看那闭着眼，恨得咬牙切齿的白家族长，白小纯有些遗憾地笑了笑。

“这护身符还真有些作用啊！”

白小纯振奋，拴着白家族长，美滋滋地继续飞。从这一天开始，白家族人陆续追来，可毫无例外，每一个支脉的人在看到白小纯身后拴着的白家族长后，都吸了口气，毫不犹豫地转身就走。

白家族长不得不让自己昏死过去……

能生擒白家族长，已经证明白小纯不好惹。不管白小纯用了什么办法，除非他们的修为在白家族长之上，否则的话，他们都会有生命危险。

可并非所有人都是这样，还有白家嫡系的族人，凭着神印，追杀白小纯，见面后，立刻发起攻击。

面对这些杀气腾腾的家伙，白小纯也是眼神冰冷，毫不客气地大展神威……

这一路上，不只有白家族人看到白小纯拴着白家族长，还有蛮荒内的其他家族以及巨鬼城势力范围内的魂修与其他炼魂师。

这些人瞧见白小纯呼啸而过，看清这一切后，一个个都大为吃惊。

“此人是谁啊……那被他拴着的似乎是白家族长？”

“不能吧……”

越来越多的人都看到了这一幕，又或者听说了这一切。种种议论在巨鬼城范围内慢慢传开。

原本，大家都是暗中去说这些传闻，自身也并非很确定，可很快，当白家祖地的事情被另外两大家族与巨鬼城的使者暗中传开后，白家族长被生擒的事情就如同水珠碰到了滚油，直接爆开了。

“什么？白家出了麒麟子，斩杀白齐，抢走天人魂，更在白家天人老祖出手的情况下，成功逃出！”

“他逃出后，其父白家族长亲自追杀，却被此人生擒，拴在绳上，此事很多人都看到了！”

“天啊，这白浩……是叛出白家了！”

此事闹得越来越大，也引起了太多人的关注。当白家派出大量族人击杀白小纯，却被白小纯反杀的消息陆续传开后，这件事情顿时就轰动了王城。

王城内的人纷纷动容，都知道白家出了一个叫作白浩的麒麟子。此人不但夺走了白家的天人魂，叛出白家，更绑了他的亲爹……杀戮族人无数，心狠手辣！

“据说此人在白家，忍辱负重，曾经备受欺凌侮辱，可他都忍了下来，直至白家祖地开启的一刻，才全面爆发，一鸣惊人！”

“这些算什么，我听说白浩炼火资质超高，修为更达到了结丹大圆满，非同凡响！”

“白家竟如此短视……不过这白浩也够狠的，居然绑了他亲爹！”

整个巨鬼城势力范围内，如今都在议论纷纷，随着一个个消息爆开，白浩的举动惊到了大部分人。

很多人虽没见过白浩，但如今，在他们的心中，白浩就是一个隐忍阴沉、资质逆天、六亲不认、冷酷无情的形象。

不单那些家族与天侯知晓了此事，就连王城内的巨鬼王也知道了。

巨鬼城的中心有一座巨大的雕像，这雕像的头顶有一座王宫。在王宫内，有一个高大的身影，穿着一身王袍，站在围栏前，背着手，遥望天地。那是一个中年男子，相貌极为俊美，棱角分明，不仅身材雄壮，更有一股上位者的气势。似乎只要他站在这里，就可以镇压一方天地，碾压一切天意。天人在他面前，都要颤抖！

此人正是魁皇座下，蛮荒四大天王之一的巨鬼王！其地位之高，可以说是一人之下，万人之上，尤其是如今皇权衰弱，四大天王，任何一个，跺跺脚都能让蛮荒震一震。

“白浩……有点意思……”

巨鬼王轻声开口，思忖一番后，忽然淡淡一笑。

“无常公，你走一趟吧，找到白浩，将他带来巨鬼城，给他安排个身份好了。”巨鬼王声音冰冷。

雕像的左手上一样有一座宫殿，巨鬼王话音刚落，从左手的宫殿内快速走出一个老者。

这老者沧桑无比，眼睛却很有神，身上的气息更隐隐与天地融合，他竟达到了天人境界。

“遵王命！”

老者抱拳深深一拜，转头一晃，便消失在虚无中。

“白家让他死，我偏要让他活！三大家族应该也准备得差不多了吧……我看你们谁敢先跳！”巨鬼王冷傲一笑，白浩对他而言，只是一个无关紧要的小子罢了，他本不在意，与白家有关联后，却成了他试探白家的一张牌。

第 617 章

老祖亲临

与此同时，在白家内部，族人大都沉默。这段日子，因白浩的事情，整个白家被推到了风口浪尖。

白家都有些承受不住外界的种种议论了。白浩叛族，击杀白齐，夺走天人魂，随后更是生擒了白家族长，反制并且击杀了不少白家嫡系族人。

这一件件事情让白家人心惶惶，尤其是白家内部，也出现了不同的声音。那些支脉的人纷纷冒出，以白浩之事为突破口，开始攻讦主脉。

“白浩是我白家真正的麒麟子，却被你们主脉逼到了叛族的程度！”

“这种天之骄子若还在我白家，一旦他达到元婴期，必定可让我白家的地位再次攀升！”

这样的言辞越来越多，似乎白浩越璀璨，主脉这边就越被动。虽然主脉欲杀白浩的心十分坚定，可偏偏他们无可奈何。

就连元婴中期的族长都被生擒了，其他人又能怎样？如今，主脉中唯一的一个元婴后期族老也外出追杀白小纯了，若还是失败了，就相当于主脉彻底大败。

至于法堂与刑堂的大族老，他们不属于主脉。虽因老祖的命令，他们也发动族人去寻找白小纯，可明显，找到是大功，找不到则是主脉的大过！

蔡夫人沉默地看着眼下的白家，心底凄惨而绝望，在此之前，她无论如何也想不到，区区一个白浩居然可以让白家如此被动。

一想到爱子被杀，夫君被生擒，她的心就仿佛要撕裂开，对白浩的憎恨都要溢出来了。

可以说这一刻的白家，若没有天人老祖，内部怕是会立刻出现争斗，之所以到现在都只是暗流涌动，最主要的还是天人老祖没有表态。

那些支脉的人都在等，等天人老祖的表态。此事必然会有一个说法，只是如今白家天人老祖根本就没心思理会白家的这些事情。

就算白家族长被生擒，他也不是特别在意，只要白家的基业还在，就足矣。不过一个族长而已，大不了换一个就是。

他眼下最关心的是白浩！

"一群废物，一个家族的人，居然无法将那白浩生擒！"

地底密室内，白家天人老祖猛地抬头，神情果断。

"等不了了，再等下去，一旦巨鬼王干预，老夫将错过时机……只能赌上一把了！"

白家天人老祖狠狠一咬牙，深吸一口气后，猛地站起身。

他眼神深邃，望着四周那七根燃烧着绿火的蜡烛，沉默了几次呼吸后，向前一步走去。

这一步落下的刹那，密室内居然起了狂风，横扫四方，使得那七点烛火剧烈摇晃，很快，就熄灭了一根……

白家老祖没有停留，迈步间，直接走出了这七根蜡烛围成的阵法。在他走出的瞬间，烛火全部熄灭。

随着烛火的熄灭，白家老祖的身体立刻就传出了咔咔之声，如同骨头在摩擦，他的身体居然从枯萎的状态，快速恢复了活力。

一股惊人的波动从他身上蓦然爆发出来，他目光如电，站在那里，仿佛他就代表了天意。

"七烛锁命术可让老夫锁住寿元，多活一些岁月……可此法一生只能施展一次，白浩……你可不要让我失望！"

白家天人老祖神色阴鸷，幽幽地说道。他向前走出一步，刹那间，如撕开虚无，整个人直接消失了。

在白家天人老祖离去的瞬间，白家的上空，有天雷响起……

与此同时，在距离白家很远的天地间，白小纯正呼啸前行。这一路，他杀了不少白家族人，当然不是他主动出手的，谁让他们先发起围攻。

白小纯这才反击，就算是族老，他也杀了三个。而眼下，他已快到巨鬼城势力范围的边缘。

此刻，白小纯面色通红，他在飞行中不断掐诀，双手在自己身上连续拍着，这是他在星空道极宗时，学会的一种去除自身印记的笨方法。

以自身气血洗去体内一切印记，虽然这样的确有作用，但根据印记的强弱，花费的时间不一样。

除了要看印记强弱外，还需看自身气血的强悍程度。

白小纯连续数日都在施展这种秘法。此刻，在快要到达巨鬼城势力范围时，他身体猛地一顿，突然喷出一口鲜血。

这鲜血不是红色，而是褐色。在喷出后，鲜血于半空中化作一个模糊的头颅，正是白家天人老祖的面孔。那面孔死死地盯着白小纯，发出无声的怒吼，这才慢慢散去。

白小纯擦去嘴角的鲜血，长舒一口气。

“总算把那该死的印记抹去了！”

白小纯觉得身体轻松了很多，此刻精神一振，改变方向，从另一处方位，向着远处加速飞奔。

“最多两个时辰，我就可以离开这片区域，踏入蛮荒沙漠中。到了那里，我身上没有了印记，看白家如何找我！”

前行时，白小纯从储物袋内取出白浩的笔记，一边疾驰，一边研究。这里面都是白浩的心血，更有对火以及魂的特殊理解与判断。

白小纯这些天经常琢磨白浩的笔记，觉得有收获的同时，也在可惜白浩的死亡。

“天资那么聪颖的一个孩子啊，若他还活着，身为我的弟子，可以来帮我推衍多色火的配方，我根本就不需要忙东忙西了。”

白小纯叹了口气，加速离去。

在白小纯去除印记的同时，距离他差不多半日行程的地方，一个踏着魂舟的白发老者面色变化，脚步停顿下来。

这老者的修为达到了元婴后期，也是主脉最后的希望，可眼下，他脑海中，锁定白小纯的神印突然消失了。

而蛮荒太大，神印消失后，他根本就找不到白小纯，即便是用最快的速度奔向神印消失之前的地方，也不可能找到对方。白小纯怎么可能傻傻地等在那里？

老者长叹一声，还是疾驰而去。不多时，等到了神印消失的区域后，他看着四周，沉默下来，不知道如何去找。

“西是蛮荒沙漠，北是万古寒川区域，而东是皇城方向，白浩到底选择了哪一个方向……”

在这一刻，距离这里更远的天地间，白家那位天人老祖的身影在苍穹中显现出来。他面色阴沉，遥望远方，半晌后，冷哼一声。

“抹去了印记又如何，天人……岂是你能想象的？天空所在之地，你就无处可逃！”

他口中低语，右手掐诀，向着身前一指，身体明显更衰老了一些。整个苍穹泛起波纹，不多时，竟出现了一副画面。

画面里是一片空旷的荒原，天人老祖没有迟疑，竟直接踏入了画面中，身影瞬间消失。等他再次出现时，竟到了这片荒原后面，以同样的方式施法，一连三次后……

画面中，赫然出现了白小纯疾驰远去的身影！

“跑得还不慢……真是令人期待啊！”

白家天人老祖一步走向画面中。

第 618 章

再战天人

巨鬼城势力范围极大，这片区域隶属于巨鬼王。从某种层次上说，这片区域就是巨鬼王的领地，在这里，他就是凌驾苍穹之上的最高意志。

此刻，白小纯已经到了巨鬼城势力范围的边界。不远处有一片浩瀚无边的沙漠，远远看去，甚至还能看到那片沙漠似乎有风暴，吹来的风让白小纯头发飞扬起来。

白小纯目光一闪，收起白浩的笔记，稳定了下心神，一晃之下，直接就踏出了这片区域，进入了沙漠。

“继续前行，等几个月后，风头过去，再考虑是回来还是去其他区域通过传送阵回家……我也趁着这段时间，钻研一下这笔记。”

白小纯隐隐觉得，自己对炼制十三色火有了一定的把握，于是陡然加快行进速度。

可就在这一瞬，白小纯忽然面色变化，猛然抬头，看到苍穹上，出现了一个巨大的旋涡，阵阵轰鸣声传来。

这旋涡出现得太快，开始还不大，可只是一次呼吸的时间，就扩大到了万丈范围，一股惊人的威压更从旋涡中传出来。

轰！

大地一震，四周的沙土都在这一瞬静止不动了。这一片范围仿佛被生生地从天地中割裂，成了如同领域般的空间。

白小纯呼吸一凝，他清晰地感受到，四周的一切在这一瞬间如同凝固了。在那股威压下，他觉得自己似乎连移动都有些困难。

“老祖！”

一旁的白家族长猛地睁开眼，激动失声。

“这白家老祖似乎比红尘女强！”

白小纯面色变化。天空上，那巨大的旋涡内，赫然幻化出了一张巨大的面孔，这面孔正是白家天人老祖，他冷漠地在天空上俯视着白小纯。

“区区结丹，也敢逆天！”

天雷般的声音轰鸣而起，震动四方天地。天人老祖说的那八个字竟直接在天空上浮现出来，化作了八个巨大的符文，闪动多彩之光，向着白小纯呼啸而来。

之后，这八个字居然化作了八个金甲巨人，刹那临近。

言出法随，一言成兵！这一幕让白小纯心神狂震。

他发现自己小看了天人。当初的红尘女显然是因受了诅咒，才会失去一些自己不知道的神通，且明显在境界上，不如眼前这老者。

危急关头，眼看那八个金甲巨人就要临近，白小纯有些急眼了。在这关键的时刻，他的身体瞬间出现了重叠之影，不是一道，而是四道。

四大分身，没有走出他的身体，而是重叠在一起，爆发出了同样的修为之力、肉身之力、神识之力！

白小纯的战力如同暴增了四倍！

轰轰轰！

天人老祖释放的威压，原本凝固得如同封印，可眼下，直接就出现了裂缝。

在那八个金甲巨人来临的刹那，白小纯抬头大吼，在这千钧一发的关头，身体竟向着后方蓦然倒退而去。

一声惊天巨响顿时传来，那八个金甲巨人直接扑空，落在了白小纯之前所在的位置，仿佛八把金锁般，形成了更强大的封印。

而白家族长也在这种冲击下，被卷到了远处，昏迷过去。

“有点意思。”

苍穹上，天人老祖的面孔目露讶异之色。之前，在白家，他因七烛锁命，修为受限不说，也无法让真身出手，才给了白小纯逃走的机会。仔细一想，也不是太过出乎意料，可眼下，自己真身降临，居然还是被此人避开了，这就让天人老祖越发对白小纯感兴趣了。

天人老祖幻化出的巨大面孔，此刻猛地收拢，瞬间凝聚成天人老祖的身影。他站在半空中，这片天地在他身后，似乎都成了衬托，仿佛只要他的一个念头，就可让这天地出现惊人变化。

他穿着一身白袍，神情冷漠，十分威严，低头看了白小纯一眼后，向着白小纯一步走来。一步落下，天空上竟幻化出了一只大脚！

这大脚从天而降，向着白小纯所在之处，轰轰而去，使得云层散开，大地轰鸣，空间都扭曲起来。

他似乎要一脚将白小纯完全踩在脚下。

当年，红尘女吃亏就吃在她所处的位置是二代魁皇冥宫，而且身受诅咒，无法借来天地之力，可就算是那样，白小纯依旧九死一生，可见天人之强……

而眼下，白家的天人老祖在熟悉的蛮荒中，发挥出的才是真正的天人实力。

白小纯心神震动，他之前就觉得白家老祖比红尘女强很多，此刻也猛然意识到了问题所在。他胸膛起伏，却没时间多想，更有种强烈的危机感。若是自己与这大脚对抗，极有可能死去。

在大脚临近的瞬间，他猛地后退一步，身影模糊起来，如被分解一样，刹那消失。

在他消失之后，一声震天巨响传出，轰鸣四方，一个巨大的脚印出现在大地上。

整个大地都震动起来，一股冲击波扩散开去，扬起无数尘土，远远一看，如同风暴。

“在老夫面前，你逃不走第二次。”

白家天人老祖淡淡开口，右手抬起，向着远处一挥。这一挥之下，四周顿时传出轰隆巨响，天地间出现了一个巨大的旋涡。

随着天人老祖转动右手，这旋涡疯狂转动起来，一股吸力传出，竟在某种程度上，好似形成了时光回溯！

这虽不是真正的时光回溯，但是依旧让四周的东西都朝旋涡而去。山石也好、草木也罢，都在被旋涡吞噬的一瞬，彻底粉碎。

与此同时，在远处的天地间，白小纯的身影出现。明明已经施展不死禁，想要逃走，可在天人老祖施展惊天之法的瞬间，他还是面色一变，术法被打断，身体竟提前在半空中显现出来。

白小纯刚出现，一股惊人的吸力就瞬间出现，仿佛牢牢地将其锁定，使得白小纯的身体竟猛然倒退，直奔那旋涡而去。

白小纯呼吸急促，眼看自己的身体飞速倒退，他猛地转身，双眼通红，身体出现重叠之影，双手猛地掐诀，向着四周挥开。

“水泽国度！”

四大分身刹那出现，环绕在白小纯身边，同时展开水泽国度。四周直接化作水泽，一声惊天动地的兽吼也从水泽内传出，与此同时，一根根巨大的利刺冲天而起。

轰轰轰！

这些利刺出现在白小纯四周，冲天而起之后又落下，直至五根弯曲的利刺再次拔地而起，那惊人的兽爪才出现。

远远一看，这一幕足以让世人震撼，那一根根如山峰般的利刺，弯曲的五根利爪似要撕裂苍穹，倾斜着抬起，向着旋涡所在，悍然拍下！

“这是什么！”

白家的天人老祖原本神情冷淡，在白小纯的本命之兽出现之后，面色为之一变。

第 619 章

天王旨

在他面色变化的一瞬，白小纯本命之兽的巨大兽爪，如五座山峰，带着毁灭一切的气势，直奔旋涡。

刹那间，双方就碰到了一起，声势滔天，八方震动，使得天地变色，风云倒卷，冲击波向着四周不断扩散。

只是，那毕竟是天人之力，白小纯的水泽国度虽强悍，但以他如今的修为，还是不够。此刻随着兽爪落下，兽爪模糊，很快，连同水泽国度都消失在天地间了。

只有一声不甘心的嘶吼余音不散，而这并非没有作用，旋涡发出咔咔之声，竟出现了五道裂缝。裂缝越来越大，眨眼间，旋涡就出现了溃散的征兆。

白小纯面色有些发白，喷出一口鲜血，他的所有分身此刻也口吐鲜血，急速融入他体内。

白小纯蓦然后退，抬头时，死死盯着前方那一脸难以置信之色的天人老祖。这时，白小纯右手已然取出了水晶魂塔。

白小纯眼神疯狂，气息不稳，身体颤抖。此刻他来不及紧张，死死地抓着水晶魂塔，灵识融入其内，只要心念一动，就可将魂塔内的最后一丝封印解开，使得其内的半神魂之力彻底爆发。

“老头儿，你不要逼人太甚！”

白小纯打算拼死一搏，琢磨着不知魂塔内的半神残魂能否灭去这老家伙。若真能做到，说不定自己可以再获得一个天人魂。

可这念头刚起，他就暗中摇头。他没有收魂的手段，尤其是这种天人陨灭后的魂，更难以收取，怕是只有半神修士才能做到。而更大的可能是无法击杀白家的天人老祖。

白小纯有把握，就算无法杀了白家的天人老祖，也能让此人重伤，且伤势短时间内根本就无法好转，更是会打破巨鬼城原有势力的平衡。

这时，白家天人老祖眯起双眼，看了看白小纯手上的魂塔，他没有从这上面感受到丝毫危险，目光随之落在白小纯脸上。

“还是小看了你……你很好，非常好……虽然老夫不知道你为何能一鸣惊人，但是我能感受到，你身上的血脉的确是我白家的，这样……就更好了。”

白家的天人老祖微微一笑，右脚抬起，正要一步走出。白小纯看到天人老祖的动作，此刻大喝一声，正要捏碎手中的魂塔。

可就在这时，突然，远处的天空猛然传来一声低吼。这吼声初听似乎很远，可仔细一听，又似乎很近，应该是有人正在飞速接近。

“白兄住手，本座奉巨鬼王之命，召见白浩！”

在这声低吼传来的瞬间，白家天人老祖面色猛地大变。他呼吸一急，猛然加速，一步落下，刹那间，出现在白小纯的面前，右手抬起，猛地一抓。

白小纯的速度也不慢。在天人老祖脚步落下的刹那，他瞬间将速度提升到极致，轰鸣间，猛地倒退开来。此刻，白小纯内心一动，没有立刻捏碎魂塔，而是让四大分身再次出现在身前，全力阻挡。

巨响又一次震天动地，白小纯的四大分身全部喷出鲜血，近乎崩溃，只能化作白光回到白小纯体内。即便如此，四大分身依旧为白小纯争取了一丝时间，他的不死禁得以再次施展。

白小纯的身体直接消失了，白家天人老祖眼中寒芒一闪，抬头看向不远处的空间。

“给我出来！”

一句话就代替天意，他所看的那片空间，白小纯的身影被逼出，刚一出现，他的嘴角就溢出了鲜血。此刻，他头发都乱了，而他四周的天地在这一瞬更像被挤压到了一起，眼看就要崩溃。

这时，一道金光从远处破空而来，如同瞬移般，刹那间就穿透了白家天人老祖主宰的这片天地，嗖的一声，直接出现在白小纯的面前。

那是一块散发金光的玉佩！

这玉佩上雕刻着一个头生双角的巨鬼，似正仰天嘶吼。玉佩出现后，立刻就让几近崩溃的虚无猛地一顿。

在白家天人老祖面色变得阴沉的同时，白小纯的身前，玉佩旁边，虚无扭曲中，一个老者走出。

这老者穿着一身黑袍，面无表情地走出后，一股不弱于白家天人老祖的修为波动强悍地爆发出来。

这老者全身冰寒，他站在那里，扭曲了四方。在这一方天地内，隐隐有两股惊人的神念正在隔空碰撞。

就连大地都震动起来。

看着玉佩以及出现的黑袍老者，白小纯的心脏怦怦加速跳动。他之前就琢磨着，白家出事后，其他家族或是势力说不定会借助这一次机会展开一些行动。

只是等了好久也没等到，眼下，似乎等到了，尤其是方才这黑袍老者还说到了巨鬼王！

白小纯眯起眼，心底有一些紧张。他不由得用力握住魂塔，做好了一旦不妙，自己还是要用半神魂的准备。

“无常，这是我白家的家事，你是何意？”

白家天人老祖阴沉地望着眼前这位黑袍老者，冷冷地开口。

“天王麾下，没有家事。”

黑袍老者平静地开口，向前走出一步，全身气势猛地爆发开来，形成了一股风暴，冲天而起。

“白子山，你要违抗天王旨意？”

白家天人老祖沉默，他看着黑袍老者半晌，面色越发阴沉，右手抬起，隔空一抓，远处白家族长的身体瞬间消失，再次出现时，就到了天人老祖的手中。

“既然是王爷召唤这叛徒，老夫自然不会抗旨。”

白家天人老祖咬牙，缓缓低下头，向着玉佩一拜，抬头时，看向黑袍老者。

“不过，老夫一定要去拜见王爷，问一个究竟！”

他一字一顿地开口，从头到尾都没再看白小纯一眼。之后，他转身一步离去，出现在苍穹上，一晃之下，消失无影。

随着他的离去，这片天地也平静下来，雷声消散，闪电隐去，恢复如常。白小纯心底也松了口气，可抓着魂塔的手依旧没有松开，而是警惕地看着眼前的这位黑袍老者。

这黑袍老者十分干瘦，鹰钩鼻，使得整个人的面孔看起来很阴冷。黑袍老者遥望白家天人老祖远去的方向，许久，才缓缓转身，目光如电，看向白小纯，似要看透白小纯。

“跟我走吧，从此之后，你的命不属于自己了，而属于王爷。”

黑袍老者淡淡开口，至于白家的天人魂，老者提都没提。毕竟此物属于白家，他不愿干涉太多。

第 620 章

巨鬼城

“胡说，小命是我自己的，不属于其他任何人！”

白小纯眼睛一瞪，有种强烈的冲动朝眼前的黑袍老者大吼一句。

可话到了嘴边，就完全变了样——

“晚辈拜见无常前辈，多谢前辈救命之恩！”

白小纯眨着眼睛，一脸感激，抱拳深深一拜。

“不用谢老夫，要谢，就在心里谢王爷吧。”

无常淡淡开口，右手抬起一挥，他的四周，十丈范围内，瞬间就模糊起来，更出现了扭曲，似要与天地分割。

白小纯内心一震，仔细观察后，暗中吃惊。黑袍老者的这种手段，不仅仅是分割，更像是挪移……如同拼拼图一般，把属于这里的一块图，拿到另一个地方。

这个念头刚刚在白小纯脑海里升起，瞬间，一声惊天动地的轰鸣在他耳边回荡，无常十丈范围内的大地刹那间消失。

两人再次出现时，就到了一座雄城之前。

此刻是晌午，阳光明媚，照耀大地，使得这雄城看起来更为惊人，如同一尊活着的远古凶兽，正向整个世界伸出獠牙！

这还是白小纯第一次来到巨鬼城，放眼看去，巨鬼城怕是有上万个白家城那么大。其内无数建筑雕栏玉砌，让人眼花缭乱的同时，也能感受到巨鬼城内有很多的魂修与炼魂师……

这种规模的城池，白小纯这一生也没遇到过，他感觉这里面居住的人怕是有千万都不止……

而更惊人的是巨鬼城所在的地方，是一个比巨鬼城还要大的天坑。

这天坑太大了，深不见底不说，更是一眼看不到边缘，哪怕白小纯用灵识扫过，也只能勉强探到尽头所在。

“这巨鬼城本就不小了，而这天坑怕是有数十个巨鬼城大吧！”

白小纯用力吸了口气，巨鬼城赫然是被一根从深坑内拔地而起的巨大柱子，生生托起的城池！

城池下就是天坑，天坑中时而幻化出无数狰狞的头颅，向着四周发出无声的嘶吼。那是数不清的鬼魂。

这些鬼魂几乎环绕了整个巨鬼城。

而在城池的四周，存在一条条紫色的铁链，这些铁链中任何一个铁环都足有一人多大，锁在一起后，如同桥梁般，连接了城池与天坑边缘的岩壁。这些铁链显然就是巨鬼城的出入口。

此刻，白小纯看到，无数长虹在临近巨鬼城时，都不再飞行，而是相继落下，踏着铁链而去。

来也好，去也罢，都是如此。

这时，他看到了一尊让他呼吸都停顿了一下的惊人雕像。

那是一尊头生双角，全身青色的巨鬼，它屹立在那里，仿佛正在支撑天地一般，而在这雕像的头顶上，赫然存在一座王宫。

那王宫有些模糊不清，可是能修建在这种地方，其内居住的是谁，已经不需要白小纯猜测了。

“那里面，一定是巨鬼王……”

白小纯凝神抬头，看去的同时，也感受到王宫内传出了一股笼罩整个天地的威压。

这威压给人一种强烈的感觉，仿佛居住在王宫内的不是人，而是一位神祇！

而在这尊巨鬼雕像抬到胸口高度的双手上，也赫然存在两座宫殿，其上各自竖着一块巨大的石碑，左手无常，右手阴冥。

白小纯看到这一幕后，心神巨震，立刻就判断出，这必定是天人的居所，而左手的无常，十有八九指的就是自己身边的这位黑袍老者。

对巨鬼城，白小纯也并非那般陌生，实际上在白家的这些日子，他打探了不少，有一些大概的了解。

比如他知道巨鬼城分为内外两城，其中内城戒备森严，没有一定的身份，不可踏入，且都是巨鬼城的勋贵才有资格居住。

而外城则是巨鬼城子民的居所，很热闹。

内城与外城之间被一条护城河隔断。护城河内的水有半神所下的禁制，威力极大，没有特殊的令牌，无法踏入，触之则融骨销魂。

白小纯心脏忍不住加速跳动，他不知道被带来后，巨鬼王会如何安排自己。他此刻心中忐忑，只能露出乖巧的样子，跟随在无常的身后，心底琢磨着，不管巨鬼王如何安排，自己能顺利到巨鬼城，也是好事。

“面具能瞒过白家阵法以至天人，那么瞒过传送阵应该没什么问题吧？”白小纯心里嘀咕。

一路上黑袍老者无常面无表情，一言不发，带着白小纯没有走铁链，而是直接横空而去，飞跃间，踏入巨鬼城。

在黑袍老者无常进城的瞬间，下方那些守护在这里的魂修侍卫，一个个都目露狂热，恭敬地跪拜下来。

“拜见无常公！”

一路都是如此，在拜见时，这些人也在偷偷打量着白小纯，白小纯也看到了这些侍卫。他琢磨着巨鬼王召见，自己若是表现得好一些，让这无常公给自己说说好话，说不定能在巨鬼城内混个一官半职。这样的话，白家又能如何？

“不行，这里太危险，还是想办法早点去传送阵，看看怎么回边墙吧……只是可惜，我还缺一个天人魂。”

想到这里，白小纯打起精神，随着无常公而去。

无常公直接带着白小纯穿梭而去，速度极快，也就是几次呼吸的时间，就带着白小纯到了内城与外城之间的护城河旁，站在那里，不动了。

这护城河的水是黑色的，给人一种很危险的感觉。白小纯看了看后，赶紧退后几步，眼巴巴地望着无常，心底诧异对方怎么不走了。

“前辈，那个……我们不是要去那里吗……”白小纯眨了眨眼，小心翼翼地一指远处的巨鬼雕像。

“李旭，还不来见我！”

无常没理会白小纯，而是淡淡开口，声音没有传开太远，却让护城河波动起来，瞬间出现一个旋涡，这时三个中年男子从旋涡内急速飞出。

白小纯觉得不对劲，赶紧看去，只见最前面的人，穿着青色的长袍，修为虽不是天人，但也是半步天人。他身后二人则在气势上弱一些，明显是以此人为主。

这青衣男子神色极为恭敬，飞出后立刻到无常的面前，抱拳深深一拜。

“末将李旭，拜见无常公。”

“此人白浩，送到你这里，给他在魔牢安排个狱卒的身份吧。”

无常淡然开口，一指白浩后，没再有第二句话语，转身一晃，直奔巨鬼雕像而去。

王爷给他的任务，是把白浩带回来，给个身份。至于什么身份，这种小事，巨鬼王自然不会理会，无常也没考虑太多，索性直接将其扔到了巨鬼城的魔牢。

李旭三人连忙称是，并恭送无常。

“魔牢！狱卒？”

一旁的白小纯闻言也愣了一下，他本以为巨鬼王会召见自己，又或者能给自己一个如侍卫一般的身份，却没想到，居然将自己送到魔牢做一个狱卒……

第 621 章

我想远走高飞

这不是他第一次听说魔牢，当初白齐就打算把他扔到魔牢里。因此，白小纯好奇之下，让周一星打探了一番，知道巨鬼城的魔牢凶名赫赫，里面关押的几乎都是那种犯下大罪，却因种种缘故没被斩杀，而是封印了修为的穷凶极恶之人……

巨鬼城内有一个说法：死不可怕，可怕的是被关押在魔牢内，让你生不如死。

“我堂堂万夫长，岂能在这里当狱卒……”

白小纯内心不服，可又一想大丈夫能屈能伸，于是琢磨着自己先虚与委蛇一番，然后找机会去传送阵，看看怎么回家。

可还没等他开口说什么，李旭三人眼看无常远去，便缓缓直起了腰杆，尤其是李旭，摆出一副不怒自威的模样，冷冷地打量了白小纯一番。

“你就是白家的那个白浩？”

他语气冷淡，似对白小纯有些不喜。实际上不仅仅他如此，他身后的两个副手也是这般，看向白小纯时，一样淡漠。他们脑海里浮现的是这段日子有关白浩的种种传闻，知道这是一个心狠手辣、六亲不认的家伙，且似乎十分隐忍，击杀了不少族人。这样的狠角色，他们既不愿多接触，也不愿得罪。

“把你在白家的那套收起来，来了这里，一切要按照李某的规矩来。在魔牢，李某就是天！今日魔牢不开，你明天这个时候再来这里等着。”

李旭声音越发冰冷，不等白小纯回答，他就袖子一甩，眨眼间，河面上就出现了一个大洞，直通河底。

李旭没有理会白小纯，当先一步迈去，踏入河底，他身后两个副手连忙跟随。

“走了？！”

白小纯怔了一下，瞪起眼睛。这明显是一个下马威，要让白小纯知道，魔牢不是那么容易进去的，且进去后，更要夹着尾巴做人。

“什么破地方，我还不去了呢！”

白小纯也生气了，他觉得自己身为万夫长都勉强同意做这个狱卒了，可对方居然还要给自己来个下马威。

想到这里，白小纯冷哼一声，转身就走。

整个巨鬼城庞大无比，仅仅是外环区域，就看不到边际。此刻正是晌午，人更多，无论是魂修还是炼魂师，都有不少。

毕竟这里是蛮荒五大城池之一，坐镇一方天地，笼罩八方，可以说是此地一切资源的中心了。

几乎所有能买到的物品，巨鬼城内都有，尤其是一些热闹的街道上，更是人来人往，距离很远都能听到鼎沸之声。

天空中经常有一队队巨鬼城的侍卫呼啸而过。在巨鬼城中，天人以下者，不可升空飞行，能在半空中飞过的大多是那些侍卫。

白小纯带着一肚子气，更有不忿，便在巨鬼城内转悠起来。至于传送阵所在的地方，不是秘密，他稍微打探一下，就知道了方位，向着那里快速走去。

“天人魂，小爷我不要了，等回到边墙后，再想办法。”

这么想着，他距离传送阵越来越近。

巨鬼城的传送阵修建在北方，那里有一个很大的广场，正中间有一道圆形的巨大光门。此门仿佛是竖起的阵法，散发出明亮的光芒，时而扭曲，有魂修以及炼魂师进进出出，至于魂士则不多见。

白小纯到来时，已到黄昏，他目光一扫，看到传送阵的四周，驻扎了不少巨鬼城的侍卫，显然是守护在此地的人。

可这些，白小纯已经不怎么在意了。他目光炯炯，看着传送阵。他明白，只要顺利踏入那里，就可以回边墙了。哪怕只是回到边墙外面的未知区域，只要距离近了，他完全可以直接飞回去。

想到这里，他的心脏不由得怦怦地加速跳动，只是他还有一些迟疑。因为在白家的那段时间，他听人说过，这传送阵似乎对身份排查很严格。

白小纯在思索，没有立刻靠近，而是站在远处，凝神观察。

看着看着，白小纯的面色就有些变了。他发现，但凡有魂修走入传送阵，在传送阵开启的瞬间，似乎就有一股波动从传送阵上散出。这波动很古怪，他看不明白。

观察了许久，白小纯才确定这波动应该就是判断身份的术法……

“我的面具，应该可以吧……”

白小纯犹豫了一下，眼看已到黄昏，狠狠一咬牙。

“总要去尝试一下！”

白小纯平静了下呼吸，一晃走出，直奔传送阵。四周那些侍卫没注意白小纯，在白小纯缴纳了一些魂药后，任由他走向阵法。

这几步，白小纯走得很紧张。他控制着自己的呼吸，站到巨大光门前面，目露期盼。

“一定要成，成了的话，我就远走高飞了！”

白小纯使劲吸了口气，抬起脚步，一步落下，身体就与传送阵直接接触。

可就在接触的瞬间，白小纯就内心狂震，他竟察觉到有某种冰冷麻木似器灵一般的东西直接落在自己身上，似乎要钻进去，试图搜自己的魂。

似乎只有搜魂后，确定了身份，才可以传送。

好在有面具在，还能阻挡一下，却不能阻挡太久。最重要的是白小纯明显察觉，若自己过不了这一关，无法在搜魂中被确定身份，传送就不可能开始。

白小纯一惊，趁着面具还在阻挡，猛地退后，直接退出了传送阵。他这一退后，顿时就引起了不少人的注意。

“罢了罢了，我还是不走了，这里才是我的扬名之地啊！”

被这么多人注意，白小纯有些紧张，连忙高呼一声，转身就走。

尽管其他人感到有些奇怪，可白小纯速度飞快，直接就钻入人群内，消失不见了。此地众人迟疑后，也就没有再理会。

人群内，白小纯面色苍白。

“怎么办，怎么办……传送阵用不了啊！”

白小纯欲哭无泪，这传送阵本是他最大的希望，眼下却发现根本用不了……

半晌后，他眨巴眨巴眼，长叹一声，觉得自己的命太苦了。此刻，他垂头丧气，在巨鬼城找了间客栈住下，琢磨了一整夜。当第二天到来时，白小纯红着眼走出。

“既然回不去，那我就只能在这里崛起了。难道是命中注定，要我在这里一飞冲天……唉，好烦啊，我很低调的。”

白小纯抬头看着苍穹，无奈地长叹一声，乖乖地向着护城河走了过去……

他思来想去，觉得自己还是要去魔牢，最起码，有那么一个身份，算是暂时化解了白家与自己的纠葛，总体来说，也算一件好事。

当白小纯来到护城河外时，时间还早。白小纯盘膝坐下，愁眉苦脸地等了起来，直至黄昏再次降临时，那护城河内才突然出现了旋涡。昨日李旭身后的副手之一——一位中年男子，面无表情地走了出来，看到白小纯后，点了点头。

“跟我走吧。”

说着，男子转身踏入护城河上的旋涡内。

第 622 章

魔牢

白小纯心底不断叹息，觉得自己堂堂万夫长竟然如此憋屈，可一想到现实，他就反复深呼吸，开解自己……

“也罢，我白小纯这么优秀，在任何地方，都可以让人刮目相看！”

白小纯给自己打气时，眼睛四下扫过，不时看向中年男子。他知道，昨日那李旭显然就是魔牢的头领，也是自己以后的上司……而眼前这位，应该是李旭的副手。

“快点，慢了的话，你就在外面再等一天吧。”

此人有些不耐烦。

“我没得罪这家伙啊！”

白小纯心底纳闷，可不得不暂时向现实低头，立刻快走几步，进入旋涡。

二人刚进入护城河，就消失在旋涡中，直奔河底而去。作为李旭的副手，这位中年男子修为不俗，他的身上有令牌飘出，散发出柔和的光芒，将白小纯也笼罩在内。这光芒似与护城河的禁制呼应，使得四周的河水无法靠近。

白小纯一路也有些忐忑，看向四周，可这里一片漆黑，根本就看不清晰。尤其是黑色的河水，给白小纯一种危险之感，似乎这护城河中还藏着什么惊人的凶兽。

白小纯保持着警惕，跟着中年男子继续行走。很快，白小纯就看到下方的一片漆黑中，隐隐出现了两道绿色的光芒。

这两道绿芒散发出阵阵幽冥之意，尤其是在漆黑的河底，如眼睛一样，让人触目惊心的同时，全身汗毛竖起。

白小纯看前方的中年男子毫无反应，这才迟疑着继续跟随。随着靠近，绿光也越来越大。

直至完全靠近，白小纯才看清那是什么东西。这护城河底赫然存在一尊巨大的石像！

这石像并非人形，而是一只庞大的乌龟，或者是玄武。它趴在河底，身体宽大，全身上下散发出一股波动，而之前白小纯看到的两道绿光就是乌龟雕像的双眼。

更有一股无法形容的煞气在石龟上似被封印，煞气无法外散，否则的话，一旦散开，必定让天地变色。

白小纯觉得这石龟有些眼熟，多看了几眼后，眼睛瞪了起来，内心更是咯噔一声，脑海有闪电骤然划过。

“这石龟，怎么与小乌龟有些相似……”

白小纯的心脏怦怦加速跳动，小乌龟失踪了好久。白小纯在储物袋内找过，却没找到。他有种感觉，小乌龟应该还在储物袋内。

白小纯惊疑不定时，中年男子已直奔石龟的左眼而去。白小纯赶紧收起思绪，跟随在后，很快就随着对方，进入了石龟的左眼。

此地存在一层膜，阻止黑水没入。中年男子的令牌柔光一闪，整个人就毫无阻碍地穿进去，接着一指白小纯，使得白小纯也没有阻碍地踏入了石龟的左眼中。

出现在白小纯眼前的是巨大的石窟，这石窟四周有不少锋利的岩石。此刻有四个魂修正恭敬地站在那里，眼看中年男子出现后，他们赶紧抱拳，深深一拜。

“拜见左护法！”

声音十分冰冷，不带一丝感情，尤其是他们的目光，似乎一眼就可以看穿人心。白小纯多留意了几眼，发现这四人居然都是元婴修士。

“这魔牢不简单啊！”

白小纯若有所思，看向四周，这石窟四方有四条通道，在头顶上方，还有第五条通道。

“孙鹏，此人是新来的狱卒，典狱长交代送到丁区，你去安排。”中年男子淡淡开口，吩咐一声，便背着手，直奔头顶上方的第五条通道而去。

至于其他人也都在一拜后，看都不看白小纯一眼，就从四周通道离开了，只有一个老者留在原地，皱着眉头，看向白小纯。这老者应该就是孙鹏了。

“能让李旭交代，左护法亲自安排的人，按照道理来说，应该被送去甲区才对……却送到了我丁区。”

孙鹏觉得此事有些不对劲，便向着白小纯微微一笑。

孙鹏已经尽量让自己笑得和善一些，可落在白小纯眼中，这笑容还是很瘆人。孙鹏皮笑肉不笑，配合他身上的阴冷之气，这笑容如同阴风吹在了脖子上。

“这位道友，叫什么名字？”孙鹏目中带着探究，笑着问道。

“我叫……白浩。”白小纯眼睛眨了眨，小心翼翼地报上名字。

“白浩、白浩……白？”孙鹏听到这名字后，琢磨了一下，随即眼睛猛地睁大，追问了一句，“白家的白浩？”

“是啊，我就是白家的那位白浩。”白小纯眼看就连孙鹏都听说过自己，心中不由得有些得意。

可他的回答让这位老者立马吸了口气，终于知道此人为何会被李旭送到丁区来了。

“这就是一个烫手的山芋啊！能让李旭交代，左护法安排，显然上面还有其他人的吩咐。而能一言就决定此事的，必定身份极高，应该是无常公……能让无常公出动的，就只有天王了。”

“此子被白家通缉，天王却将此子送到这里……”老者不敢去想，这里面的事情太大。此刻他叹了口气，却不愿得罪白小纯。尤其是想到传闻，白浩可是六亲不认，连自己亲爹都可以绑的家伙，且一向隐忍，心狠手辣……

“白浩道友，欢迎加入我魔牢丁区。来来来，我为你介绍一下魔牢。”孙鹏干笑一声，带着白小纯，走向北侧的通道。

“我魔牢虽在石龟内部，但实际范围极大，有五处额外的空间，也因此，划分了甲乙丙丁以及中心区域。其中，中心区域是典狱长大人的居所，也是我魔牢的核心之地，平日里不经召唤，不得入内。至于甲乙丙丁四区，则关押着犯人，以犯人的重要程度来划分。最重要的那些犯人都在甲区，以此类推，到我们丁区的，虽任何一个放出去都是穷凶极恶之辈，但与甲区的比较，都如小孩子一般。而每一个区，都有一百个狱卒、十个队长以及一个牢头。老夫就是丁区的牢头。在四大区的牢头之上，就是典狱长了……”

孙鹏一路带着白小纯直奔丁区，途中介绍得很详细。他心中已经打算好了，“白浩既然到了自己这里，而自己又无法将其送走，那么索性供着就是，丁区那么多人，也不在乎多一个狱卒，仅此而已。”深入接触的事情，他是绝不会做的。

一番介绍后，孙鹏带着白小纯到了丁区。丁区范围不小，中心位置有一个广场，上面竖着一扇巨大的光门。

这光门散发出强悍的威压，不时传出阵阵嗡鸣之音。

十片区域环绕这光门，按照孙鹏的介绍，这十片区域分别是他麾下狱卒的居所，而那巨大的光门则是牢房入口。

放眼看去，十片区域几乎一模一样，那一处处居所，排列整齐。虽都是青石修建，但不知是不是受了魔牢的影响，白小纯看去时，总觉得这些居所充满了阴森之气。

“唉，终究还是成了个狱卒。”

白小纯心里感叹道，依旧对无法利用传送阵离去之事感到郁闷。

第 623 章

面对现实

孙鹏将白小纯匆匆扔到第九队后，就如无常以及李旭一样，赶紧离去了。第九队的队长虽平日里不受待见，但毕竟也是孙鹏的手下。临走前，孙鹏还是暗中告知了对方的身份。

一听到眼前清秀的青年居然就是传闻中的白家叛子，第九队的队长——一位看起来四十多岁的中年汉子，立刻心神一凛，看向白小纯时，越发留意起来，并且快速传音给他麾下的狱卒，告诉他们白小纯的身份。

于是，当白小纯笑眯眯地说出自己的名字后，第九队的那些狱卒，一个个都打量过来。这些人看起来不算太冷漠，可也不热情。毕竟这段日子，白小纯的名气实在不小。他们都觉得这是一个心狠手辣、六亲不认的人，少招惹为妙。可还是有几人有些冷漠不屑，显然觉得传闻并不可信。

整个第九队，在白小纯来之前，算上队长，正好是十一人。白小纯来了后，就变成了十二人，里面没有女性，都是男的，年纪也大都是中年。至于修为，居然没有筑基，都是结丹。

这样的阵势也越发说明了魔牢的重要性。

眼看大家对他不冷不热，白小纯有些尴尬，第九队的队长连忙打圆场，给他安排了居所后，便笑着开口。

“白浩，你好好休息，实际上魔牢内每天都没什么事，大家也是对你不太熟悉，以后你们熟悉就好了。”

说完，第九队的队长才告辞离去。他的想法很简单，这样的煞星，既然没法拒绝，那么好好相处就是，不可太接近，也不能过于冷漠。

眼看队长离去，白小纯觉得队长人挺好的，比那个无常公与李旭好多了。他回头看了看自己的居所，这里不大，只有一张床以及桌椅，看起来很简陋，不过这四周的阵法倒很玄妙，似乎与石龟连在了一起，使得其具备不俗的防御之力。

“唉，莫名其妙地就成了狱卒……”

白小纯盘膝坐下，愁眉苦脸。这两天发生的事情有些复杂，从白家老祖出现，无常公现身，发现传送阵不可用，直至现在自己成了狱卒。

“罢了罢了，狱卒就狱卒吧，不过现在最重要的是我的安全问题……还有就是要与其他人处好关系……关系好了后，有事情的时候，大家才会帮我。”

“虽不知为何巨鬼王要救我，但我暂时应该是安全的，就是不知这安全能持续多久……”

白小纯长叹一声，一想到自己之所以面对如今的局面是因天人魂，他就内心颤抖，狠狠一咬牙。

“都怪红尘女，还有陈贺天！”

“罢了罢了，不去考虑传送阵了，只有让自己修为提高，再想其他办法回边墙……我现在已经有了四个天人魂分身，只差最后一个金属性的天人魂了，凑齐之后我就可以成就天道元婴！”

白小纯内心纠结，他觉得自己现在如同走在悬崖上，一个不小心，就会摔下去。

可他没有别的办法，传送阵无法用，眼下只能向前走，除非他放弃天道元婴。可那样的话，他这一生就能看到尽头了。即便还能再活一千多年，也实现不了自己的梦想。

想要追求更高的境界，就必然要走悬崖，而且这也是回家的希望所在。白小纯在纠结的同时，只能咬牙坚持下去。

实际上，从修行到现在，白小纯无论是在灵溪宗、逆河宗、星空道极宗，又或者是在边墙，都较为顺利，直至去了葬宫又来到了蛮荒，他才真正感受到什么叫寸步难行。

“只要再弄到一个金属性的天人魂，我……我就再也不拿自己的小命开玩笑了。”

白小纯哭丧着脸，此刻抓心挠肝，对金属性的天人魂的渴望已经到了极致。

“什么地方能再弄到天人魂呢……而且必须是天人金魂才可。”

“那巨鬼王身为半神强者，他一定有，可我弄不到啊！”

白小纯使劲抓了下头发，冥思苦想，也没有头绪。

“我对巨鬼城虽有一些了解，但还是不全面。至于巨鬼王为何要救我，我也想不明白……”白小纯拿出玉简，向周一星与李峰传音。一方面让他们不要在那里等着了，来巨鬼城；另一方面，则是询问李峰关于巨鬼城的事情。

很快，白小纯就从李峰那里得到了极为全面的消息。他看着玉简，睁大了眼，内心一震。

“五大天人……”

巨鬼城的最强者自然是半神天王，而在天王之下，还有五公十侯，这五公都是天人，而那十侯，大都是半步天人。

这五位天人，其中有三位是三大家族的老祖。另外两位，一个是无常公，还有一个则被称为阴冥公。

至于十侯，则掌握了巨鬼城的十大军团，这些人算是巨鬼城的勋贵之辈，任何一个都可以说是大人物。

同时，白小纯也从李峰那里得知，三大家族的老祖表面上看起来遵从巨鬼王，可实际上，他们相互抱团。

“可就算这样，巨鬼王身为半神强者，一巴掌过去，就算三个天人也能被拍死啊！”

白小纯十分诧异，觉得这里面似乎有问题，可具体的事情李峰就不知道了，只知晓的这些都是传闻。

“这么看来，巨鬼王之所以救我是为了试探白家？可还是讲不通，他是半神啊……”白小纯沉吟半晌，接着瞪大双眼，但很快又迟疑了。

这里面的事情有些复杂，白小纯得知的信息太少，难以判断。可他感觉，似乎是三大家族联手后，拥有了一些撒手锏，可以与巨鬼王达成某种程度上的平衡……

而这平衡显然是巨鬼王不愿看到的。

“我的猜测应该十有八九是对的，这么去分析的话，只要巨鬼王不愿被这种平衡所掣肘，我就会一直是安全的，起码在巨鬼城里是这样……”

“我要尽快想办法弄到天人金魂，在危险到来前，拿到天人魂，赶紧逃走。”

白小纯愁眉不展，觉得自己真是命苦，深吸一口气，打定主意，闭目打坐，在脑海里推衍十三色火的炼制方法。

炼制十三色火比十二色火更难，对灵识也有要求，若是在获得白家天人魂之前，白小纯是做不到的。

可眼下，第四具分身出现，使得白小纯的灵识比之前强大了很多。他有把握，自己将白浩的笔记融会贯通后，可以炼制出十三色火，甚至也会对十四色火有所领悟。

白小纯在魔牢的第一夜就这么过去了。在魔牢内，虽然看不到外界的日月苍穹，但这里的阵法可以幻化出白天与黑夜。

当外界从漆黑变得明亮起来，白小纯依旧沉浸在推衍中，直至黑夜再次降临，一晃过去了三天。

三天里，没有人来打扰，白小纯也沉浸在感悟中。直至第四天清晨，在天亮的一刻，白小纯才蓦然睁开双眼，看向大门。不多时，有声音从外传来。

“白浩，今天是我们第九队巡逻，都在等你了。”大门外，第九队队长的声音传来，“这也是你第一次随队去牢房，去看看我丁区的大牢内关押的那些重犯吧。”

第 624 章

他们这是要干吗去

“重犯……”白小纯赶紧起身，走出房门时，看到第九队的队长，正在大门外，面带微笑看着自己。

“队长，你怎么亲自来了，有什么事，你喊我一声就行了。”

白小纯想到自己要与大家处好关系，此事对他来说，实在太简单了。他丝毫没有傲慢之心，也没有高高在上之意，反倒如小人物一般，脸上带着尊敬之情，立刻上前，向着第九队队长抱拳一拜。

对这第九队队长，白小纯观感很好，此刻这一拜，看起来更是诚意满满。

这让第九队队长愣了一下，实际上他来这里也是无奈。魔牢有规定，巡逻之事，必须全队所有人都参加。若是身为队长的他没有通知白浩，到时候，白浩没来，追查起来，便是他的责任。

而其他人都不愿意与白小纯接触，他想到关于白浩的那些传闻，十分头痛，只能亲自前来。他本想着意思一下就可以了，若白浩不来，则与他无关。

可是，他怎么也没想到，外界传闻心狠手辣，杀了大量同族，叛出家族甚至绑了自己亲爹的白浩，竟对自己这么客气。

“无妨，你是我们第九队的狱卒，又是刚刚进来，我来通知你也是应该的。白浩，我们魔牢内的一切，对外人来说都是绝密。能进牢房区域的，只有两种人，一种是犯人，一种就是我们狱卒！”

第九队队长哈哈一笑，对白小纯的感觉好了不少，脸上的笑容也多了一些，甚至还主动介绍了不少关于魔牢的情况。

“队长，那些犯人大都什么修为？”白小纯跟在队长身后，边走边好奇地问道。

“不管什么修为，来到我们魔牢，就算是条龙，也要趴着！”队长傲然一笑，带着白小纯走向远处广场中心的圆形光门。

白小纯好奇心更重了，他觉得自己这一辈子，好多事情都经历过，唯独没有来过监狱。眼下想到自己要亲眼看看巨鬼城声名赫赫的魔牢，心底多少有些期待。

此刻，在光幕旁，第九队的其他人早就到来了。他们看向白小纯时，神色有些不耐烦，心中多少有些不悦。

“诸位兄弟，我刚来这里，不太懂规矩，让大家在这里等我，实在是不好意思。”

白小纯立刻就看出了端倪，想着自己不知要在这里待多久，于是赶紧上前。他用的是白浩的模样，白白净净的，看起来很秀气，此刻说话又柔和，使得众人的不悦之意也淡了一些。

毕竟白浩名气在外，大家都知道这是一个狠主，而这样的人，能开口解释，且言辞客气而又热情世故，让这些狱卒都有些诧异，不好再多说什么，况且白小纯一副笑眯眯的样子，也让人生不起气来。

尤其是白小纯很主动地站在众人后面，一副其他人是大哥的模样。他们心底虽然怪怪的，但对白小纯也没那么冷漠了。

可还是有一个长脸青年，神色阴沉地冷哼一声。他似乎在第九小队的地位很高，冷哼后，其他狱卒也对白小纯再次冷漠起来了。

白小纯有些不高兴了，看了看那青年，心想，自己没得罪此人啊。

“人都齐了，我们进魔牢！”

第九队队长装作没看到，哈哈一笑，袖子一甩，立刻取出一枚令牌，一指光门，顿时光门轰鸣，缓缓出现了一道裂缝。

他当先一步直接踏入，其他人陆续进去，白小纯在最后，带着好奇，赶紧顺着这个裂缝，进入光门内。

白小纯感觉如同传送一般，仿佛这天地正在挤压自己，让人很不舒服，好在这感觉没有持续太久就很快结束。当眼前变清晰时，他立刻就看到了一个奇特的世界。

这里没有天没有地，有的只是一片虚无，还有一条条骨链。这些链子从上方垂下来，看不到尽头所在，好似生长在无尽的虚无中。

而骨链的末端拴着一个个骷髅头，这些骷髅头每个都有数丈大小，看起来很狰狞。放眼一望，这片虚无之地，怕是有上万骷髅头。

其摆放的位置似蕴含了某种规则，虽看起来密密麻麻，但仔细一望，似乎形成了一个大阵，且彼此之间靠得不是很近，还有些距离。

这些骷髅头就是牢房！

它们的颜色并非都是白色，而是在不断变化。而每一次变化，似乎都会有特殊的神通作用。骷髅头内部时而传来阵阵凄厉的嘶吼。

那些发出嘶吼的都是里面的犯人。

这些犯人正被关押在一个个骷髅头内。他们衣衫褴褛，有男有女。这些人有的淡漠，有的憔悴，可无论哪一个，白小纯在看去时，都能感受到他们身上的煞气与凶残。

还有不少犯人零散在外。有些穿着灰色长袍的魂修身上也有镣铐，显然也是犯人，只不过他们不用被关在牢房里，而是在外走来走去，不时呵斥牢房内的人。这些人中也有不少女子，还有一些长得十分妖艳。

在看到第九队的狱卒现身后，这些穿着灰袍的魂修都身体一颤，从四周聚集过来，还没等靠近，他们就一个个跪拜下来，满是阿谀奉承之意。

这一幕让白小纯有些发蒙，不知道这是怎么回事。

“好了，这一次巡逻是三天。前三个时辰，按照老规矩，大家自己找乐子吧，谁也别给我捅出什么篓子来！”第九队的队长向着身边的狱卒低喝了一声。

“三个时辰后，都在周老魔的牢前集合，看看这一次能不能撬开他的嘴。”第九队队长一说完，白小纯身边的那些狱卒一个个面带笑容，纷纷散开。

这些人一散开，白小纯就看呆了。

他看到那些跪着的灰袍犯人立刻簇拥住了自己的那些同僚，有的在给狱卒捏肩膀，有的则是点头哈腰地低声说着什么，几乎每一个狱卒的身边都有不少犯人。

“这些人是魔牢的协管，他们都是罪行不是特别重，且性格温和之人，在这里的生活的好坏，都在我们的一念之间。”看到白小纯在发呆，第九队的队长笑了笑，低声开口。

“至于那些骷髅头内的，都是重犯。比如这老头，就是当年触怒了王爷，被关在这里的，如今已有二百多年。因没什么秘密，也就没人理他，让他在这里自生自灭了。”第九队的队长指着不远处的一个骷髅头牢房说道。

那牢房内，坐着一个老者，这老者脸上有一块红色的胎记，看起来很狰狞。此刻，他正闭着眼睛，似乎对外界的一切，都不愿理会。

“行了，你也去自己找乐子吧，在这里，我们就是神灵，决定他们的生死，决定他们的生活好坏。所以……只要不是特别过分，大部分要求，他们都会满足我们。”队长简单地介绍了一番，挥手说道。

白小纯觉得不可思议，这与他想象中的魔牢似乎有很大的不同。

第 625 章

我白小纯那么单纯

“对了，记得不要招惹那些被关押在牢房里的家伙。那些人，任何一个都是穷凶极恶之辈。曾经出过意外，一个修为明明被封印的犯人咬下了一位狱卒的耳朵。”第九队队长叮嘱一番后，迅速远去。

白小纯吸了口气，算是开了眼界，看向四周。不少灰袍犯人早就将目光投在了白小纯身上，看他眼生，猜出这是新来的狱卒，于是立刻簇拥过来，连连拜见。

“拜见大人……”

“大人有什么需要，可以和我们说……”

“大人年纪轻轻，就成了魔牢的狱卒，前途无量，人中之龙啊……”

这一切，让白小纯的心脏加速跳动。

“这里太邪恶了！”

白小纯呼吸有些急促，他觉得这里不适合自己，发起愁来……

“没想到魔牢是这样的，我白小纯那么单纯，在这里，我该怎么混下去啊……”

白小纯被这些灰袍犯人带走了……这一路，他算是见识了什么叫魔牢。

“我白小纯是个洁身自好的人，绝不会干出违背良心的事情！”

三个时辰后，白小纯心满意足地走在魔牢内，笑呵呵地按照那些灰袍犯人的指引，去了队长指定的集合的地方。

他到来时，队长已经在这里了，还有六七个狱卒，一个个都在那里低声交谈，时而发出笑声。其中有一人，正是那位长脸青年，他原本还在笑谈，可看到白小纯后，脸色立刻就变阴沉了，面露不喜。

那位长脸青年瞧不起这白家的叛子，对这种绑了亲爹，击杀族人的事情，更是厌恶，在他看来，这种人根本不配进入魔牢。

且他与白齐交情不错，所以对白小纯更为反感。

其他狱卒眼看如此，也都装作没看到白小纯。

白小纯站在一旁，尴尬的同时，更生气了。

“这家伙什么意思，欺负我？”

白小纯衡量了一下双方的修为后，立刻瞪起眼。长脸青年也是目光一闪，冷冷地看向白小纯。

眼看二人似有矛盾，队长走来，站在二人中间，指向不远处的骷髅头。

“行了，要说正事了。白浩，看到了吗？那就是周老魔。”

长脸青年收回目光，冷哼一声。白小纯也压下怒意，顺着队长所指的方向看去。

被队长所指的骷髅头有数丈大小，里面盘膝坐着一个大汉。这大汉哪怕是坐着，身体也有半丈多高，可以想象，一旦站起，虽不如魂士，但是绝对相当魁梧。

这个大汉眼中带着红光，嘴角不知是不是刻意的，扯出狰狞的笑容，看向狱卒的目光带着一股贪婪。白小纯看到后，立刻就感受到了这魁梧大汉的可怕之处。尤其是那种桀骜不驯的感觉以及那全身的煞气，哪怕他修为被封印了，依旧让人触目惊心，一看就是杀人如麻之辈。

“这就是周老魔了，这家伙杀人如麻，偏偏此人与三大家族中的蔡家有极深的关系，不知用了什么办法，居然被免了死罪！”

白小纯听到这里，也皱了下眉头。他不是那种别人说什么就信什么的人，凭他的判断还有周老魔的状态，他觉得队长说的虽然有些夸张，但必定还是有一部分事实。

“不过他这一生就要在这里饱受折磨了。”队长冷冷地开口。

这时，第九队的其他狱卒也陆续归来，很快人就齐了。

“开始吧，这不是我们最后的机会吗？”

队长袖子一甩，四周那些狱卒一个个面色阴沉，直奔周老魔的牢房而去。

眼看众人到来，周老魔嘴角的笑容更为狰狞，目中红光闪动，在众人临近的瞬间，他猛地站了起来，冲向骷髅头的眼睛位置，向着外面猛地大吼一声。

这一声大吼，立刻让众人脚步一顿。

"一群废物，我周云隆在外横行时，如你们这样的人，不知杀了多少。"

"闭嘴！"

立刻就有狱卒上前，掐诀间，一指骷髅头，顿时骷髅头颜色不断变化，其内更是出现了闪电。轰鸣间，周老魔全身颤抖，声音也凄厉起来。

"说，宝藏在什么地方？"

"说出来，我们也不折磨你，可你若不说，就不要怪我们了！"

"周前辈，你又何必如此？到了这里，注定是出不去了，那些身外之物又有何用？不如说出来，买个平安，在这里度过余生不也挺好的吗？"

第九队的狱卒，一个个都露出凶神恶煞的样子，不断使出各种手段。

软硬兼施，所问的都是宝藏。队长甚至动刑逼问，只是无论他怎么做，周老魔都只是惨叫，死活都不说。

"不说是吧，我来逼问他！"那长脸青年冷笑，一步走出，站在牢房前，冷冷地开口。

他一走出，其他狱卒顿时就兴奋起来。

"赵峰是我第九队的鞭手，他出手的话，一定可以撬开周老魔的口！"

"没错，这一次其他八个小队没成功，说不定赵峰能行！"

就连队长也面露期待，白小纯有些不解，隐隐觉得，长脸青年之所以在小队的地位高，或许与他是鞭手有关，于是也看了过去。

只见长脸青年在牢房旁，双手掐诀，立刻有一根根黑色的针出现，直奔周老魔而去，钻入其体内后，周老魔全身颤抖，发出前所未有的惨叫。

周老魔的眼珠子虽已赤红，但目中的桀骜之意完全没有消失，就连吼声也慢慢停下来了，然后被笑声代替。

"就这点手段吗？如你这样的鞭手，老夫也曾杀过几个。"

长脸青年眼看周老魔如此，怒意渐起，掐诀间再次出手，可无论他如何严刑逼供，周老魔依旧在笑。其他狱卒也带着怒意，纷纷上前帮忙。

白小纯在一旁又一次看呆了，看着第九队的众人不断逼问与折腾周老魔。整整一天过去了，周老魔被折磨得气喘吁吁，其他人也耗费了不少精力，但依旧无法让周老魔开口说出宝藏的下落。

“该死，这家伙的嘴太硬了！”

众人退了回来，一个个满是无奈。此刻人人红着眼，盯着周老魔，恨不能进入对方的脑袋，去找到答案，尤其是那长脸青年更是恨得咬牙切齿。

“周老魔被抓来时身上几乎都空了，可他这一生的宝藏必定不少，一定被藏在了什么地方！”

“此人曾经达到元婴大圆满，半步天人，纵横一甲子岁月，仅仅是被他灭的族群就超过二十个，他的宝藏岂能少？”

看着身边的同僚都很不甘心，白小纯迟疑了一下，没忍住，便问了一句。

“这个……我们可以搜魂啊！”

第 626 章

老魔，祝你破记录

众人不由得嗤笑起来，尤其是长脸青年满脸的戏谑与轻视，像看傻子一样看向白小纯。

“对有些人，搜魂的确可以，可是，随着修炼的深入，修为高深者的魂已与肉身融合，他们有太多手段防止搜魂，就算强行去搜，效果也不大。”队长摇头，解释了一句话，叹了口气。

“我们还剩下不到两天时间，要是这两天还问不出来，就要换成第十队的人来问了。”说着，他又看了白小纯一眼，再次解释起来。

“这里的犯人都不是小人物，身上的秘密不少。按照我们魔牢的规矩，哪个小队能问出秘密，这个小队就可以获得那些财富，不过要上缴一半，其他大家可以分了。”

白小纯听到这里，顿时恍然大悟，眼看众人休息后，又换了方法逼问，直至第三天到来，周老魔始终没有开口。众人叹气，已经打算放弃了。

“罢了罢了，周老魔的宝藏注定不属于我第九小队了。”

队长苦笑，正要带着白小纯等人返程，其他狱卒也都垂头丧气，看向周老魔时，目光不善。

周老魔狠狠地吐出一口带着血的唾沫，在牢房内狂傲地大笑起来，目光落在第九小队的众人身上。

“早就听说魔牢之人极其狠辣，没有撬不开的口，可这些日子看来，不过如此！”

这话让第九小队更憋屈了。

“我们走！”队长咬牙，低吼一声，转身就要带人离去。

就在这时，白小纯开口道。

“队长，要不我去试试？我觉得我有点把握……”白小纯眨了眨眼。实际上，他在一天前就有些跃跃欲试了。

“你？”长脸青年赵峰冷笑。他觉得自己身为鞭手，都无法撬开周老魔的嘴，且听说之前八个小队的鞭手都失败，现在白小纯竟然想尝试，真是不自量力。他干脆不掩饰了，直接表现出了对白小纯的不屑与厌恶，似要将在周老魔那里受的气，都发泄在白小纯身上。

其他狱卒也皱起眉头，虽然他们都知道此人心狠手辣，可杀人与用刑还是有很大区别的，这里面有很多技巧，绝非寻常修士可以做到的。

可白小纯居然说自己有点把握，这就让众人不信了。

“就连鞭手赵峰都无法让这周老魔开口，这白浩……有些自不量力，要知道拷问也是一门手艺，不是什么阿猫阿狗都能弄的。”

“他虽在外有些凶名，可在魔牢内，我们这些人，哪一个不是凶名赫赫？”

就在这些狱卒相互议论时，白小纯有些不乐意了，琢磨着自己也没说大话啊，他只是有一些把握。

队长也皱起眉头，看了看白小纯，考虑到白小纯毕竟也是第九队的狱卒，便让他尝试一下，知道困难之后，他就不会再说这种大话了。于是，队长袖子一甩，低喝一声。

“好了，白浩，你既想试试，那就去吧。”

白小纯闻言，立刻抬起下巴，背着手，走向周老魔的牢房。他身后那些狱卒，一个个都看笑话般，开始在脑海排演他失败而回的一幕。

“传闻中这白浩狠辣无比，眼下看去，似乎也没什么，不过大话说得倒是满满。”

“传闻还说这白浩隐忍，我却没看出来，他有什么地方隐忍。”

“哼，我赵峰都逼问不出的人，岂是你能问出的！”

赵峰更是轻蔑，双手抱胸，冷眼看去。

在众人都不相信白小纯会成功的时候，白小纯靠近了牢房。周老魔抬头，冲着白小纯一咧嘴，露出发黄的牙齿。

“皮肤白白，看起来很细嫩，老夫喜欢。”周老魔话语间，狂笑起来。

“看到你，老夫就想起了十年前杀的一个魂修，与你长得差不多，都是白白净净的。”说着，周老魔还舔起了嘴唇。

这番话语，配合周老魔的神情，众人只觉得一股阴风在四周吹过，内心都震颤了一下。

周老魔笑声回荡，白小纯也不由得吸了口气，试图平复一下心情，内心却觉得周老魔实在是凶残无比。此时白小纯的脚步也踯躅起来。

看白小纯迟疑，周老魔似找到了乐趣，笑声更大，甚至还详细描述起来。

听着这些描述，白小纯内心狂震不止，觉得周老魔根本就是个怪物，琢磨着这种逼问的事情，或许不适合自己，正想着放弃时，周老魔猛地一冲，直接到了骷髅牢房的眼窗处，向着白小纯大吼一声。

这一声吼，吓了白小纯一跳。

“小娃娃，吓傻了吧。”周老魔狂笑，似将戏弄白小纯当成了在魔牢内的乐趣。

白小纯顿时恼火起来，他觉得自己身为金丹大圆满修士，居然被这老头儿吓到了，有些恼羞成怒，抬头时，瞪起了眼睛。

“老头儿，这是你自找的！队长，这牢房的大门，能不能打开一下？”白小纯一脸肃然，转身看向队长。

队长迟疑了一下，右手掐诀一指，周老魔所在的骷髅头牢房瞬间出现了一道裂缝。没等周老魔冲出，白小纯就一晃踏入了牢房。

进入牢房之后，白小纯右手猛地抬起，甩袖放出一股黑雾，眨眼间就将骷髅牢房覆盖了，使得外人看不清里面的情况。

“他要干什么？”

“居然挡住了我们的视线？”牢房外，第九小队的人纷纷诧异。有的人十分警惕，快速靠近，盯着牢房。

“故弄玄虚！”赵峰依旧冷笑。

与此同时，牢房内，周老魔看白小纯居然进来了，也是一愣，但很快，就舔着嘴唇，嘴边还有口水流出。

“没想到，你这小娃娃，还有些胆量，不就是看到老夫修为被封印了吗？不过看在你这么有胆量的份上，只要你给我一条手臂，我就告诉你一个关于宝藏的线索，怎么样？一条手臂，一点线索。若是你给老夫四肢，我就告诉你四个线索……”周老魔大笑起来。哪怕修为被封印，他依旧桀骜不驯，根本就不将白小纯放在眼里。

他清楚地知道，这些人不敢杀了自己，最多是严刑拷打罢了。

白小纯一瞪眼，觉得周老魔羞辱了自己，此刻哼了一声，右手一拍储物袋，手中立刻就出现了一枚丹药。

正是雄香丹！

听到白小纯的话语，周老魔一愣，看到丹药后，也是十分轻蔑。

“刑丹？有点儿意思。”

“希望你一会儿还能觉得有意思。”白小纯神色傲然，右手猛地一弹，雄香丹顿时呼啸而出。周老魔修为被封印，根本就无法闪躲，雄香丹直接滚入他的喉中，在其体内瞬间融化。

“老魔头，曾经有人在白某的酷刑下，坚持了两个时辰，这已经是极限了。希望你能破他的记录，坚持得更久一些。”白小纯抬起下巴，小袖一甩，淡淡开口。

第 627 章

晋升鞭手

此刻，第九小队看不到牢房内的情形，只能看到一片漆黑的雾气。这雾气十分浓，就算他们用灵识去查看，也一片模糊。

“这白浩在干什么？”

“这样独自和重犯在一起，还用浓雾遮掩，莫非是有什么图谋？”

“不对劲……”

那些狱卒一个个交头接耳，有人不屑，有人皱眉，渐渐地，就连队长也疑惑起来，觉得自己之前或许是有些鲁莽了。

“我之前就和你们说了，此人……”

赵峰冷笑，双臂抱在胸前，看向牢房时目中依旧带着轻蔑，话刚说了一半，牢房内突然传出一声咆哮。

咆哮声让众人内心一震，这声音一听就是周老魔发出的，仿佛压抑到了极致，无法释放，只能通过嘶吼发泄。

“怎么回事？！”众人立刻就看了过去，一个个神色变化，惊疑不定。这声音实在古怪，他们之前对周老魔用刑数日，对方从来没有像现在这样压抑地咆哮。

没等众人反应过来，这咆哮声就越发强烈起来，到了最后，几乎是歇斯底里一般，透出无尽的疯狂。

“你给我吃了什么！”

“啊啊啊，该死的，该死的！”

“放我出去！！”嘶吼夹杂着咆哮，声音都变调了，听得外面的人一个个毛骨悚然。

第九小队的那些狱卒，一个个大眼瞪小眼。要知道，在他们的拷问下，周老魔从没这样过，可眼下，声音里似乎透着求饶之意。

“白浩他干了什么？”

众人纷纷吸气，队长也内心一震，一旁的赵峰神色不断变化，就连不远处的那些灰袍犯人也睁大了眼，被周老魔的嘶吼镇住了。

在众人还未平复时，嘶吼渐渐被惨叫所取代。那惨叫声，惊天动地，似蕴含了无法想象的折磨，痛入骨髓，足以让所有听到之人内心惊恐。

即便第九小队的狱卒听过许多种惨叫，也没有听过这样凄惨绝望的声音，让人不禁汗毛竖起。

“这声音压抑到了极致，却无法爆发，从而引人疯狂！”

“天啊，白浩他是怎么做到的？”

“能让周老魔发出如此声音，这刑罚已经算是成功了大半，毕竟没有人能在这样的压抑中坚持太久！”

众人震惊不已，队长的呼吸也急促起来。一旁的赵峰则身体微微颤抖，身为鞭手，他知道这种让人压抑却无法爆发的手段非常难。

“难道他也是鞭手？不可能！”

赵峰还是不甘心，他觉得周老魔非同寻常，或许可以坚持下来。

此刻，周老魔的惨叫声越发凄厉，带着癫狂和无法形容的痛苦，引得其他牢房内的犯人也都吃惊地看去。

“周老魔骨头很硬，现在居然这样！”

“方才进去的那个小娃娃，他是谁？”

整个过程也就持续了大半个时辰，牢房内就传出了周老魔的求饶声。

“我说，我什么都说，我告诉你宝藏的下落……”

“闭嘴，你家白爷爷不想知道宝藏的下落！”

“白爷，我错了，真的错了……你放过我吧……”

这时，牢房内传出的对话让外界众人目瞪口呆，他们简直不敢相信自己听到的。这一次没有人议论了，所有的目光都聚集在牢房上。他们无法想象，周老魔到底承受了什么样的折磨，居然求饶了。

可偏偏，白浩竟心狠手辣到了无视周老魔的求饶的程度，似乎他不是为了答案，而是享受逼问的这个过程。

这一幕让众人在心惊肉跳的同时，也不寒而栗。尤其是周老魔的惨叫声又持续了半炷香的时间，直至牢房内的雾气慢慢散去。白小纯此刻背着手，下巴微扬，表情淡然，目中却透出得意，一步步走出牢房。随着他的走出，一股傲然之意从他身上开始显现。

他一走出来，就立刻吸引了所有人的目光，狱卒也好，那些灰袍犯人也罢，还有其他牢房内的重犯，一个个都猛地朝他看去。

白小纯衣着如常，看起来与刚进去时没有变化。很快，这些人看清了牢房内的场景，不由得发出阵阵惊呼。

“天啊……”

“他……他是周老魔？”

“白浩到底对周老魔做了什么事情！”

牢房内，周老魔的身躯几乎都要干枯了，仿佛有一团火在其体内燃烧。

周老魔整个人都蔫了，蹲在角落里，全身不停地颤抖，而他的身上，则满是抓痕。

很明显，那是他自己抓的……

而他的眼睛，在看向白小纯的背影时，充满了恐惧，仿佛白小纯是这世间最恐怖的人。

其他人都没见过周老魔露出这样的目光。刚刚的事情似乎已经成了周老魔的噩梦，深深地烙印在他脑海中，随着时间的流逝，印象只会越来越深。

这一幕让众人一时间呼吸停滞，与大摇大摆走出的白小纯相比，周老魔的反差实在太大了，竟是如此下场。

无论是狱卒还是犯人，在看向白小纯时，都表情凝重，甚至露出敬畏之色。

白小纯傲然无比地走到队长面前，他的手中还拿着一枚玉简。此刻，他一伸手，将玉简送出。

“他招了。”

白小纯感受到了四周的人的目光，内心很得意，轻咳一声，淡淡地开口。他仍背着手，抬着下巴，带着一股高深莫测的气势，走向远处。

第九小队的队长都傻眼了，呆呆地接过玉简，看着白小纯的背影，如看神人。

赵峰也在呼吸停滞了一下后，猛吸一口气，一闪身，靠近牢房，仔细观察过缩在角落瑟瑟发抖的周老魔后，他瞪大双眼，身体颤抖。

“没有任何刑罚的痕迹……”

“那一声声嘶吼咆哮……”

“明明犯人已经招了，却还是直接拒绝，给犯人造成一种折磨不会停止的错觉……而他自身则好似沉浸其中……”

“天啊，这是鞭手的最高境界！这白浩，他是鞭手……不对，他是鞭手中的佼佼者，他是黑鞭！”

赵峰猛地抬头，望着白小纯的背影，激动得颤抖。

之前，他看白小纯很不顺眼，眼前这一幕，改变了他对白小纯的印象。他身为鞭手，对白小纯的手段佩服到了极致，目中的狂热更强烈了。

“白兄，等等我！”

赵峰内心激动，直奔白小纯而去。第九队其他狱卒看向白小纯时，都带着崇敬。一想到白小纯居然可以撬开周老魔的口，不单他们第九小队会名气大涨，还有宝藏可分，所以他们对白小纯的态度立刻就逆转了。

就连队长也在急促地呼吸后，双眼冒光。他深刻地知道，一个这样的鞭手对第九小队而言，意味着什么，于是也立刻追上去，簇拥着白小纯。

四周那些灰袍犯人以及牢房内的重犯，看着被狱卒簇拥的白小纯，又看了看蜷缩在那里的周老魔，一个个在心底不停地告诫自己，绝对不能去招惹那个鞭手。

这种鞭手，几乎是所有犯人的噩梦！

第 628 章

分赃

随着白小纯昂首挺胸阔步走远，他身后，第九小队的所有狱卒包括队长，一个个都狂热地追来，簇拥在白小纯身边。看向白小纯时，目中都带着难以置信、崇拜与敬畏。

在这片天地，强者为尊，这已经是法则之一了。而在魔牢中，除了这条法则，还有一条，那就是尊敬鞭手！

如赵峰，只是第九小队的鞭手，就受到其他人的追捧，哪怕队长都对他很客气，至于其他小队的鞭手，也大都如此。

眼下，在别人看来，白小纯已经显露出了不俗的鞭手潜质，就连赵峰都心服口服，其他人自然也狂热起来。

“白兄果然是高人！”

“哈哈，白兄，之前我们有些小误会，这些都不说了，从此之后，我们就是兄弟！”

“白兄，你有这种鞭手之力，在这魔牢内，足以笑傲九天了！”

“我们第九小队发达了，有白兄在，以后大家每个人都有好处。”

众人都激动地开口，赵峰更是一改之前的敌视，看向白小纯，面露崇敬之色。加上白小纯的手段十分神秘，所以赵峰更加敬畏。

白小纯也没想到，自己只不过是撬开了周老魔的嘴而已，居然被众人如此追捧。此刻，他全身都轻飘飘的，内心更是美滋滋的，再一次发自内心地觉得，自己果然是个优秀的人物，无论走到什么地方，都不会蒙尘。

“太优秀了，怎么能这么优秀呢？我太佩服我自己了。”白小纯干咳一声，陶醉一番。不过他为人圆滑，善于与人打交道，很快就与众人笑谈在了一起。

“这点小事不算什么，以后白某有的，大家都有。我们第九小队就是一家人嘛，我们是兄弟！”

白小纯一拍胸口，满面春风地与第九小队众人离开了牢狱。

当天，队长就安排了狱卒外出，按照周老魔的口供，找到他藏在巨鬼城外的洞府，将周老魔这一生的财富都取出后，回到了魔牢。

很快，第九小队就开了一次内部会议。这十多人，在队长的房间分了周老魔的宝藏后，笑声不断。白小纯分得最多，他看着队长递给自己一座魂塔以及上千个中品魂药，深深地吸了口气，双眼冒光。

“周老魔这么富有！”

白小纯内心震动时，队长高兴地一甩袖子，拿出了一坛坛美酒。

“诸位，这一切都是白浩兄弟的功劳。来来来，我们敬白浩兄弟一杯！”队长哈哈一笑，拿起酒坛，大声开口。

其他狱卒也笑着起身，纷纷向白小纯敬酒。这一次，他们每个人都大大地赚了一笔，此刻看向白小纯，如同看到了无数宝藏。

“兄弟我刚来魔牢，之前不懂规矩，有什么做得不到位的地方，诸位兄弟不要介意啊！”白小纯一撸袖子，拿起一坛酒。

“外面有一些关于我的传言，这些事情，说来苦涩，不提也罢。总之，我白浩来到这里，这里就是我的家了，希望我可以献出一些微薄之力，为大家打造更美好的明天。我先干为敬！”

白小纯内心自得，觉得自己这番话说得太好了。

他看起来白白净净，有些文弱，没想到举动倒挺豪迈，众人都忍不住喝彩，笑声立刻回荡开来。第九小队的人纷纷拿起酒坛，大口喝酒。

当他们都放下酒坛之后，似乎一下子，彼此的关系就融洽起来了。众人似乎接纳了白小纯，彼此大笑中，就开始称兄道弟了。

第九小队的队长也是这般，他笑着拍在白小纯的肩膀上。

“以前大家对你不冷不热，是因为传言你这人心狠手辣，六亲不认，可现在看来，传言不准。你分明是我辈中人，就这鞭手的潜质，白浩，你来魔牢算是来对了。什么狗屁白家，以后你在这里，白家若是敢找来，兄弟们不同意！”

此话一出，其他人都笑了起来，纷纷应声。赵峰也拿着酒坛到了白小纯的面前，深深一拜，神色很诚恳。

白小纯深受感动，觉得全身热乎乎的，看着四周众人，索性将外套脱了，踏在一个酒坛上，豪气地开口。

“谢谢诸位哥哥，从此之后，你们就是我的哥哥了！”

“白兄，之前是赵某错了，这一坛，我干了！”赵峰抬起酒坛，一口气喝下去，再次向着白小纯一拜。

“第九小队的鞭手，赵某无颜继续担任，还请白兄成为我们第九小队的鞭手！”赵峰刚说完，其他狱卒也站起来，向着白小纯诚心开口。

“是啊，白浩兄弟，你来当我们第九小队的鞭手吧！”

“以白浩兄弟的潜质，必定名扬魔牢！”

就连队长也一脸诚恳地开口。白小纯心底乐开了花，感慨自己实在太受欢迎了，他便开口询问关于鞭手的事情。

“因魔牢内的犯人大都无法被搜魂，所以就有了鞭手这个行当，那是对专门审问重犯的人的称呼。能成为鞭手，就说明在审问上有常人难以比拟之处。魔牢四大区，有四大鞭手，任何一个地位都很高，他们被尊称为黑鞭，意思就是心都黑了的鞭手！在四大黑鞭下，四大区的每一个小队，都有各自的鞭手。不过周老魔嘴很硬，我们丁区几乎所有鞭手遇到他之后，都失败了。甚至就连第一小队的黑鞭也败北了，可白浩兄弟竟能成功。白浩兄弟，你有黑鞭的潜质啊！”赵峰深吸一口气，向着白小纯赞叹道。

白小纯眨着双眼，没想到在魔牢内居然还有这些说法，尤其是想到一个周老魔就可以带给自己这么多的冤魂后，白小纯就有些心动了。

“我现在还缺最后一个天人魂，修行算是止步了。目前想要保住自己的小命，只有从法宝上下手了……如此一来，炼火才是重点，也就需要很多魂……”白小纯想到这里，咳嗽一声，大手挥舞。

“既然大家都这么说，也罢，白某就当这个鞭手了。”

白小纯此话一出，四周的狱卒纷纷振奋起来，一个个都拿着酒坛，再次向他敬酒，对他更为热情。

甚至还有人提议要再去牢狱里，找那些平日里嘴硬，始终没有说出秘密的犯人审问一番。

“有白兄弟，我们就发达了。白兄弟，在我们丁区，如今还有上百个始终没能撬开口的犯人！”

“没错。这上百个犯人，他们每个人都有秘密，我们若是能撬开他们的口，任何一个带给我们的收获都不比周老魔少啊！”有人提议，其他狱卒也纷纷心动，大家都看向白小纯。

就连队长也十分激动，期待地望着白小纯，一拍胸口。

“白兄弟，我可以去与第十小队的队长沟通一下，让他们把这一次巡逻的机会让给我们。”

眼看众人都一脸期待，白小纯精神抖擞，那种自己突然变得如此重要的感觉，让他心里很惬意。此刻他傲然地抬起下巴，大声开口：“行，诸位哥哥既然都这么说了，咱们现在就走，我就不信了，还有我撬不开的口！”

此话一出，众人立刻都非常激动，满是期待。队长更是哈哈一笑，赶紧飞奔去第十小队队长的住所。回来后，他大袖一甩。

“第十小队把巡逻任务让给我们了！”

（本册完）

更多精彩内容，敬请关注《一念永恒11》